—————— 阅读之前 没有真相

午夜文库

# 天使降临之塔

里卡多 著

新 星 出 版 社　NEW STAR PRESS

## 《天使降临之塔》——只属于建筑的谜团

时 晨

在我认识的众多作家朋友中,有不少对时至今日仍然痴迷于创作本格推理这件事很不理解,照他们看来,这种类型的作品早已过时。其中一位颇为著名的前辈作家在看了一本这种类型的作品后,沉思许久,终于说道:"这种作品超出了我的审美范围。"这句话背后的意思,恐怕是说,现在还写这样的小说,何苦来哉?

在一次演讲中我曾经说过,推理小说起源于十九世纪的美国,兴盛于两次世界大战之间的欧美侦探小说黄金时代,也就是我们所谓大师辈出的年代,创作出许多了不起的本格推理作品。那么,为什么在那个时代,本格推理这种游戏性极强的小说会流行呢?那是因为战争摧毁了一切,打得民众心灰意冷,从而产生了避世的情绪。普通人对于处理复杂的问题,已经失去了兴趣,转而投向了更具趣味性的游戏。在那个时代,有两种东西非常盛行,即填字游戏和本格推理小说。

然而进入了二十一世纪,本格推理已不单单只有"游戏性"这一种属性,在邻国日本的新本格派影响下,推理小说继续衍化出了"幻想性"。这种幻想性，将本格推理的发展往前推进了一大步，使其呈现一种极致的浪漫。这种过度浪漫的产物，在一些读者或作者看来超出其"审美范围"，也就不难理解了。

那么，这种行为算不算是画地为牢，使原本就小众的本格推理更加小众呢？

当然不是。任何类型小说面对新的时代、新的文化，都会自我适应并探寻新的发展道路，如果不再变化，就是死水一潭。从传统推理小说的一板一眼、用放大镜寻找线索，到新本格推理中充满幻想性的杀人诡计，这是一种必然的发展趋势。

但是，这条路并不好走，毕竟在推理小说百花齐放的今天，不论是着重于探讨社会问题的社会派推理小说，还是借用案件做背景却以男女感情为主的言情故事，或是着眼于刑侦专业的法医类犯罪小说，其销量与口碑均远远高于本格推理。有些极端的评论者认为，本格推理早已被时代抛弃，撰写更具写实的犯罪小说才是正道。

这种看法未免太过偏激。正如世界上的猫科动物很多，有虎、豹、狮，还有家猫，但不能因为家猫受人类喜爱，在数量上远超其他猫科动物，就主张消灭虎、豹、狮。一种类型文学的内部会产生许多派别，不同派别也会各自发展，其中当然也包括血统纯正的本格推理。欣喜的是，虽然坚持"推理原教旨主义"理念创作的作家屈指可数，但世界上仍有不少推理作家还在坚守这块阵地，本书的作者里卡多，就是其中一位。

## 杀人的建筑物

在本格推理发展到一定阶段,出现了各种稀奇古怪的杀人手法,令人拍案叫绝者有之,令人捧腹大笑者有之,其中最为读者津津乐道的,是一种以特殊建筑物为主的杀人诡计。此种诡计最先为大众所知晓的作品,恐怕就是岛田庄司的《斜屋犯罪》了。从这部作品开始,逐渐兴起一种"为了杀一个人不惜造一座房子"的概念,不少推理作者开始埋首创作这类作品,在日本比较有代表性的是绫辻行人的"馆系列"作品。

本书的作者里卡多毕业于同济大学建筑系,其后赴德求学,本职是一名建筑师。作为读者,我们当然希望能在他的推理作品中,读到以建筑诡计为主的推理小说。幸而在这部作品中,作者也确确实实"建造"了一座能与斜屋"流冰馆"媲美的"天使降临之塔",同样是奇异的建筑,"天使降临之塔"却更给人一种无以名状的恐怖体验,配上北岗村漫天飞舞的乌鸦,更将这座"怪塔"的诡异之处渲染得淋漓尽致。

除此之外,这座"天使降临之塔"有别于其他杀人建筑的地方,在于其建筑结构的设定与犯罪诡计有很大的关联。这可不容易。相信熟读推理小说的诸位都知道,即便是建筑诡计,也分为"真建筑诡计"与"伪建筑诡计"。前者的建筑结构和形态与最终的犯罪手法及诡计息息相关,而后者则空有形式,最后所用到的诡计与建筑本身完全无关。这是评判一本以建筑诡计为主要看点的推理小说优劣的重要标准。里卡多基于其自身建筑师的经验,比常人更懂如何将一栋建筑的特点发挥出意想不到的效果。

小说中的"天使降临之塔"外形类似烟囱，高二十米左右，用小说中的描述来讲，是一种"单纯的、不带装饰的纯几何圆柱形石塔"。它不似其他推理小说中的建筑那般华丽，拥有各种机关和隧道，乃至如变形金刚般旋转扭曲地变换各种形态，以辅助诡计的完成。它只是"纯几何圆柱形石塔"，明明白白地告诉读者，就是这么简单。关键就在于，这样的建筑太简单了，它能玩出什么花样呢？

玩过魔术的都知道，魔术中最难的是近景魔术，一副扑克，一枚硬币，给你检查之后，就在你面前使诈。这比利用各种道具的大型魔术难度高多了，重点完全在于魔术师的一双手，练得不到位，马上穿帮。而本作的核心诡计，与近景魔术有着异曲同工之妙。

如此简单的一栋"圆柱形"建筑，前后左右给你看一遍，什么都可以告诉你，可就是猜不到作者玩的什么把戏。这种利用心理盲点的极简诡计，在我看来，却是推理小说中最难创作的一种。

## 神性侦探的降临

英国作家狄更斯有句名言，"这是最好的时代，也是最坏的时代"。对于名侦探来说，出生在我们所处的新时代，无疑是最坏的时代。在这个摄像头满街都有、破案全靠高科技的时代，几乎没有古典推理小说中名侦探的用武之地。

那么，我们还需要侦探吗？在新的时代，侦探还有存在的必要吗？

对于这个问题，不同的推理作家有不同的答案以及不同的处理方法。有的索性让侦探加入警队，名正言顺地破案，也有的让侦探成为某一领域的专家，作为警方顾问的形式出场。不论形式如何，总要有这么一个角色，来宣布案件的谜底。这个角色什么职业、什么性别，甚至什么物种，都不再重要，职业越怪越好，越能让读者印象深刻。近期，甚至有推理作家让人工智能成为侦探。虽然形式多变，但万变不离其宗，人工智能侦探在我看来，与杰克·福翠尔创作的"思考机器"杜凡森教授没有区别。

他们都是一种象征，一种智慧的化身，是迷雾中的一座灯塔，是案件的最后答案。

他们只是称谓不同。

里卡多也认识到了这一点，于是，他在这部作品中，将侦探具体的容貌模糊处理，连名字也是假名，在这部作品中，侦探彻底成为一种"真理"的象征，他不再拥有七情六欲，不再像从前的侦探那样，是一个具体的人。

至于里卡多为什么要这样处理侦探，我们在这里，也只能做一些胡乱的猜测。

很有可能，正是出于新时代"名侦探"的尴尬处境，他才有意为之。作者不愿屈服于写实派犯罪小说集体消灭天才神探的举动，又无法让这位神探在具体的城市成为具体的某人。毕竟当一个普通人的智慧之光耀眼到能比肩"神明"时，那他存在的真实性就要打一个大大的问号了。

而里卡多的这种处理方式，让多智近乎妖的侦探，继续有了存在的可能性。

关于这部作品，可探讨的东西实在太多了，包括对乌鸦的隐喻，宗教与建筑的关系，以及反思自然与人类的问题，等等。

但是囿于篇幅，一众优点在这里不能尽言，而且说得太多也有过度吹捧的嫌疑。至于这部《天使降临之塔》能否在建筑类推理小说中占有一席之地，还是那句老话，要请诸位读完之后，给出一个公允的评价。

## 目 录

| | |
|---|---|
| 1 | 第一部　塔 |
| 113 | 第二部　调查 |
| 221 | 第三部　天使 |

第一部　塔 ───

# 1

在看到那座塔前，叶深已经在黑黢黢的森林里独自走了好久。

手机导航定位曾经给了她独自在林间前行的勇气，但在她察觉到以前，电量就已经耗尽了。叶深不记得自己在离开营地后到底走了多远，也不记得自己在拐出森林小径后是如何七弯八绕地走到现在的位置的。除了她拨开挡路的植被发出的"窸窣"声和踩踏落地的树枝发出的"噼啪"声以外，一路上四周安静得没有一点别的声音。这片树海像一座天然的陷阱，散发着吞噬一切的魔力，将每一个贸然的闯入者引诱到让人迷失方向的黑暗深处。

或许，就这么被吞噬也好。叶深边走边想。不，与其说是她在主动思考，倒不如说是脑中有一个声音不断地在她耳边轻声呢喃。看不到出口的树海，不是正适合作为告别世界的最佳舞台吗？她只需要不停地、慢慢地往树海深处走，直到身心都陷入那些深埋于土壤中的、纠葛的树木根茎的怀抱之中。

身体不觉得累，也不觉得渴。只有无意识的思绪持续在她的耳畔低语，直到她看到了那座塔。

从一棵粗壮的大树身后绕出以后，那片透着些许光亮的林中空地，以及屹立于其间的那座通体灰黑的高塔，就这么突然地出现在她的面前。

这座塔……

这座用石块砌成的高塔，破败、老旧、污浊不堪，却让叶深莫名地产生了一种似曾相识的错觉。

她一步一步地走进空地中央，站在塔下抬头仰望。以灰色阴沉的天空为背景的，是伸向苍穹的黑色塔身，以及那似乎并不能被看见的、过高的塔顶。绕着塔壁有一道盘旋向上的楼梯，每一块用几近生锈的金属制成的楼梯踏步，都被钢钉固定在了塔身的外壁上。

叶深伸出手，抚摸那看似摇摇欲坠的楼梯扶手。手掌抚过，一大块漆从表面脱落，摔在地面碎成了粉末。可以看出整个楼梯，包括扶手，都一度被制造者漆成了朱红色，然而在久经日晒雨淋之后，原本光洁锃亮的金属早已变得和塔身一样残败不堪。她收回右手，看了一眼手掌，手心早已沾染上了红漆的污痕和斑驳的锈迹。

在叶深的理智尚在犹豫要不要沿着楼梯走上石塔的时候，她的身体却已经指使着自己深吸了一口气，然后像上了发条的人偶一样，僵硬地迈开了步子。出乎她预料的是，每一块看似锈迹斑斑的楼梯踏步都要比预料的坚固不少，鞋底踏在螺旋上升的金属板上，不断地发出"硁、硁"的沉重有力的声音，让叶深觉得格外踏实；反倒是用铁条焊成的扶手，在一些焊接点的位置已经松动并几近脱落。她不得不伸出另一只手扶住了外侧的墙面。自己的手掌在有一定年代的粗糙的岩石外墙上不断地摩擦，时不时让她觉得疼痛的同时，也让她感觉到岁月的厚重。

周边的灌木渐渐矮了下去，包围空地的树木也开始在她面前展现树梢。叶深估计了一下，自己可能刚爬到塔高三分之一的位置。连续不断地沿着塔身逆时针向上攀升,让她一时之间感觉有些晕眩。于是她停下脚步,让自己背靠在塔的外墙上,稍作喘息。就在这个时候,一滴雨水落在了她的脖子上,紧接着是远方传来的低沉的雷鸣。不一会儿,蒙蒙细雨便从灰色的天幕落了下来,降临在这片树海。

幸好下的不是暴雨。叶深边这么想着,边半转身用手拂开被雨水打湿并随风飘落在肩膀上的树叶。当她无意识地把视线投向身后的石墙时,她突然发现砌成整座塔的石块与石块之间其实存在着一些大大小小的缝隙和窟窿。也就是说,整座塔并不是被严丝合缝地砌造完成的。透过这些缝隙和窟窿,似乎可以看见石塔里面的样子。这些洞口并不大,从远处很难被发现。只有当人沿塔上升、走到离墙面很近的位置时才有可能看得真切。

叶深弯下腰,把脸凑近其中的一个窟窿。这座塔到底是做什么用的呢?塔的内部会是个什么样子呢?然而令她感到遗憾的是,透过窟窿所看到的只是漆黑一片。当然,这样的结果也在预料之中。因为这本身就是一座没有任何窗子的古怪的塔,缺少了采光,无论是塔内的格局还是室内的陈设,自然都不可能看见。她有些无奈地叹了一口气,准备直起身子继续沿楼梯往塔顶前进。然而就在她抬起脸、鼻尖掠过刚才的那个窟窿的一瞬间,一股怪异的气味突然钻入她的鼻腔。

从洞口传来了刺鼻的腐臭。

是动物(或者某种生物)的尸体所散发的腐臭。叶深在意识到这一点以后赶忙后退了一步。在这座塔里,在黑暗的另一头,肯定有什么不好的东西……

就在这时,整个世界变成一片刺目的雪白,紧接着一声巨响在她的头上炸裂。她下意识地努力抓稳手边那段看起来不那么令人放心的金属扶手，挣扎着平衡并稳住自己受到强烈惊吓的身体。在极短的时间内，她的嗅觉、听觉、视觉都接受了极其糟糕的体验。短短几秒的时间仿佛被延长了无数倍。

度秒如年的雪白过后，周遭突然又陷入一片漆黑。

绵延不断的漆黑。遮蔽天空的漆黑。

起初叶深以为是自己的双目在一瞬间受到了强光的刺激而在短时间内失去了视觉，就像是在长时间凝视太阳之后立刻移开视线那样。但是等她真切地感受到周身的疼痛之后，她才意识到，眼前的这片漆黑并不是自己的视力问题所造成的。

是乌鸦。

大群因为雷电受到惊吓的乌鸦张开翅膀，怪叫着扑向站在雨中楼梯平台上孤立无援的叶深。头顶上方不断有乌鸦像烟囱里吐出的黑烟一样从塔顶飞出，然后像空袭炸弹一般俯冲下来，加入攻击者的团队。惊慌失措的叶深只能松开紧握的楼梯扶手，在方寸之间拼命挥动双手，努力格挡黑色猛禽凶狠的攻击。

群鸦的叫声比她过去想象的更为吓人。几十、几百只黑色乌鸦近在咫尺，不断地扑扇着翅膀，此起彼伏地发出"嘎、嘎"的巨大噪声与其身形极不相称，让她有一种感觉，或许这阵让人毛骨悚然的声浪能够远远地传达到森林的边际。同时，她能感觉到尖利的鸟喙正狠狠地扎进她的头皮、颈部、裸露的肩部，以及她靠挥动双手无法保护到的部位。忍受着巨大的痛楚，她哆嗦着脱下原本披在身上的外套，让其变成一件可以甩动的武器，试图增加自己的防守面积。

然而，乌鸦仍旧源源不断地向她袭来。

这样下去，会被杀死吧……

"快跑啊！跑下来！"

不知哪儿传来了人声。

束缚住双腿的麻痹感一瞬间被解开了。不，与其说是双腿因为麻痹而无法行动，不如说是叶深之前压根儿就没有想到"要逃跑"这件事。面对突如其来的暴风骤雨般的攻击，她脑子里一度只有一个念头，那就是尽可能地挥舞双手和外套，将这些不速之客一一赶走。

她迈开步子，一边沿着来时的反方向，顺时针地在楼梯上向下飞奔，一边继续甩动着自己的外套，试图驱散包围在自己四周的鸟群。由于外套在眼前不断飞舞，她看不清脚下的状况，只能凭着感觉估算着踏步与踏步的距离。脚踩过的地方，金属的踏面上溅起了水花。

就在下一瞬间，她的平衡感突然消失了。

向前伸出的脚确实是踩到了楼梯的下一个踏步，然而却又一个打滑，身体在一瞬间狠狠撞在了楼梯边的扶手上。楼梯扶手接收了身体全部重量所带来的巨大冲击力，应声折断。叶深就像是被人丢弃的大件垃圾一般，从高空垂直坠落，摔在了沾满雨水的灌木丛上。

她仰面朝天地躺着，呼吸变得困难。

在朦胧之中，她似乎听见了男青年的呼喊声，向这边赶来的急切的脚步声，以及粗重、短促的呼吸声。雨越下越大，雨水噼里啪啦地落在她的身上、脸上。通过被雨水模糊的双眼，她隐约看到了那些刚才还在攻击她的乌鸦，现在正成群地在天空中得意地绕塔盘旋。

突然间，不知是收到了什么命令，那些乌鸦再度收拢了翅膀，怪叫着从高空俯冲下来。等它们飞落到离自己很近的地方时，叶深吓了一跳。她发现刚才袭击她的东西其实根本不是乌鸦——那一度被她错认为乌鸦的东西，是从那座石塔中央的黑暗中连续不断出现的、长着翅膀的、赤身裸体的人。这些怪物像乌鸦一般通体乌黑，每一张脸都长得很奇怪，有着如同鸟眼一样圆圆小小的眼睛，咧开至下腭的嘴弯曲出一个狰狞的笑容，血红的口腔里，尖利的白牙清晰可辨。

这些是……堕天使。叶深的脑海里不知为什么突然闪过这三个字。原来这座塔，包括这整片树海，都是堕天使们的巢穴。

带着笑容的诡异人脸离叶深越来越近了。一瞬间，在她的周遭，无数双小而黑亮的眼睛在瞪视着她，无数张以不合常理的角度咧开的血红大口，正朝着她绽放笑容。她从心底感到恐惧，不由自主地发出了尖叫。噩梦不断地持续着。相貌古怪的堕天使们发出粗犷的大笑，开始轮番用翅膀拍击她的面部、全身。她没有力气做出任何躲闪与抗争，只能紧闭双眼，不停地在地上扭动、挣扎，发出痛苦的哀号。

突然，四周再度安静下来。

叶深睁开眼。

一个头发上正滴着雨水的年轻男子与叶深四目相对。看到她平安苏醒，他的脸上露出放心的表情，但又立刻意识到了什么似的，慌忙避开了她的视线。

"乌鸦都已经飞走了。"男子说。

"啊，这样。"叶深努力地想要支起身子。此刻，她感觉自己的身躯前所未有的沉重，头也很晕。

"你刚才似乎在做很可怕的梦啊。"

"是吗……"她想起了那些可怕的堕天使。原来都是幻觉啊……她像个怕鬼的小女孩般"唉"地松了一口气。

叶深好不容易把自己弄成了能够在床上坐着的姿势,开始环视起自己现在所处的环境。

自己正待在一座陌生的小屋里。棕红色的木梁,灰白色的泥墙,麻布做的床单。唯一的光源,是被摆在房间正中的桌子上,正闪烁跃动着的烛火。小屋里的一切都是那么简陋朴素。

看来是自己在昏迷期间,被眼前的这位男子抱着来到了这座小屋吧。自己对整个过程毫无知觉,也不知是幸运,还是不幸。

"那个,请问……这里是哪儿?"

"我们现在在离那座塔不远的地方。"

"这里是你的家吗?"

男子沉吟了一声:"嗯,算是吧。"回答得有些含糊。

房间里似乎没有通电,忽明忽暗的油灯火光让整个室内都显得朦朦胧胧的。

"我不管你是谁,刚才那座塔,以后还是不要太靠近为好。"

"为什么?"叶深本能地询问道。

她盘着腿坐在床上,把身子转向男子,像猫一样地瞪大眼睛,凝视着对方在烛光下显得颇为深邃的五官。湿漉漉的头发披在肩上,让她冷得有些哆嗦。

男子的目光反倒是有些躲闪。

"为什么不能靠近?那是座什么塔?"

"因为……那是一座不祥之塔。"

这个回答显然无法让她满意。

不过,虽说"不祥"这个形容词对从小接受科学教育的叶深来说几乎毫无震慑作用,然而对方的这个说法,还是让她突然有了一种"不出所料"的感觉。塔身斑驳的污迹、外侧生锈的楼梯和扶手,甚至包括塔内栖息的无数黑色凶鸟,以及自己在不久之前在那座塔下的遭遇,都给它蒙上了一层阴郁诡异的气氛。

"那座塔是谁建造的?当初是出于什么目的建这座塔的呢?"叶深追问道。

"我不能说……"

男子的表情显得很痛苦。

"塔里构造是什么样的?是有好几层吗?为什么里面会有那么多的乌鸦?"

"不……我……不知道。"

叶深坐直了身子,叹了口气。看来有关那座塔的任何信息,对方都绝对不会向自己透露了。如果想要弄清楚的话,还是得亲自去一次才行。叶深回忆起那道绕着深灰色塔身盘旋而上的深红色金属阶梯,仿佛一条用身体缠绕在塔上然后向上爬的红蛇。一想到这里,她就有些哆嗦。

她清楚地记得,楼梯的尽头,在那座被诅咒之塔的最高处,有一扇陈旧的木门。

塔上有门。

只要能再一次爬上高塔,走到那扇门前……

就……

能进入塔内。

叶深暗暗鼓起了勇气,下定决心,然后把想法藏在心底。作为一个社会民俗方向的自由撰稿人,闭塞山谷里的不祥之塔这么好的题材,她自然不能错过。

"抱歉,"男子的话语让叶深突然回过神来,"无论你怎么提问，我都不能告诉你任何关于那座塔的事情。外人没有必要去了解这些事。你现在首先应该考虑的，是在这里度过一夜后，明天如何离开这里，平安地回到你来时的地方去。"

叶深点点头。对方说得也有道理。

"你从哪儿来？"

"营地。营地在石磨村。"

"石磨村离这里有六公里的脚程。"

"坦白说，我是迷了路之后晕头转向地走到这儿的。"她有些不好意思地挠了挠头。

确实，怎么回去营地是个大问题。叶深根本记不得来时走了哪条路，穿越了哪片树林，涉过了哪几条小溪。她身上倒是有石磨村营地的周边地图，可是现在自己应该早就走出地图范围了。

也就是说，在自己根本不认识路的情况下，现在唯一能帮助她的，就只有眼前的这个人了吧。

她看着这个男子。

但是，自己刚才明明已经下定了决心，明天首先要继续去调查那座塔。这样一来，如果是他的话，一定是无论如何不会同意并且万般阻挠的吧……

嗯。叶深紧咬着下唇。

"我会送你到营地的，放心好了。"男子说。他似乎并不知道叶深在想些什么。

啊，看来也只能这样了。

"谢谢你。"叶深说。

她突然想起一件事。

"对了，请问……"

"别的问题恕我实在没有办法回答你。"男子呼了一口气，站起身，似乎要离开。

"请问，我该怎么称呼你？"

男子愣住了。面对这个意料之外的问题，他伸手抓着自己的鼻尖，似乎有些紧张和羞愧。

叶深继续看着他。对方五官的阴影在火光下跃动着。不知是火光还是别的原因，他的脸好像有点泛红。

"我……我叫程子来。"他很艰难地说出了自己的名字。

男青年在报出名字后走出了房间。

叶深一个人在床上坐着，可以听到窗外隐约的风雨声。脚步声渐行渐远，不知今晚他还会不会回来。

想必，因为自己占用了这个房间，他不得不去其他地方过夜了吧。

现在赶紧出门去把他追回来，告诉他，自己其实并不介意两个人在一个房间里过夜，这倒也不是不可以。但是对方既然已经下定决心并付诸了行动，那么自己也很难再去改变他的心意。

况且，自己的脑袋还隐隐作痛。她现在可能连下床的力气都没有。

她摇摇头，暂时将这些疑问和思绪清理出自己的脑海。无论如何，挨过这一夜后，她首先得回营地去。和她一起工作的同事们，现在肯定因为她的突然失踪而正在拼命寻找吧。要是让父亲知道了这件事，一定会大发雷霆。

叶深脱下自己的外衣，把它简单地折叠以后放在床边的地上，然后叹了口气，身子后仰，整个人倒在了床上。斑驳的天花板上浮现出家里那位一生气就会满脸通红的父亲的面貌。话说，自己是有多久没见到他了呢？叶深的父亲和她一样，长期驻扎在外进行考察与调研，父女两人相逢的时间，一年加起来有时也超不过一个月。

父亲的面目逐渐变得模糊，取而代之的是刚才那位青年的形象。之前明明完全没有刻意去观察对方的相貌，但是这些潜意识里获得的信息，却在一个人胡思乱想的时候被投影了出来。那位青年的一些相貌特征和自己的父亲有些共同点，比如说两个人都有着深邃的五官、略微朝下的眼角和依附其下的深重眼袋，这些虽谈不上是优点，但正是为叶深所喜欢的——或许单纯只是叶深太过喜欢自己的父亲，所以只要任何人和他在长相上有相似之处，都会使自己感到亲切吧。

叶深的上一段感情结束于本科毕业前的一年。在之后的那些年里，虽然不乏追求者，她却一直单身。现在想起来，当时的，包括之前相处的几任男友，似乎也是叶深在他们各自身上看到了父亲的影子的缘故，才会一厢情愿地喜欢上对方的。一想到这一点，她便觉得汗颜。每当研究生闺蜜问起她的择偶标准时，她都只能支支吾吾无法启齿。这么多年，在择偶方面，她基本上很难培养出自己的主见。一方面是如前所述的原因；另一方面是由于自己向来相对比较强势的性格以及凡事尽力追求完美的态度，使她丧失了思考"怎么样的另一半才能与自己互补"的必要性。努力让自己成为一个没有缺点的人——这种性格的养成似乎也源自拥有同样特质的父亲的影响。

叶深摇晃着脑袋。自己这到底是在想些什么呀？在这种时候……

她突然慌乱起来。

对了，那位青年。明明是自己的救命恩人，她却从始至终连一声感谢也没有对他说过。自她从床上苏醒开始，所有的话题都是围绕着那座塔、围绕自己的计划展开的。叶深一直是在单方面、自顾自地对自己感兴趣的问题进行提问,直到对方因为失去回答的耐心而离开。自己这么做简直是……太过粗鲁和愚蠢了。

她不禁羞愧得满脸通红。

她能感受到自己的心脏在怦怦地跳动。然而在周遭都重回寂静之后,巨大的困意也侵袭而来。她想直起身子,下床,离开房间去好好向那位叫作程子来的男青年致谢并道歉,但是发现自己做不到。被乌鸦咬过的伤口正火辣辣地刺痛着,而从塔上坠落的时候与地面接触到的身体部位也一点一点地开始发麻。想必自己现在浑身都有巨大的瘀青吧。但是叶深没有办法再爬起来检视自己的身体,她甚至没有办法再弯曲半个指头。

她就这样在包裹自己的羞愧感中,进入了无梦的睡眠。

## 2

第二天醒过来的时候,叶深已经能够透过窗户看见外面湛蓝的天空。虽然并不缺少直射的阳光,但是狭小的窗户透光量有限,所以即便户外是雨后的大晴天,屋里也显得昏暗。

叶深从床上支撑起身子,坐到床边。双脚踩到的,是冰凉的地面。

她想站起来伸个懒腰,却发现自己的肩部、手臂、腰部,每一个部位都传来持续不断的疼痛。她只好小心翼翼地把自己的身体一点一点挪动到靠墙的最外沿,用手扶住边上掉漆的泥墙,慢慢地抬起躯体,然后站稳。

借着日光,她重新观察了一下室内的环境。站起来后,整个房间看起来比她躺着的时候所观察到的还要狭小与破败。修修补补过的内墙早已长上了斑斑的霉点，而天花板的一角似乎还有日光穿透洒落下来。与之相对应的是房间里家具的寒碜程度，除了床、桌子、一把椅子以外，室内连个储物的柜子都没有，简直就是家徒四壁。

一阵饥饿感传来，她这才想起，距离自己上一次在营地进食，已经过去差不多一天了。

叶深深吸一口气，试着推了推通向室外的房门。

门没有锁，吱呀一下就开了。门外的世界，安静得不可思议。

一时之间，刺目的日光让一直处在昏暗室内的叶深有些睁不开眼。随着她渐渐适应了室内外亮度的反差，她也总算看清了自己身处的位置。

……不，叶深摇摇头。

这……根本还是无法弄明白自己在哪里嘛！

层层叠叠的树。

密密麻麻的树。

叶深环顾左右，只能看到由近及远遍布整个视野的树。

这座破败的小屋，和那座高塔一样坐落于深绿色树海的深处。

压过饥饿感朝她席卷而来的，是突如其来的巨大恐惧。

为什么？！自己的警惕性是不是太低了一点？

叶深感到自责。

我为什么会肯定、确信那位叫程子来的男青年一定会在早上回到我身边？

如果，那个男人早已一走了之了呢？

留下自己一个人,在这永远也不可能走得出去的树海迷宫的正中央,在这几近废墟的小屋里,绝望地等待,然后迷失。

这样的话……

茫茫树海,就像是为自己准备的告别世界的舞台一样,展现在面前。

叶深。她想到自己的名字。简直就是宿命般的……

嗯。这样的话……

无论如何,得再去看一眼,那座塔。

那座自己曾经从它三分之一高的位置失足坠落的,不祥之塔……

"啊!"

身后突然传来一声怪叫,紧接着是一连串的咳嗽声。

叶深吓了一跳,思绪被拉回现实。她恐惧地、略带防备地回过头去。

程子来正满脸通红地站在她身后不远处。

"咳咳……不好意思,我刚才看见你一个人站在外面发呆,刚想和你打招呼,就噎着了……"

一时之间,叶深觉得眼前的男子也并不是那么难以沟通。

"你吓到我了。"她照实说出了自己的想法。

"我……我知道。我没有想到你会这么早就醒过来,所以来得有点晚了。对不起。"

他走近叶深,把口袋里的东西拿出来交到她的手上。

"这是桑葚。"

叶深注视着手掌中的若干个黑红色的小果子,每一颗的形状有点像缩小了好几倍、连在一起的一串红葡萄。

"我在过来的半路上随手摘的,但有可能不是很甜。"

"很甜。"叶深从手掌上挑起一颗，放进嘴里。

还没有到桑葚完全成熟的季节，果味确实有些酸涩。但是她并不介意。

"是吗？"

"只是似乎没有用水洗过。"她笑了。

"啊，我忘了……"

"我不是认真的。谢谢你，程子来。"叶深说，"我也要为你在塔下救了我这件事向你道谢。"她垂下头，"对不起，这本来是我在昨天就应该向你说的话。"

"啊，那个，我也要向你道歉，因为昨天晚上我也……不够友好。"

"你这样说可是会产生误会的。"

叶深小声说，不敢直视对方的双眼。这么想起来，自己在坠塔以后失去意识的那段时间里，程子来是怎么将昏迷不醒的自己带到那间屋子的呢？叶深努力不使自己往那个唯一的可能性上去想。如果将这件事情告诉研究室的同事们的话，自己一定会遭受充满八卦意味的嘲笑吧。

至少，程子来的及时出现驱散了她提心吊胆的情绪，她知道，有了对方的相伴，她能够平安地走出这片森林。

一种释然的暖意流淌在叶深的全身。

就要离开这座小屋了。

她回头看了一眼昨夜收留自己的这个残败的庇护所。

它就是一间普通得不能再普通的小房子，位于树影斑驳的林地中间。

掉漆的木柱，破损的外墙，以及蔓延至窗旁、胡乱生长的藤蔓植物，都在宣告这座小屋所经历的近半个世纪的历史。几只不知道是什么种类的小鸟在屋顶上蹦跳，不时还会踢落屋檐上几片松动的泥瓦。

"没有落下什么东西的话我们就出发吧。"程子来说。

叶深摇摇头。所有的随身物品都还像昨天登塔之前那样被收在随身的小挎包里。外套和裤子虽然因在泥水里浸过而早已污浊不堪，但是她并没有替换的衣物，所以只能依旧穿在身上。虽然整个人显得很邋遢，但那也是没有办法的事情。

"嗯，走吧。"

叶深跟上程子来的步伐。

"那座屋子并不是你的家吧？"她问。在小屋里待了一夜后，她对这一点越来越深信不疑。

"怎么说呢。"

"那间屋子里什么都没有。"叶深倒不是嫌弃那里的一切都过于简陋，而是无法相信时至今日还有人可以在一个水电都不通的房子里生存、生活。

"那确实不是我的家。"

昨夜的雨在泥地上形成了一个一个的水洼。水一点没有要干的迹象，叶深不得不小心翼翼地绕开这些水洼的中心，避免踩出水花。程子来在自己的身前毫不犹豫地拨开挡路的树枝往前走着，而自己只能时不时弓着身子笨拙地跟在后头，以免伸出的枝叶钩到自己的长发。

看起来，他对这一带的地形确实是了若指掌。

"我在给附近的农户帮农。"与前一晚的态度形成了反差，这一次程子来主动开口说起了自己的事情，"平时我一般都借住在不同的农户家里。只有偶尔，在需要一整晚待在林子里的时候才会去那间小屋过夜。"

"帮农？"

"在播种、收割的季节，有些农户家里会人手不足，或者在需要壮劳力的时候，家里人突然病倒了，这个时候呢，像我这样的人就会被雇用前去帮忙，短的话两三天活儿就可以干完，长的话有时候也需要好几周。"

"这样啊……"

两个人踩着地上的草木枝叶向前走着。土地上并没有任何前人走过的痕迹。

"你在来这里的路上有看到过农户吗？"

说实话，在还没有走到林区的时候，叶深的确看到过几间低矮的平房，但是没怎么看到在屋外活动的人。不过当时烈日当空，自己正晕头转向地在努力寻找回去的路，所以也并没有仔细留意。

原本她一直以为自己所在的位置是某片人迹罕至的树林，没想到附近也是有人居住的。

"春秋这两个季节的时候，我的工作就是往来于各处农家之间。在这里，农户与农户之间隔得相对比较远，从一处到另一处，有时候还要穿过树林，靠走路也并不是很方便。所以照规矩，每一户农家都会为自家雇用的帮工空出客房，在帮农的那段时间里，帮工就可以住在农户家里。另一个好处是，对农家来说，这么一来也节省了帮工往返家与农户之间的时间，提高工作效率。因此像我这样长期以此为生的人，拥有自己的住所也没有什么意义。"

叶深点点头。随着集体的维持与发展，往往会自发诞生出一些社会规则。

"但是……不能开车吗？"

程子来摇摇头。"整个地区都没有一辆车。"

"是……因为地势的原因吗？"叶深不确信地问。她在出发来这儿之前，对这个地区的情况稍微做了一些功课。

"我们现在快走到林地的外围了。"程子来并没有直接回答叶深的问题，"森林里是没有人居住的，不过从外围开始，农户的数量就多起来了。虽说是森林以外的部分，倒也不是彻彻底底的平地，只是相对来说树没有那么多而已。"

确实，往前走着，树木渐渐稀疏。树与树的间距变得不再紧密，更多的是一些低矮的灌木和茂盛的杂草。能够穿透枝叶投射到地面上的阳光似乎变多了，周遭渐渐地亮了起来。叶深环顾四周，发现甚至还能看到不远处有一两个光秃秃的树桩。原本生长在这里的大树，已经被人砍走了。

这种光景，仿佛重现了自己昨天进入森林时所见到的景象。

"从有人居住的平地再往外，东西南三面都被山围绕着。也就是说，我们现在身处在一个巨大的口袋形山谷之中。东边的山就叫东山，西边的就叫西山，南边的山叫作卧龙山。这三座山虽说都不高，但是山路也不好走，更不要提在山上修公路了。按照常识思考的话，能便捷地与外界联通的位置只有北面，也就是东、西两山之间的开口了。"程子来补充了一句，"那也就是我们要去的地方。"

叶深现在很确定，自己昨天走到过他所说的开口位置。

"可以形容那是村口吗？"

那是一块夹在两座山中间、说是峡谷也不为过的地方。

程子来点头。

"村口有一条河，隔断了内部与外部。河上有一座桥，是村民往来内外的唯一交通渠道。"

长江有许许多多支流，这些支流，每一条也往往还能衍生出许多更小的支流。其中有一条这样的支流便在那里沿东西向流过。叶深记得自己曾经浑浑噩噩地走过一座年代久远的石桥，现在看来，那应该就是程子来所说的，唯一联通外界与谷内封闭地区的连接点位置了。

如果是那座桥的话，确实……

"那座桥是无法走车的。"

相对于汽车来说，桥的宽度似乎窄了一点。

"那座桥已经存在很久了。"程子来说，"因为村里并没有任何人有将它拆除重建的意向，所以就一直保留到了现在。"

"村里是怎么做到和外界沟通、运输物资的呢？"

"很久以前，在桥下曾经有一个石码头。村民从河里捞上来的鱼、从地里产出的庄稼，需要有外来的买家前来接手。这些采购者有的有自己的货船，收货季的时候，他们就会将船停靠在岸边，等完成交易再离开。现在，因为交易量越来越大，码头挪到东面两条河的交汇处去了。那边的水量更大一点，也方便建造更大的码头。"

在这里，主要的运输方式原来是船运。叶深恍然大悟。当然，她理应想到这一点的，毕竟她不远万里来到这穷乡僻壤的目的与初衷，就和程子来所述的一切都息息相关。

想到这里，叶深使劲向前眺望，可是从她所在的位置似乎还看不到村口。

谷地中间的森林已经被两人抛在了身后，展现在眼前的，是阳光下的田地和那些叶深未曾留意过的、零散的农户。虽然周遭一片绿意盎然，但是她觉得这个地方还是隐隐约约有些违和。

太安静了。

虽然子来在一路上不断地叙述着关于这个松散的村落以及村民的点点滴滴，但是叶深在横跨田地的这段路程中，并没有在周围看到一个活人。

安静得就像电影布景一般。

因此在叶深看来，他说的每一句话仿佛都是谎言。

和来的时候一样。

那些低矮的平房，一座一座点缀在田地之间。

问题就是，没有人气。

从远处看，每一栋房屋里面都看不出有人在生活的迹象，每家每户的门也都是紧紧地闭着。窗内只有黑洞洞的虚空，那些伸出房顶的烟囱，也只是安安静静地杵在那里，陪衬着一动不动的湛蓝的天空。

不知怎么的，叶深突然想起了那片林间的空地，想起了空地上的那座塔。

她隐隐有种感觉，那座表面看上去荒废许久的塔……反而像是在这片地域，某种支配性的所在。

两人继续往前走着。

眼前出现一条清澈的溪流。这是发源自东山上的山泉的下游。她知道，沿着它走，就能到达溪流汇入村口河流的交汇点了。

房子又看不到了。左右两侧的山体开始渐渐合拢，道路变得狭窄，两边的树又一次多了起来，遮挡住本应投射在小道上的日光。一些嶙峋的岩石凸出在身旁的坡地上，岩石上长着苔藓。小溪安静地在这些乱石的脚下流淌。周围的空气也一下子凉爽了许多。

或许是受到静谧气氛的感染，这一路，两个人都没有再说话。

直到看到了出口。

"到了。"子来轻轻地说了一句，"这里就是村口。"

从小径的豁口那里，叶深看到了那座之前提到过的灰黑色的小桥，它就在距离小径尽头十来米远的地方，端坐在河上。

在叶深看来，那是一座并不结实的拱桥，仿佛随时会塌陷一般。但是，那种她在村里所感受到的诡异的静谧氛围，在看到小桥以后并没有消失，反而变得更为浓郁。小桥就像某种结界入口的标志一般，聚集着某种看不见的朦胧雾气，连接着内与外。

很奇怪。昨天，在浑然不觉的情况下，叶深曾经平安无事地走过这座似乎毫无存在感的桥。而到了今天，桥却在日光下以另一种狰狞的面目展现在她的眼前。

叶深很快明白了是为什么。

这座宣告结界入口的桥，和那座位于结界风暴中心的石塔——它们，如果她记得没错的话，**好像是用同一种材料建成的。**

这个事实意味着什么？

她还没来得及往下想，桥上有什么东西突然吸引了叶深的注意。

不，那不是一件东西。

叶深眯起眼睛。

那是一个人，还有……等看清的时候，她不由得吃了一惊。

还有一辆车。

那辆车的车头正牢牢地卡在桥面的前半部分，车身与桥身之间没有留下一点空隙。车门旁的那个人体形微胖，戴着墨镜和遮阳帽，拿着手帕擦着脸上的汗，虽然看不清他脸上的表情，但是从肢体语言来看，很明显他有些焦急。

"啊呀！"男子注意到了正向桥走过来的两人，摘下墨镜，发出高兴的惊呼，"哎？是叶深吗！"

"孙老师？"

"真是叶深！来得太好了。"

他一边说着"终于找到你了"，一边绕开卡住的汽车，手脚并用地攀着桥的边沿向两人小心翼翼地走来。

"孙老师，你是怎么知道我在这里的？"

对方露出一脸不可思议的表情："手机定位啊。"

这么一说，叶深发现自己已经完全忘记了自己还带着手机这回事。在好长时间里，她都没有再尝试通过手机搜索信号与外界取得联系。

"我们给你爸打了电话。他通过自己的手机定位到了你。"

叶深明白，虽然她的手机现在肯定已经没电了，可是从昨天开始自己就一直身处这一区域，只要在期间某一时刻通过卫星定位捕捉到她的位置，就能知道她大概的方位，出发进行搜寻。

"谢谢你，孙老师，还特地来接我。但是……"

"但是汽车看上去好像卡在桥上了呢。"程子来接口道。

孙老师似乎才发现程子来的存在一般，将帽檐往上推了推，抬眼看着对方。程子来比他要高上一头，所以他不得不仰视着眼前陌生的男青年。

"啊，不好意思。这位是？"

"他叫程子来，是他在我迷路的时候找到我，带我走出了这片区域的。"叶深故意没有说出自己坠塔昏迷的故事。

"你好你好，幸会。"孙老师向程子来伸出手，"我叫孙极，是叶深的同事。"

两人简单地握了一下手。

"幸好卡住的部位只是车头。要是有人能在车前推一下的话，或许车就能倒出去了。"孙极叉起腰看着眼前的汽车说。

"那我来推吧。"程子来主动提出帮忙，"反正我也不会开车。"

"我也一起。"叶深说着就紧跟程子来向车走去。她认出这辆车是自己随同事们一起来这儿时所坐的大众宝来。

"喂，你就别推了，"孙极在身后阻止叶深，"体力活应该由我们男人去做。麻烦你去车里坐着踩油门吧。"

叶深想了下，这么做倒也的确更为合适。

"知道怎么倒车吗？"

叶深不久之前刚拿到驾照。

"倒是会倒，不过我学的是手动挡……"

"倒车的话都一样的。"孙极说。

想要坐进车里的话，叶深必须得像刚才的孙极一样，小心翼翼地爬上桥面栏板，沿着顶端慢慢地绕到另一侧。其间她向下看了一眼，发现桥下的河水比想象的要深很多，水流也十分湍急。要是一不小心失足从边缘落下，虽说弄不出人命，要想毫发无伤地回到岸边也并不简单。

幸好卡住桥面的只是车头部位。

叶深来到车的另一侧，打开车门坐上了驾驶座。如果车被卡住的位置再往前一点的话，事态就会发展成连车门都没法打开的窘境。

她发动好汽车，挂上倒车挡，透过挡风玻璃向外比了一个

OK 的手势。

"我开始啦。"

"好的，"孙极站在车前，"我们也开始推吧。"

在"一二三"的呼喊声中，叶深踩下油门。不一会儿，车成功地退了出来。

"太感谢了。"孙极再一次握住程子来的手，"帮了大忙了。"

叶深坐在驾驶座上看着前方。不过，她的视线却不在那两个人身上。

在他们身后，远处。

她突然发现，在不到桥头的位置，也就是刚才两人走出树林的地方，在树木的阴影里，不知什么时候站着一个男人。

男人身着黑衣，拄着一支拐杖，腿部似乎行动不便。因为距离有点远，叶深看不清他面部的细节，但是至少有一点能肯定的是，他已经上了年纪。

而且，怎么说呢……他长得有点怪。

是哪里怪呢？

叶深说不清楚。她唯一能感受到的是老人的视线。虽然离得很远，但是她知道对方正看着自己。

**那个人是什么时候出现的？**

还是说，他是从开始的时候，一直就**不引人注意地站在那里**？

之前叶深在上海生活的时候，好几次差一点被不遵守交通规则的汽车撞倒。有些驾驶员在面对眼前正在过马路的行人时，反而会选择加速驶过斑马线。这个时候，叶深就会恶狠狠地瞪一眼驾驶座的位置。虽然由于两人之间隔着挡风玻璃，她并不能看清在车里坐着的人的表情，但是她知道对方一定接收到了自己恶意的视线。

此刻的她，也有一模一样的感觉。

明知道对方看不见自己，但是令她惊异的是，对方的视线还是能准确无误地落在车里的自己身上。

她不由得毛骨悚然。

那一身的漆黑，让她想到了……乌鸦。

孙极和程子来似乎还在车外寒暄着什么，两个人都没有往那侧看。只有叶深，仍与那个老人四目相对。

老人双眼的间距有点开。

就像一只苍老的乌鸦在盯着自己。

叶深的记忆突然回到了很久之前。有一次她去给母亲扫墓，在母亲的墓碑旁边的树上，就停着这么一只乌鸦。无论叶深怎么驱赶它，它就是不飞走，还一直扭着头，用脑袋一侧的一只眼睛直愣愣地看着叶深擦拭墓碑、上香直到离开。回到家后，叶深把这件事情告诉了父亲，父亲也只是笑笑，让她不要放在心上。确实，虽然这件事情并没有给叶深留下什么阴影，但还是使她感到困惑。尽管现在的墓园与曾经的那种坟地荒野早已大相径庭，被埋入地下的往往只是一小盒子的骨灰而已，但是生性食腐的乌鸦依旧像过去一样络绎不绝地在墓园出现并停留，这到底是为什么呢？

也许只能说，墓园具有吸引乌鸦的气场。而乌鸦本身，就是灾祸与不吉的象征。

叶深又想起了那座被程子来警告不要靠近的"不祥之塔"。

那座塔也是名副其实的乌鸦之塔吧。

遭到乌鸦攻击这件事，让叶深耿耿于怀。在那一刻，她所见到的乌鸦数量，比之前所有见到过的加起来还要多上几倍。

那座散发腐臭的高塔，就像是古时遍布横尸的战场一样，吸引着这些黑色的凶鸟不断地前来，并且栖息、占据，使之成为它们的领地。

到底是谁，由于什么原因，建造了这座塔？

这座塔如今的样貌，是不是建塔人的初衷？

这也是昨天程子来拒绝回答的问题。

这些思绪和困惑在叶深的脑海里打着转，好像过了很长一段时间，但其实只有短短的几秒。等她回过神来再往远处看的时候，那个一身漆黑、乌鸦般的老人已经消失了。

唉。

虽然只有很短的时间，但叶深还是有点后悔自己没有来得及做出任何行动。

她打开车门，走到外面。

"刚才你们看到那边有个人了吗？"

孙极和程子来原本还在交谈着些什么，这时一起看着叶深。

"人？哪里？"

"那里。"叶深伸手指着刚才老人消失的方位，"刚才那里有个穿黑衣服的老人。"

对方若只是一个碰巧路过的普通村民，那也无妨。然而看到程子来脸上转瞬露出的阴郁表情，叶深心里的期待顿时落了空。

"那个人，你认识吗？"她问。

程子来没有回答。过了一会儿，他叹了一口气。

"你们赶紧上车吧。"

孙极似乎还被蒙在鼓里，眨着眼睛露出困惑的表情。

"那人是谁？他和那座塔有关吗？"叶深仍不甘心。疑虑正在心里一点一点累积。

"你这种推测完全没有根据。"很显然，程子来的心情并不好。

叶深知道她没有办法针对这一点进行反驳。她迄今为止的这些揣测，基本都来自感性的联想，确实没有任何一点事实依据。事实上，在她的身边也的确没有发生任何不可思议的事件。在彻底的理性主义者看来，那座塔根本没有神秘之处：她从塔上坠落，说不定只是一个意外；塔里之所以栖息着那么多乌鸦，只是因为这座塔里经常会出现一些小动物的尸体，因为腐烂而散发出臭味。至于那座塔本身，很可能只是一座早年由前人所建的、废弃已久的象征性建筑而已，没有什么大不了的。

但是，叶深心里有一个声音在说，这些表象都不是重点。真正令她怀疑的是，关于这座塔，程子来从一开始就表现出来的缄默再三的态度、"不得靠近"的警告，包括对刚才穿乌鸦般装束的那位老人所流露出的惊惧……如果将这一切都串联在一起的话，难道就没有一点点意义吗？如果在这个村庄的遭遇真的如理性主义者所想，一切都是普通的巧合和偶然的话，对方又有什么不可言说的理由呢？

她打开副驾驶的车门，坐上车。身旁，孙极重新转动钥匙，发动了汽车。

"谢谢你。再见。"

叶深调下车窗，想要和程子来告别。

然而，他就像没听见叶深的声音一般，站在桥的旁边，直愣愣地发着呆。

"我会再回来的。"汽车发动的同时，她看着对方的侧脸，用他听不见的声音朝他小声说。

## 3

当叶深回到自己熟悉的石磨村时，天空已经变得昏暗。下车的瞬间，叶深有一种恍若隔世的错觉。

由于在车上一直在睡觉，所以她并不觉得困。但是，周身的疲劳与尚未消散的疼痛仍旧不断地折磨着她的神经。而且，可能是自己刚才一直歪着脑袋淌着口水，长时间维持同一个姿势的缘故，此刻她身上的酸痛似乎更为严重了。

但是，管不了这么多了。

她现在只想好好地找地方洗个热水澡，然后吃点东西填饱肚子，缓解自己一整天没有进食造成的极度饥饿与晕眩。

孙极将车直接停在考察团所驻扎营地的门口。

虽说是营地，其实就只是叶深与同事们一起临时租住的当地农家小楼而已。来到这里的考察团一行有二十来个人，两人同住一间卧室，就和住普通旅馆一样。

和孙极暂时告别后，叶深拎起随身包下了车，登上两级台阶，穿过建筑的大门，直奔通往二楼的楼梯。路过厨房的时候，她闻到饭菜的香味，感到一阵恍惚，咬牙克制住了自己想要闯进去的冲动。

她的房间位于走廊尽头，是整栋楼里最小的一间。与她同住的是一名研究地质的大学实习生，年龄比她小六七岁。

叶深掏出包里的钥匙，插入锁眼。拧开门把，一股子熟悉的霉味扑面而来。

她的室友似乎并不在房间里。床上堆着内衣和袜子，应该都是之前穿脏了的。床头柜上放着一杯没有喝完的水，旁边放着正在充电的手机。可能只是暂时离开吧。

叶深走过去，拿起那杯水，一口喝干。

房间里没有配备厕所和浴室。如果要洗澡的话，得去用楼下的公共浴室。浴室只有一间，到了晚上的高峰时段，就得排队在门口等。幸好现在还没人。

冲澡的时候，叶深的脑中一片空白。接下来吃饭的时候也是。湘菜的辣味触及她的舌尖，却无法传达到她脑内的感知区域。她茫然地用筷子给自己夹菜，再就着饭咀嚼下咽。直到别人提醒，才发现自己已经涕泪横流、模样非常狼狈了。

再一次走到自己房间门前的时候，她发现房内已经亮起了灯。看来室友已经回来了。

"刚才和黄老板打台球去了。"室友朝叶深吐吐舌头。

"你们该不会是……"

"是啊。"她一边解绑在头上的发带一边毫不在意地回答，"暂时和大家保密哦。"

"是他主动的吗？"

"是我主动的。"

她所谓的老板，就是这次把自己带来这儿的大学导师，也是考察项目的带头学者之一。现在的大学生之间似乎流行这种把自己的老师叫作某某老板或者某某总的风潮。总之，和叶深念大学的时候很不一样。叶深对这种称谓谈不上喜欢，也说不上讨厌。

但是一想到自己的父亲在大学里也会被他的研究生、博士生们私下里唤作叶总或者叶老板，她就觉得怪怪的。

叶深并不想去关心别人的隐私，只是"哦"地敷衍了一声。

"对了，老板还和我说起你来着。"

"是吗？"

"他说你长得很漂亮。"

"别开玩笑了。"

"他说,孙老师刚才发了消息来,说找到你了,而且你们已经快回到营地了。"

"嗯,我在车上完全睡着了,不知道这期间孙老师联系过你们。"

"总之,平安回来就好。"室友大大咧咧地脱掉了自己的短袖上衣,嘟囔了句"这件也要洗",把它扔在床上的脏衣物堆里。突然接着说:"你很漂亮也是实话啦,只不过是我说的,嘻嘻。"

"什么呀!"这次轮到叶深朝她吐舌头了。

"话说,你这两天都在哪里呀?"

说实话,对于那座村庄所在的具体方位,叶深其实一点概念都没有。去那儿的时候,她迷了路,完全不记得自己的行程;回来的时候又是搭车,在睡梦中自然也不可能去注意回营地的具体路线。

"你有没有地图,纸质的那种?"

手机电子地图上的显示是一片空白。

"有,稍等……给。"

她接过室友递过来的地形图,把它展开。因为是地质相关的考察,所以许多人的身边都备有地形图。

地图上显示着密密麻麻的标高数字和等高线,却没有村落名。

"我们现在在哪里?"

"这儿。"室友随手朝地图一指。看来是已经对这张地图相当熟悉了。

"这儿就是石磨村呀。"

在两根等高线之间，完全看不出有任何村落的迹象。

叶深用右手食指摁住那一点，目光在其周围来回扫视。她在寻找如同程子来告诉她的那样，被东、西、南三座山包围的一个谷地地形。

结果，符合条件的不止一处。

"这样不行呢。"叶深叹了口气，"我也搞不清楚我去了哪儿。"

"发生什么事情了吗？听孙老师说他找到你的时候，你的脸上还有划伤的痕迹。"

"嗯，我一不小心从一座塔上摔下来了，然后昏迷了一天。"

叶深故意把事情说得夸张了一些。她懒得向室友透露期间所发生的更多细节。

"真的啊？这么可怕！"

"还好啦。最后也没啥事。"

"哪有！别的不说，脸上受伤可是有毁容的风险的！你有没有照镜子好好看看啊？"

"看了，也没有那么严重啦。"

她是在洗澡的时候发现那道划伤痕迹的。洗完澡之后变得蓬松的长发盖住了耳旁的伤口，所以暂时还看不见。相比全身其余地方的跌打瘀青，至少脸上的划伤不算严重，也没有让她觉得疼痛，她就没有太在意。

愈合之后应该会慢慢消失的吧，她这么希望。

"只是擦破了点皮肤，已经算是运气不错了吧。"

"也是。"室友总算恢复了平静，坐回到自己的床上，歪着脑袋回想了一下刚才自己本来想做什么，然后说："那我去洗澡了。今晚就早点儿睡，好好休息一下哦！"

"嗯。"叶深点点头,视线又回到了那张地图上。

过了一会儿,耳边传来关门的声音。

她站起身子,做了个深呼吸,对着镜子稍微收拾了一下,让自己看起来不要显得太随便以后,换上那双原本沾满泥水的运动鞋,拿着室友给的地图走出了房间。

孙极的房间在一楼,是一个比较小的单人间。

"来了。"叶深用力敲了三下门,过了一会儿,房里传来有气无力的应答。

门开了。孙极睡眼惺忪地站在叶深面前。他刚才似乎在打盹儿。

"去打台球吗?"

叶深问他。

从住处的后门离开,走过一片田野,到村公所的位置拐一个弯,再往前走个几十米,就会在道路左侧看到一个小小的台球房。它其实并不是一栋房子,周围也没有围墙,只是在四角简单地拿竹竿做了个支撑,上面铺上防水的塑料布。说穿了,它就是一个简易的棚子。

天黑了。棚内亮着灯。灯下有模有样地摆放着四张球桌,其中两张球桌都已经被人占据了。

店主是一个谢了顶的中年人,穿着很随便。看到走进台球房的两人,他从收账台后直起了身子。

"打球啊?"他叼着烟问道。

"多少钱一个小时?"

"五块。"

"那就麻烦你开一桌。"

"哦。"

其中一张空桌上方的灯亮了。在灯光下，小虫子开始飞舞起来。

叶深和孙极来到那张球桌旁，弯腰从桌下抽出了两支球杆。

色球与花球已经被摆好在桌上了。孙极将白球放在线上，开出第一杆。

轮到叶深了。她俯着身子，瞄准了一颗看起来有可能打进底袋的绿色球，屏住了呼吸。

两球相撞，发出"乓"的清脆响声。命中准心，击球入洞。

"孙老师，"她直起腰，"你还记得那座村子的位置吗？"

"当然了。"

"开车往返的话方便吗？"

"还可以。"

"明天你有空吗？"

"嗯……不好说。怎么了？"孙极的视线仍旧落在桌上的那些球上。

"能麻烦你明天再载我回去吗？"

他终于抬起脸，看着叶深。看来对他来说，这显然是一个非常意外的请求。

过了很长时间他都一直没有说话。

于是叶深把问题又重复了一遍。

"为什么？"孙极问。

叶深击出一颗球。肩膀稍微一用力，还是隐隐作痛。

"孙老师。"她放下球杆，绕着球桌走到了他的身旁，"如果对着地图的话，你能认出那个地方的位置吗？"

孙极接过叶深递过来的地图，皱着眉头，将其在灯光下摊开。

"石磨村在这里。"叶深指着地图提醒说。虽然孙极和叶深一样并不特别了解地理，但是既然他能够依靠着卫星定位信息找到叶深，那么就说明他在出发前一定也做好了功课。

"差不多是这儿。"

不出所料，孙极很快在地图上找到了与程子来的描述一致的区域。

叶深拿出事先带着的记号笔，在他指示的位置画了一个圈。

"怎么了，发生了什么事？"孙极的声音变得低沉。可能是发现叶深所说绝非玩笑，所以他注视着她的眼神也认真了起来，"你还没有和我说起过从昨天到今天你都经历了些什么。你愿意的话，正好可以告诉我一下。"

这原本就是叶深约孙极出来的用意。在车上的时候她一直在睡觉，回到营地后也没有再打上照面，所以，直到此刻，两个人才有了第一次能好好交流的机会。

孙极是考察团特聘的建筑保护方向的学者。如果是他的话，一定能为自己提供不少帮助。叶深心想。

"我看见了一座塔。"

"等一下，你慢点说。"孙极用手背擦了擦脸上的汗珠，"你在哪里看见的塔？"

"孙老师，你找到我的地方，是一片山谷的入口。"叶深说，"过了那座桥，有一个封闭的村庄。那位程子来，就是那座村庄里的居民。"

"啊。这个我知道。"

"从村庄再往里走，是一片广大的森林。当时我就是在森林里迷了路，然后见到了那座塔。"

"塔怎么了？"

叶深深吸了一口气。

"我从塔上摔下来了。"她诚实地说,眼睛却不敢直视着孙极,"然后,昏迷了过去。"

那些画面再一次浮现在眼前。瓢泼的大雨、漫天的黑鸦,还有一瞬间照亮世界的绮丽的闪电。然而,叶深并不打算将这些与塔无关的细节和盘托出。说到底,这只是她在那时那刻自己的体验而已。体验是随时会改变的,而永恒则是静止的。

那座林地间、风雨中的黑塔,即是永恒。

"那是一座模样相当古怪的塔。塔是……圆的。"

"圆的,你是指像一个球一样吗?"孙极本能地看向桌上的台球。他还没有来得及对叶深所说的"坠塔"及"昏迷"做出反应。

"不是,准确地说,是一个圆柱。"叶深更正了自己的说法,"是一个用石头砌起来的圆塔。"

她突然有了一种感觉。自己一定在什么地方看到过类似形状的塔,可就是一时间想不起来。

"圆柱形的石塔啊……在国外的中世纪建筑里倒是很常见。你看到的,会不会是那种仿欧式的,像城堡周边突出的城垛一样的塔楼?"

"呃……"叶深一时间没有反应过来他所说的城垛是一个什么形象。

"啊,我换个比喻。比如说,像是国际象棋里代表'车'的棋子。"

这个说法很形象。

"嗯,形状上似乎是有一点像。然而那座塔并没有那种西方的装饰风格。"

"没有……装饰风格?"

"嗯,什么也没有。没有雕刻,没有色彩,没有装饰。那座塔给人最深,也是唯一的印象,就只有组成塔身的深灰色石块,一路延伸到塔顶。"

孙极歪歪脑袋,低头思索了一会儿。

"很罕见。"他轻声地说,"如果不是受到西洋建筑影响的话,这种单纯的不带装饰的纯几何圆柱形石塔……在中国实在是不多见。"

叶深可以理解孙极说出这番话的理由。如果她没有亲眼见到那座奇怪的塔而又要试图去思考"塔"的概念的时候,在脑子里浮现出的画面总是四边形或者六边形平面的中式重檐塔,就是那些无论是在生活中、照片里还是影视剧中我们都时不时能看见寺院里升起的香火衬托下的木塔或者石塔。

然而,现实并非如此。

"塔有多高?"

叶深大约是在塔身三分之一高的位置跌落的。借助回忆估计一下的话,似乎是在五六米的高度。如果,自己当时再往上走一点的话,或者,着地的时候不是摔在一片被雨水打湿的柔软灌木丛里的话,即使是从五六米的高空坠地,也是会危及生命的。不得不说,除了被乌鸦攻击造成的皮肉伤和跌打疼痛以外,自己能够在坠塔后奇迹般地接近完好无损,实在很幸运。

"可能二十米不到。"

二十米,约等于一栋六层住宅的高度。然而,从外部根本无法判定塔内的层数,因为……

"而且,那座塔除了最高处有一扇门以外,没有任何窗能够让人看得见里面。"叶深补充说。

"这……岂不就是一个二十米高的大烟囱吗？"孙极显得有些吃惊，"可是……这不可能啊。有什么人会在森林里造一个烟囱？"

当孙极说出这番话的时候，叶深终于意识到她那似曾相识的感觉来自何处了。

没错，她之前确实在游历沿海城市的时候见到过好几座与那座塔形状类似的建筑物。

那不是烟囱。

圆柱形的封闭高塔，沿塔盘旋向上的楼梯，塔顶孤独的小门和门背后理应存在的位于最高处的房间。

那是一座灯塔。

或者说，就像是一座灯塔。

一座位于茫茫墨绿色树海中央的孤岛般的空地上，沉默地孤立在降雨的灰色天幕下的灯塔。

叶深没有将自己的想法告诉孙极。她知道，就算此刻将她的发现与孙极诉说，也没有任何意义。有人在内陆的树林里建造了一座灯塔这种事，让她自己都觉得荒谬可笑。

不可能，不现实，没有道理。

有什么东西会被这座塔给照亮呢？

又有什么东西能被这座塔给照亮呢？

击球的声音打断了叶深的思绪。叶深抬起头，看见球桌的另一边，孙极重新架起球杆。

球很随意地被击歪了。

看来孙极也没有办法轻易地放下刚才的话题。

"总觉得无法释怀呢。"他喃喃自语着，像是突然想到了什么，转向叶深，"对了，你向那位男青年问起过关于塔的事情吗？"

"他对那座塔讳莫如深。"

"年代、来历、用途,一概没说?"

叶深叹了口气:"没有。"

为什么程子来会对与塔有关的任何话题都那么抵触?

她有一种直觉,孙极也渐渐领悟到了这一点:关于那座古塔,一定有一些当地人不愿意让外人知道的事情。不,这已经超出直觉的范畴了。这是很显然的事实:一定有什么秘密围绕着那座塔,甚至围绕着整个村落……

其实,她并没有非得再回去一趟不可的理由。叶深所生活的世界,与石桥那一头、位于树海包裹中的世界,原本是完全绝缘的。然而,身为人文领域的自由记者,身为调查者和记录者的职责和敏感,驱使她想要去找出那个村庄的秘密、找出程子来对那座塔三缄其口的理由。

此外,在属于自身第六感的范畴以内,漫天的黑鸦、塔内的恶臭,以及自己在那片领域里噩梦般的遭遇,也让她至今都无法释怀。所以……

"所以,拜托你了,孙极老师。"

当她说出自己的请求时,她就知道自己已经达成了目标。

表面上看,孙极仍然有些犹豫。他之所以迟疑,可能是在评估衡量这一路的风险与收获、成果之间的天平的倾斜程度。然而,叶深清楚,像孙极这样的学者,兴趣一旦被勾起,不去查个清楚、弄个明白,是不会善罢甘休的。

最终,他击出一杆球。

"好吧。"孙极说,"听说明天黄教授要带队去南边做生态评估,估计也没有需要我帮忙的地方。我们开车去,尽量不要花太多时间。"

"谢谢你！"叶深如释重负般地露出笑容，"有孙老师带着我一起，心里也不会那么没底了。"

"没事，反正我也是闲得发慌。啊，不过，"孙极突然压低声音，"你应该没告诉那位青年我们此行的目的吧？"

"没有。**在当地建造水坝**这件事，不还只是在计划阶段吗？况且，这种事情由我这样的闲杂人等来进行通知，也不太合适呀……"

4

现在差十分钟十二点。即使是在研究室加班，到了这个时候，父亲再怎么说也应该到家了。

此时的叶深正独自坐在田埂旁的一堵矮墙上，听着黑暗中传来的不间断的虫鸣。盆地的气温很高，即使是接近凌晨的时刻，吹拂面颊的风也仅带有少许凉意。雨云已经不知不觉散去了，因为附近少有灯火，所以抬起头可以看到在城市难得一见的夏夜星空。

就在这满天繁星下，她握着自己的手机，心里正犹豫着。

都快要三十岁的人了，一遇到什么风吹草动还要给父亲打电话，让她感觉有点害臊。一方面，父亲在白天的时候应该也已经听说自己平安回到营地的事儿了。既然他之后没有主动打电话过来嘘寒问暖，那么自己现在再去联系他，总觉得没有太大的必要。另一方面，父亲作为自己挂职所在的大学研究所的正教授，掌管整个大学学科的全部研究项目，她也确实不忍心在深夜再去打搅他。而且，关于那座塔、那座村——那些或许会让父亲提起一点兴趣的信息，她还远远没有调查出什么头绪来。

还是算了吧。

叶深下定决心。不如等到手头的任务告一段落、有了成果以后，再去和父亲汇报吧。

她叹了一口气，摁灭发光的手机屏幕，用手扶住身后的墙垣，小心地跳了下来。

虽然现在的自己相较白天精神了百倍，但是一想到明天还要起个大早，叶深就不由得心里一沉。她从中学开始就一直是起床困难户，为此，她不得不逼迫自己每天在毫无困意的时候早早在床上躺下，数羊入睡。

回去吧。她这么想着，在黑暗中站稳了身子。

虫鸣也安静下来。

这个时候她才感觉到，不知不觉，在自己身后近在咫尺的黑暗中，似乎传来了轻微的人的呼吸声。

一阵巨大的战栗包裹住她的身体。

有那么几秒钟时间，她没有办法回过头去，更没有办法挪动半步。

"不要去。"

嘶哑的男声在背后响起。声音不带任何威吓的口吻，反而像是在平淡地陈述一个事实。

"不要再去那个塔，不要去。"

来人只是一遍又一遍地发出同样的警告。

叶深终于设法转过身，面朝对方。

男人就站在自己的眼前。

月光照亮了对方光秃秃的前额。下半部平庸的五官则陷入阴影中，显得非常古怪。

这个人……她想起来了。

是台球房的店主。

叶深的整个身子都绷紧了。

"我……我不知道你在说什么。"她勉强从嘴里挤出了这几个字,同时伸出左手在刚才自己坐的墙垣上悄悄摸索,试图捡起一两块可以防身用的砖石。

店主又悄悄地往前走近了一步。

**"天使会在那里杀死你们。"**

她的脑袋嗡的一下。

无……无法消化这句话里的信息。

天使……

降临到塔上的天使。

包裹塔的群鸦。

天使会杀死我们。

"天使"……会杀人?

叶深感觉自己在下坠。朦胧中她意识到,如果自己并不是失足坠落高塔的呢?

如果,自己其实是被那些乌鸦……

这样的话,不就是……

这个时候,从小径的另一侧,土墙的后面,突然传来了一声轻笑。随即响起了越来越近的两个人的脚步声。

店主倒退了几步,没等叶深反应过来,就已经转身遁入了黑暗。

另一边,墙后的人倒吸了一口气。

"小夏,你等一下,那里好像站着个长头发的女人。"

"老师你可别吓我啊。"室友带着哭腔的声音传来,"不会吧……"

"别害怕，可能只是半夜睡不着出门散步的村民。老……老师会保护你的。"

趁自己还没有被认出，叶深赶紧三步并做两步地离开了现场。可惜，先前的店主早已经不见了踪影。

## 5

从第二天早上开始，叶深发起了低烧。虽说不至于有性命危险，但是带着一身伤痛躺在床上的她，尽管百般尝试，也打不起精神离开自己的小房间，只能吃了药，看着窗外连绵不绝的雨，一整天忧郁地浮想联翩。孙极和其他同事忙于工作，尽管会时不时来看望她，却也只是待上一小会儿就走。

第七天的时候，她终于坐不住了。一周的时间，仿佛过了一年。

"明天就去吧。"她和孙极商量，"我已经恢复了。"

叶深说出的这句话，其实含有逞强的意味。虽然连日的低烧已经退了，但是长时间卧床的身体还远远称不上健康。

第二天，前往那座村庄的一路上，倍感虚弱的叶深无力和孙极说话，只能借口说自己早上睁不开眼，想在车后座再打一会儿盹儿，一个人静静地、反复地回想着一周前那一晚上的遭遇。负责开车的孙极信以为真，也就一直闭口不语。

她并没有将这件事情告诉孙极。至少她暂时不打算这么做。

地勘组的汽车，因为专业需要，就连后座上也堆满了杂七杂八的工具、器械、绳索。因此叶深不得不一直勉强地歪着身子，咬牙经受着一路的颠簸，在重病未愈的情况下，又平添了几分身体负担。

临出发当晚,她又做了噩梦。在梦里,叶深被粗声怪叫的乌鸦包围着,循环往复地一次次从塔上跌落。每每因此惊醒而睁眼的时刻,她仿佛都能看见黑暗中正有一个乌鸦打扮的"物体"从床的上方浮现,并直勾勾地盯着自己。唯有身边传来的室友平静的呼吸声才能把她拉回现实,让她意识到那个被她错认的黑影,可能只是一块天花板上粉刷层的斑驳。

当清晨的阳光洒进房间,一些阴暗的角落也已经被照亮的时候,叶深的恐惧才稍微消散了一点。理智重新回到了自己的身体里。自己不相信天使或者种种怪力乱神的东西,更不相信他们能够危害到人类的性命。她感兴趣的是这些传言的来源,是人们在传言下生活的行为本身。因为形似乌鸦的黑影而担惊受怕了一晚上的自己,简直是太蠢了。

坐在颠簸的车里,叶深直愣愣地望着窗外掠过的草木田野。不一会儿,汽车跟着一条小溪一起向下转弯,她也就将视线投向了水流的另一边。

如果地勘一切顺利的话,这样一块水土丰富的谷地区域,不久之后就将沉入湖底。无论这里的民俗、社会发展到了什么程度,都将会变成历史进程中的一个残片。这个时候,她更加燃起了"在此之前,无论如何要去努力接近并且记录这些行将消失的村落文化"的决心。

这么说来,自己曾经到访的乌鸦塔之村,也就是现在两人再一次前往的地方,也处在一个群山环抱的地形之中。那条即将被水坝拦断的河流的重要支流也流经那片地区,谷地的入口还形成了一个类似护城河的地貌。叶深对水坝的建造专业领域几乎一无所知。硬要说的话,她之所以有机会能够以"文化遗产评估"的名义与同样是非专业的孙极一起随队参加这次的专业地勘，其实一定程度上是动用了在同一大学任教的父亲的关系。因此，现在的她只能非常不负责任地暗自揣测，既然那里距离他们所在的营地尚有一个多小时的车程，因此未必会受到水坝建造所带来的影响。但是，假如自己的判断……不，只能说是没有根据的猜测是完全错误的话，那么在此之后，那座塔以及与之相伴的那些"装神弄鬼"的说法，就将永远成为一个无人知晓的谜团而被人遗忘。

她的好奇、她对于专业的热衷和执着，以及那座塔很有可能即将消失所带来的紧迫感，促使着她无视警告、无视自己曾经在塔下的噩梦般的体验，决意再一次回到那座村庄。

还有一个原因……

叶深可能在潜意识里意识到了这一点。

那个男青年——程子来。

她对他很好奇。

但是，这是一种说不上来的感觉，也是出于无法表述的理由。她的直觉告诉自己，至少，应该再去看他一眼。

她想起程子来对自己说过的那些话。

大雨瓢泼的晚上，在灯火昏暗的屋子里。

"不要靠近那座塔。那是一座不祥之塔。"

她仿佛同时又听到了那晚来自台球房店主的警告。

最后，群鸦扑扇着翅膀在她的眼前飞舞。

对于向孙极隐瞒了自己曾经收到警告这件事情，叶深感到很羞愧。她甚至至今都没有告诉他，自己从塔上跌落的具体缘由，以及当时的情景。如果孙极知道这件事，知道了已经有两个人都向自己发出过"不得靠近"的警告，他会不会因此心生胆怯而打起退堂鼓来呢?

　　她为自己的自私而感到痛苦,只能不断地安慰自己,所谓警告,只是一种虚张声势的威吓而已。什么都不会发生。他们只需要再一次找到林中的那座散发出腐臭的塔、小心地沿着那道螺旋楼梯走上塔顶。塔顶的那扇木门经历了无数的风雨,已经接近破败,勉强维持着阻断外界的作用,即使上了锁,也应该不费吹灰之力就能打开。门后的东西,或许就能够解开塔的秘密。

　　什么都不会发生。之后,他们就能够一起回到外面的世界。

　　所以,即使没有告诉孙极,也没关系。

　　"快到了哦。"

　　前进的道路变得越来越难走了。原本就不宽敞的单行道土路变得更加狭窄与高低不平,仅容得下一车勉勉强强地低速通行。那天傍晚,从这里返回营地的时候,叶深一直处在无知觉的睡眠之中,所以现在才是她第一次体验到这种强烈起伏带来的眩晕。道路的两旁,一边是杂乱生长的望不到头的树林,一边则是越来越开阔、湍急的溪流。

　　叶深难受得想吐,便打开了面溪那一侧的车窗,将头探出车外。窗外清新的空气有些香甜。她如饥似渴地大口吸着。

　　"开到这条路上,说明村子就在前面了。"孙极在驾驶座上一边说,一边小心翼翼地操纵着方向盘。

　　"谢谢你,孙老师。"叶深忍住晕车带来的恶心感,勉强地说。

　　她隐隐约约看到了那座小桥。

　　又见面了。叶深在心里低语道。

　　从这里的车道上看,小桥不容易被发现。灰黑色的石桥隐藏在近处的灌木后面,坐落在更高的树木阴影里,被绿褐色的背景淹没。如果有汽车从旁边驶过的话,对于坐在车里不知情的人而言,一闪而过之间,根本不会注意到它的存在。

仿佛是谁有意将它藏起来一样。

叶深意识到,这个不起眼的地方,就是通往整个村子内部世界的唯一入口。

她突然想到,七天前的自己曾在程子来的陪同下站在桥的对面,朝现在自己所在的位置看过。当站在内侧朝外看的时候,她觉得桥的另一端特别的明亮与开阔。但是,现在她意识到这似乎只是错觉。

在树木的遮蔽下,天色渐暗。勉强可以算是单行道的灰暗土路,就更加谈不上开阔了。这种体验,与七天之前所感受到的截然不同。

四周的环境让叶深有了一种不被欢迎的感觉。自己曾在不知情下浑浑噩噩地走过这座桥,当时的她完全没感觉到这种气氛。

难道是因为,见到了那座塔之后……

七天的时间里,这座被遮盖起来的村落似乎悄悄发生了变化。

明明……

孙极将车开到了桥头,停了下来。

踩下刹车导致的晃动打断了叶深已经渐渐丧失理性的思绪。

"要不要继续往里开?"他回过头来问叶深。

叶深被拉回了现实。她回想起昨天他所驾驶的汽车卡在桥上的一幕。

"啊,还是……"

"我觉得，这次倒是可以尝试一下。"没等叶深回答完，他仿佛看穿了她的想法，摩拳擦掌地接着说，"我现在开的可是刚刚充满电、加满油的北京吉普。这辆车的马力，可比那天的宝来要大上不少。"

看得出来，他想弥补那天的尴尬。

"况且，我也没有办法在这边的单车道上直接停车，这样会阻挡到后面驶来的车辆。如果过了桥之后，能够有路继续往前开的话那是再好不过；就算做不到这一点，无论如何，我们也得过桥到河对岸去找个空旷一点的地方把车停了。总归还是这样比较好吧？"

"不过，这座桥的结构……真的可以供汽车通过吗？不会有什么问题吧？"

"虽然应该不是为了通车而建造的，不过你可以放心。这座桥还挺新的呢。"

"啊，是吗？"叶深觉得有些意外。从样貌上看，说它是历史文物也不为过。

两侧的反光镜已经被折到了后方。孙极再一次踩下油门。引擎盖下的发动机轰鸣着，汽车向前驶上桥面。

叶深不由得有些担心。林间的寂静突然被打破，会不会招来村民监视的目光？而那位像乌鸦一般的老者，此刻是否仍然藏身于桥后的林中？但是，她没有获得更多思考的余地。

结果，车身与桥身发出了清脆的剐蹭和碰撞声，同时停了下来。

"还是卡住了啊。"

"没关系吧？"

"像这种整天在林地里跑的地勘组越野汽车，根本不在乎表面再多两道剐痕。"

叶深相信孙极只是在安慰自己。

"不过，真的能过去吗？"

"好像就差一点。"他摇下车窗往外看了看，"只是最宽的地方与桥身贴在一起而已。这个时候，只能往前，也没有回头路了。"

"还是后退吧。"

"不，前进应该能行。"他把挡位降到最低，"这车应该不值几个钱吧？"

"回去吧。"

"没事。"

引擎咆哮起来。

事后回想，接下来所发生的事，仿佛就在一瞬间。

汽车在震耳欲聋的噪声中，挣扎着往前挪动，五毫米、一厘米、五厘米……

石质的桥面开始给人正在晃动的错觉，仿佛它也在随着汽车的嘶吼痛苦地扭动自己横跨在河流上的身躯。

接着，更大的响声开始出现。

有什么东西发出崩落的声音。

一开始只是零星的几声。不久之后，那种不应该出现却又无处不在的崩落声频率变得越来越密集，越来越让人心惊肉跳。

接下来叶深听到了巨大的水声。不是那种让人心神宁静的潺潺溪水的流淌，而是不断地破损飞溅的悲壮的哀鸣。

引擎的轰鸣，石块的碎裂，水花的跃起……

就像一场突如其来的暴雨一般，混响回荡在整个世界。

汽车最终惊险地到达了另一侧的河岸。

除了听觉以外，叶深的其他感官短时间内都已经失去了作用。直到这时，她才缓慢地回头，颤抖着透过后车窗，目瞪口呆地注视着身后的景象。

"哎呀呀，真是没想到。"驾驶座上传来孙极的哀叹，"怎么会发生这种事……"

原本应该在的东西不见了。

有着小石桥横跨的河面上，现在空空如也。

**桥塌了。**

"孙老师……"

"啊……"

"现在我们该怎么办？"

"嗯？"孙极摸着后脑勺，"这个啊，我们先找个地方把车藏起来吧。"

叶深一时之间无法理解他的逻辑。

"等一下，为什么要把车藏起来？"

"如果我们就这么把车留在这里的话，村民岂不是一眼就能将这台车和这座桥的倒塌联想到一起吗……"

"但是这么想……确实是正确的吧。"

"是正确答案。"

"而且我们应当为此负责吧？"

"我们会这么做的。"

"所以为什么……"

孙极回过头来，直直地注视着叶深。

"小叶，"他说，"你想去看那座塔，对吧？"

叶深点头。

"从这里走到那座塔，大概要多久？"

准确地说，叶深曾经在清醒的状态下走过的，只是从林中小屋到这里的这段路。况且此刻，就连那一段路程，也无法被具体地回忆起来。

她有点困惑。

"我记不清楚。可能……还要走上一个小时左右吧。"

"所以啊，至少在到达那座塔之前的这一个小时里，我们需要获得在村子里自由活动的权利吧。"孙极停顿了一下，"如果我们把车子就这么大大咧咧地留在岸边的话，万一在这段时间里被人看到了——会怎么样？"

叶深沉默了。

"弄不好的话，会被赶出去吧。"

孙极的语气里没有半点玩笑的意思。

叶深并没有告诉他，自己曾经收到过警告。但是她丝毫不怀疑对方和自己一样，已经隐隐约约感知到了那种"不被欢迎"的氛围。石桥崩塌的巨响过后，四周陷入的长时间寂静，也让她耿耿于怀。闹出那么大的动静，却没有吸引来哪怕一个人、惊走一只鸟。这起事件，就这么有头无尾地湮灭在了无声的林地之中。

她暗自下定决心，点了点头。

"那，孙老师，按照你说的办吧。"

可以藏匿车辆的地方有很多。两人决定把车推到一个位于坑地坡底的茂密灌木丛后，离小桥原本的出口位置不远，又不容易被发现。

孙极坐在车里，操纵着方向盘缓缓前行。叶深站在车子计划的行驶路线上，艰难地把可能会阻挡前进的粗枝拨到一边。沿路的荆棘上长满了尖刺，不断扎在小腿上，疼得她直皱眉头。

"小叶,过来再帮忙推一下。"孙极在驾驶座探出脑袋,朝后方小声地呼唤。

等到尾灯熄灭、发动机停转以后,孙极便拍了拍手,打开车门走了出来。

"嗯,好像从外面还能看到一点车尾。"

"没有关系啦。"

"不,总得做到尽善尽美嘛。小叶,你把后备厢里的工具箱递给我。"

"工具箱?"

"我想砍掉一点挡路的藤蔓。车钥匙给你,等我处理完碍事的植物以后,麻烦你再发动一次汽车,把车再往里开一点。"

"真的有必要这么麻烦吗……"她嘟囔着,却还是照做了。

过了一会儿,深色的车尾就完全隐没在了茂密的枝叶之后。叶深甚至突然有了一种这辆车从来不在这个世界上存在过的错觉。

两个人沉默地离开藏匿汽车的地点,向着坡顶披荆斩棘、挥汗如雨地攀登起来。

如果这辆车一直就这么停在身后此处的话,如果不是人来人往的话,如果……如果没有人对着树后起了没来由的疑心的话,叶深心想,或许好几个月甚至好几年的时间里,这辆车都不会被人发现。很快,车顶将遍生藤蔓,引擎盖上落满红叶,然后开始生锈,就像那座塔一样,以一种被动的、沉默的姿态,作为自然中以异质形态存在的人工物,随着时间的安静流逝,被遗忘、被同化,成为林中的遗迹。

这想法有点可笑。村里没有人会开车,所以叶深丝毫不担心汽车会失窃。如果不出意外的话,汽车就将一直停在那里等待自己的归来。她甚至都没能拔掉插在驾驶盘下方的车钥匙，也懒得将车门上锁。只是去看个塔就回来而已，但是为什么，此刻的自己却隐约感受到了一场盛大的告别。

# 6

叶深忘记了时间，忘记了途经的每一处细节，忘记了自己所观察到的同一处景色和七天前的差别，更忘记了自己和孙极一路上说了些什么无关紧要的话语。其间，当她走过远处稀稀落落的屋舍的时候，她似乎看见了初秋的薄雾中缓慢移动的几个人影——但是她不在乎。

没有停留的时间。

她只是简单地、决然地又一次将自己投入了茫茫的林海。

她只想再一次地……

等一下。叶深突然问自己，在潜意识深处，她的目标究竟是那座塔，抑或是与那座塔关联的、那位仅有一面之缘的男青年？理智状态下，自己一定会毫不犹豫地选择前者，但是此时此刻呢？

无法回答。

空气中混杂着植被散发的暧昧湿气、化肥的腐臭和类似柠檬草的淡淡香味。越是接近树海的中心，叶深的意识越发地开始朦胧。

"喂，快到了吧。"

这个时候她才再一次想起身边这位同行的伙伴。

"嗯。"叶深低吟了一声，但是又缓慢地摇了摇头，"我不知道。"

孙极似乎感到有些不可思议。

"虽然是很容易迷路没错啦，不过这是你第三次走这条路了吧。"

无法否认。但是，不知怎的，进入林地以后，她就再一次失去了方向感。如果非得用理性去解释这件事情的话，或许可以这么说：即使是同一片区域，因为树木枝干的复杂交织与姿态的各异，除非人不偏不倚地永远走在同一条路上，永远看同一个方向，否则即使有一些方位上的微小差别，周遭也会完全是另一番景象。更何况，即使是在同一天之内，因为时间段不同，气候、阳光和阴影的方位也会存在差别。这就像是赫拉克利特所说，人不可能两次踏入同一条河流。同一个地点总会有无穷多个面貌，而陷入迷失，则是旅人的宿命。

但是，无所谓。

"总能走到的。"

只是时间问题。即便陷入了迷失，那座塔，也会在树林的最深处等待他们。

孙极抹去额头上沁出的汗珠。时值初秋，天气不热，林中弥漫着比村落外缘更加浓烈的雾气。从林海深处飘来腐蚀的气味随着雾气一起扩散到林间每个角落。

"这个味道是……"

"运气好。看上去我们只要沿着气味传来的方向走，就能够到达目的地了。"

"嗯？难道说这气味……"

"是从塔里面飘出来的。"叶深肯定地说，"石塔的内侧，似乎有很多腐烂的动物尸体。"叶深再一次回想起透过石缝闻到的恶臭，以及从塔顶喷射出的成群结队的食腐乌鸦。

"嗯？你的意思是说，动物会主动往塔里爬，然后在塔里死去，还是……"

"只要不是鸟或者爬虫什么的，无论是什么动物都很难通过攀爬塔壁到达那样的高度吧。而且，拥有爬塔自杀习性的动物，我也是闻所未闻。当然，我没有听说过，并不代表没有就是了。"

"是的呢。"

"当然，也有可能是乌鸦把塔作为自己的巢穴，每天将捕食带回的腐肉残渣储藏在塔内的结果。"

"乌鸦？"

孙极并不知道乌鸦的事。叶深没有专门回答孙极的提问，而是继续一边走一边说出了自己早就成型的想法。

"但是，无论是第一个假设还是第二个假设，当地人都没有必要对其三缄其口吧。"

"所以，结论还是人吧。"孙极说。

她点点头。

"能造成如此浓重的腐臭，说明正在腐烂的动物尸体，绝对不是小数目。所以这件事情有很大的可能性是人为的。有人，或许是好几个人，或许是全村人，是他们把动物的尸体投入了塔内然后任其慢慢在黑暗中腐烂。"

"可这是为什么呢？我实在想象不到——"

孙极突然住口。

仿佛是突然进入了暴风雨中的风眼一般，在他们意识到并且停住脚步的下一瞬间，包裹四周的薄雾突然悄无声息地散尽了。不，与其说是主动散去，不如说是和密密麻麻的树海一起，被两人甩在了身后。就像是冲破了一层看不见的薄膜一样，林中的空地再一次毫无征兆地出现在叶深的面前。

"这就是那座塔……"

孙极试着说出的这句感叹，在叶深听来，只是他的喉咙里发出的干号。

黑色的石砌塔。

叶深终于第一次从远处看清了它的全貌。

为了做好万全的准备，避免曾经的坠塔可能给她带来的心理创伤，连日来叶深在病床上无所事事的时候，设想了许多在与这座朝思暮想的塔再会的时刻，自己有可能会感受到的情绪。是精神上的冲击、本能的恐惧，还是"冷静下来定睛一看似乎也不过如此"的大失所望？

都有可能。

然而此刻，她实际察觉到的，只有"自己作为主体，正在观察一件物体"这样再普通不过的事。这就是重逢之刻的感受？这令她感到惊讶。

曾经在上方盘旋的黑色鸟群失去了踪影。塔的面貌，前所未有地清晰。

像烟囱一样纯粹质朴的几何外形、堆叠得既不紧密也不艺术的塔身石材、围绕其盘旋而上的楼梯，以及位于高塔最上层的那扇小小的木门。

离远一点看，它只是一座再普通不过的塔。就材料而言，给人一种极为廉价的印象；就施工而言，也显得粗糙。相当于六层楼高的高度，或许可以勉强压周边树木一头，但是无法和真正的高塔相提并论。叶深曾经参观过位于山西应县的中国最高木塔——释迦塔，也曾经一个人在圣马可广场的海风里抬头仰望过宏伟的钟楼。这些建筑史上的奇迹，才有资格被称为真正的高塔。而眼前的这座灰头土脸的小塔，充其量只能被称为"构筑物"而已。

然而叶深又隐隐感到了不安。

过于朴素的外观，就像是随意建造的临时建筑一样——

却不知在风雨之中屹立了多少年——

并以一种废弃的假象，被一直使用着。

这是……为什么？

叶深突然注意到，她之前唯一看漏了的一个东西。

正对着他们的塔底部位，被过膝高的杂草遮掩、在不引人注意的地方，**还有一扇门**。

和顶层的门一样，这扇门紧闭着。门扇是用未经特殊加工的木板做的，显得有些破败，仿佛一碰就会碎裂。

也许这就是塔在地面上的主要出入口了吧……

"欢迎，陌生人。"

沙哑的嗓音突然回响在空地之间。

糟糕。叶深的头脑一片空白。下一瞬间，她意识到，自己犯了一个错误。

无论是她，还是孙极，刚才都过于关注那座塔本身了。他们完全没有留意到身在塔另一侧的人。

而那些人，自始至终就一直处于空地边缘的树木阴影之下，沉默地站着、无言地看着。

"欢迎。"身处人群最前列的那个人又重复了一遍，径直朝他俩走了过来。他上了年纪，走得一瘸一拐，步履艰难。身后的人却没有一个上前搀扶，都沉默地站在原地。老人身材瘦小，过长的黑袍底部拖在泥地上。

就像一只苟延残喘的乌鸦。

叶深想起了这张脸。嶙峋的五官，比正常人宽上很多的眼间距，以及失焦一般浑浊无神的双眼。是那天站在桥旁的那个人。

"您好，老人家，冒昧打扰了。我们是……"孙极看上去有些害怕，却仍旧试着稳定情绪，说出这种场合下正常人应该说的话。

"欢迎……"第三遍。嘶哑，还能听到痰在老人喉咙里翻转的声音。

"欢迎来到**神降祭**。"他说。

# 7

天色突然暗了下来。浓密的云朵遮蔽了一度投射在空地的阳光。

伴随着缓慢而有节奏的唱诵声，原本站在树林里的人群缓缓地一起向前移动。人们唱诵的旋律很奇怪，也无法分辨出歌词。

所有人都穿着纯黑色的长袍，打扮得有点像西方的修道士。队列里有男有女，甚至还有不少身形幼小的孩童。

"请到这边来。"老人向叶深和孙极张开双臂。长袍袖口里露出的手和手腕，同样瘦骨嶙峋。

叶深与孙极对视了一眼。

如果现在马上转身离开的话，或许能够成功逃脱。但是如此一来，她也将永远失去了解这座塔、了解这个即将消失的村庄的良机。更何况，抛开老人瘆人的长相和奇怪的态度不说，对方至少并没有展露出任何明显的恶意。

"走吧。"

孙极向叶深点点头。

唱诵声仍在持续，配合着人群后方传来的微弱鼓点。所有人都面无表情地注视着向他们走去的两人，让叶深感到非常局促不安。她也试着勇敢地将目光投向正对面的人群，努力寻找那张自己熟悉的面孔。然而太多的人脸，针扎般的视线，让她完全无法集中精神。

从这头走到那头，短短的一分钟，却过得异常煎熬。

人群的第一排自动为他们腾出了空间。叶深和身边的一位中年女性不小心对上了视线，她试着友善地向对方点了点头，然而中年妇人只是漠然地移开了视线。

叶深注意到，站在第一排的有些人，比如刚才的那位妇人，比起后排的其他人，身上似乎多穿戴了一些简单的饰品，有细绳编成的手环，也有形状各异的吊坠。大部分人的手里都拿着一本册子，而前排那些穿戴饰品的人手中的册子，看上去比其他人的要稍稍新一些、高级一些。或许这些细微的差别，体现了这个群体中的等级差异吧。

她看了一眼身边的孙极，他正和自己一样局促不安地站着。

神降祭。

会是一个什么样的祭典呢？

鼓声突然变得轰然且密集。

为首的乌鸦般的老者面朝石塔，再一次缓缓张开双臂，像是拥抱天空。

"午时已至！"

前排有人上前。等回过神来的时候,叶深发现老人的手中捧着刚才那人毕恭毕敬呈上的一个红木盒子。

"护——身——"

老人颤颤巍巍地打开了那个盒子,把手伸进去蘸了一点什么,涂抹在自己的胸口上。因为他穿着黑袍,所以叶深无法靠涂抹在布料上的颜色分辨出盒内装了什么。

随后,所有人按照站位的顺序,依次缓缓上前,接受老者的涂抹。

"喂,小叶,这让我想起了进教堂时的沾圣水仪式啊。"孙极小声对叶深说。

"不过可以确定的是,那个盒子里的东西不是水。"叶深说,"似乎是一种油膏状的东西。"

"油膏啊……似乎也和宗教有关呢。"

"受膏仪式倒是在世界各地很多不同的宗教里都有啦。人们有时候在头上涂抹油膏,代表神力或者神灵会降临在自己身上,有时候这种仪式也可以用来摆脱疾病、灾厄以及魔鬼。在《圣经·旧约》里面,人们要把油从祭祀和君王的头顶浇下,让油膏流到胡须、衣领,通过这种仪式来获得合法的身份,象征着他们戴上了王冠、获得了权力。"

"不过真是不可思议,在这种中国内陆的偏远小山村里,也会诞生出具有同样形态的祭祀仪式。"

"这事本身不值得惊讶。"叶深说,"从人文研究的视角来看,即使两种文明在历史上完全没有互相之间的交流,它们也往往能够各自发展出极为类似的文化或者文化片段,这并不罕见。举个很明显的例子,比如,"她问孙极,"你有没有想过,为什么全世界所有的文明,无论是古埃及、古希腊,还是古印度或者古代中国，都不约而同地选择了以十进制来计数呢？"

"十进制啊……嗯……啊。"孙极突然看向自己的手，"是因为人有十根手指吧。"

叶深抱起了双臂。

"对的。地域之间的互相隔离，并不代表生活在不同文明里的人就完全没有任何共同点。任何身体健全的人，都有十根手指，而在计数的时候，人也都会本能地掰手指计数，这种'身体上的习惯'与地域差异是无关的。受膏仪式也是同样的道理。'获得权力、力量'或者'驱散不幸、远离疾病'是人所共有的愿望，无论在哪种文明中，或者在哪个宗教的语境下，都同样是人的基本需求。而要在仪式中把这种抽象的愿望来具象化地展现出来的话，人们就会不约而同地选择'以具体，又不含有特定意义的物体'接触身体来代表'神灵附体'，也就是进行用水或者油膏涂抹身体的仪式，这就很容易理解了。"

孙极看起来有点恍惚："是吗，这样啊。"

"所以我更关心的并不是仪式的大体形式，而是仪式的细节，以及背后的原因本身。"

她注意到，此刻队伍的长度已经明显缩短了。

叶深一直留意着每一个上前接受油膏涂抹的人，一直没发现程子来的身影。

马上就将轮到自己上前。

这是她第一次近距离接触那位老者的机会。

"请。"

**乌鸦**在看着自己。

她深吸了一口气，朝着对方走去。

对了，她突然想到。在仪式开始前，他说出的那两个字，

"护身",是什么意思?如果说是保护自身的意思的话,是不是这场仪式与驱散恶魔之类的有关?

老人并没有说什么多余的话,只是沉默地注视着叶深,然后缓缓地将两根并拢的手指伸入了盒中。叶深这才看清楚,盒中原来还有一个灰色的小陶罐。那油膏状的东西,是装在罐内的。

她突然闻到一股臭味。并不是塔内动物的腐臭,而是纯粹的"恶臭"。

是那油膏的味道。

骨架般的手指弯曲成钩状,再从盒中抽离。这一瞬间,叶深终于看清了他指尖上"那东西"的形态。

她感到极度的恶心。

白色的糊状物,有点像搅拌开以后浑浊的石灰水。黏稠的白色之中,还混有一些深色的固体杂质。

犹太教中的受膏,是用芳香的油或者奶倾倒或涂抹在人的身上。而在这里,仿佛原本正确的世界,颠倒到了错误的里侧一样,白色的"油膏"不断散发出令人生厌的恶臭。

汁液顺着老人升起的指尖不停地流淌,滴落在地上,飞溅出叶深再熟悉不过的形状。她在刹那间就明白了这白色的汁液到底是什么。那是她每年清明去祭奠母亲的时候,一次又一次从墓碑顶上擦除的——

**鸟的粪便。**

涂在每一个祭典参与者胸口的,是被小心保存在罐内的液态鸟粪。

然而叶深别无选择。

老人的手已经伸到了叶深的胸前,摇摇晃晃地停在空中。他抬头看着叶深,咧开无牙的嘴,第一次露出了微笑。

"愿天使祝福你。"

然后，按下双指。

## 8

鼓点再一次传来。

就连在最后排负责奋力击鼓的村民，每个人的胸口也都被涂抹上了白色的鸟粪。

没有一个人表现出对于仪式意义的怀疑。所有人都以无比虔诚的姿态完成了"受膏"。

叶深婉拒了孙极递过来的纸巾。

"小叶，不需要擦一下吗？"孙极环顾四周，悄悄地问。

"我们这样站在第一排太醒目了啦。"

虽然外衣被抹上了鸟屎这件事确实让叶深感到恶心，不过既然是实际体验的民俗仪式的一部分，轻易地违背似乎也有些不妥。而且，相对于她曾经到访过的有些地区诸如"喝童子尿治病"的民俗来说，现在的自己只是被涂抹上一点乌鸦粪便而已，这勉强属于可以令人接受的范畴吧。

"好吧。"

这个时候孙极的手机闹铃突然响起。叶深看着他慌张地从口袋里掏出手机，将铃声关闭。她注意到现在的时间刚好已经是午时——十一点。她知道，这是孙极每天午餐前服药的提醒。

"妈妈。"

身后有一个微弱的声音。是一个小女孩发出的。

"为什么教主要在大家的身上涂上鸟屎呀？"

"嘘，小声点！"小女孩的妈妈神色慌张，"不许说它是鸟屎。"

"不是鸟屎那是啥呀？"

"这是躲避天使大人惩罚的护身符。"

"哪有用鸟屎来当护身符的啊。"

"不许乱说！"

从后排开始响起的骚动打断了母女的对话，也让叶深的思考突然中断。

天色变得更加昏暗了。林地树木摇曳发出的沙沙声不绝于耳。风不间断地在森林里呼啸着，远处的天空甚至偶尔还会被云层内瞬间发生的闪电微弱地照亮。

"午——时——已——至。"

老人的身形在风中显得摇摇晃晃。

"供——奉——"

然而他嘶哑的叫喊，却足以穿透风声。

"天——使——降——临——"

天使。叶深再一次听到了这个词。

天使大人会带来惩罚。

叶深在这一瞬间，心里已经有了解答。

**这些人口中的天使，就是乌鸦。**

用乌鸦的粪便涂抹自身，便象征着将自己与乌鸦同化的过程。

小时候，叶深曾经养过三只猫。

老大叫托尼，是叶深在一个秋风萧瑟的清晨从体育场旁边的草丛里捡回来并在家养大的虎斑猫。之所以叫这个名字，是因为当时叶深觉得它的五官有点像梁朝伟。

剩下的两只小猫，一只叫洛基，一只叫莉薇。在两只小猫刚来的时候，原住民托尼每天不停地龇牙咧嘴，对着它们哈气、威吓，试图将它们驱赶出自己的地盘。一周过去了，情况没有任何的改善。因为这件事情烦透了的叶深，听从一个朋友的建议，用抹布蘸取了托尼的尿液，小心翼翼地擦在洛基和莉薇的脑袋和身体上。等到再次见面的时候，辨认出自己尿液气味的托尼，没有再对小猫发出低吼，虽然有些不甘心的样子，但还是迎上去舔舐起了对方。

猫是通过气味来识别同伴的。

叶深想到，这会不会同样也是村民避免乌鸦袭击的原理呢？

或许在乌鸦群的生态系统里，并没有这样依靠嗅觉来辨认同伴的社交机制。但是作为举行仪式的人，设想出这样一种"通过在身上涂抹乌鸦的气味从而与乌鸦同化"的办法来免受乌鸦的袭击，倒也符合逻辑。

任何具有象征意味的仪式，一旦确定背后的象征物，也就很容易追根溯源地推测出举办仪式的缘由，从而变得不再神秘。

叶深渐渐地开始确信，在林中空地的这一场"天使降临"的祭典，它的根源只是对乌鸦的崇拜而已。

然而，有什么东西，仍旧让她感到隐隐不安。

"祭品——呈上——"

老者向侧方退了一步。

鼓声突然止息。

风声也突然沉寂。

大家的目光都集中到了正前方的那座黑色的塔上。高塔沉默地立在昏暗的天幕下，俯视着下方的众生。

一种压抑的氛围，预示着献祭的时刻已经来临。

后方的骚动波及了人群的最前排。在中间站立的人纷纷向两边移动，为什么东西的出现腾出位置。

那一定就是塔内腐臭的缘由了——叶深心想。活物献祭，这项自古以来许多大小祭典中一直存在的一环，也会于此刻在自己的眼前发生。

她抬头看向正前方那座塔的塔顶以及塔顶的那扇小门。如果说这座塔是村民向代表"天使"的乌鸦献祭的祭坛的话，那么最好的献祭方式，不就是将祭品从高塔的顶端扔下吗？

通过那扇门被抛下之后，无论是牛羊肉还是猪肉，都将成为乌鸦口中的饕餮盛宴。

而塔底背后的那另一扇门，则是平日供人出入清理之用。叶深想到，如果说高塔只是为此而存在的话，那么大部分关于塔本身的谜团就都迎刃而解了。

但是，如果事情真的有那么简单的话，当时程子来对其讳莫如深的态度，又是怎么一回事呢？

"喂喂，等一下……不是吧……不是吧？！"

叶深突然听到了身旁孙极发出的惊呼。

她赶忙将视线从塔上收回，别过头去，沿着孙极望去的方向，向人群的中间看去——

"哎？"

一瞬间，她明白了程子来当时三缄其口的原因。

当叶深看到从人群中间出现的物体以后，她推翻了之前自己对这场祭典的所有猜测。

这不是什么普通的乌鸦祭典。

这是**人祭**。

## 9

那个人在笼中痛苦地挣扎、翻滚、扭动着——

就在数十米开外的地方。

几名面无表情、同样穿着乌鸦一般黑色教袍的男子从底部抬着圆木制成的木笼,毫无迟疑与停顿地往前走。教主恭敬地退到一边,为祭品让行。

"喂!你们……这是犯法的!"

孙极被人从身后捂住嘴、死死按住了双手,狼狈地跪坐在青草地上。他的眼镜已经掉落在一边。

同样有人从背后踢了叶深的小腿。叶深晃了一晃,勉强维持住身体的平衡,没有摔倒。

"不要动,否则下一个就是你。"

她恐惧地闭上了眼睛。如果这一切只是一场梦就好了。

可是,没有用的。祭品所发出的空洞嘶喊依然能够真切地传入耳中。挣扎的影像残留在视网膜上,就像是虚空中跃动的火焰。接下来,教主的脸又从晦暗中浮现在眼前,直视着自己。脸上的皱纹如同刀割一般,残忍而腐朽。

活人祭祀,这种在玛雅或阿兹特克文明的繁盛时期曾经广为流行的恐怖习俗,理应早在好几个世纪前就从世界上彻底灭绝了。无论事前有过多少种猜测,叶深也绝对不会想到,在林间空地等待自己的将会是这样一场酷刑。

接下来发生的事,对她来说仅仅成了事后模糊的意识。

祭品在某一个时间点放弃了抵抗。

之后,就像是泄了气的皮球一样,远处的那人蜷缩着,被人从笼子里粗鲁地拖将出来。

面前就是那座塔，自己的终焉之地——祭品应该是在恍惚中意识到了这一点。

他被蒙着脸，手脚依旧被绳索束缚着。

像背麻袋一样，祭品被扛了起来。

硿，硿，硿。

祭品被背着离开了地面，绕着塔旋转着上升。一如七天前，那瓢泼大雨中的叶深。

硿，硿，硿。

她突然有了一种期许：也许楼梯的哪一节台阶会突然因为经受不住两个人的重量而崩裂。但是她也预感到，自己的这种期许并不会真实发生。

铁质的楼梯看似摇摇欲坠，却能在每一次冲击后依旧苟延残喘。

这个时候，她突然开始恨起那座塔来。为什么不再高一点儿？

叶深想起了巴别塔。巴别塔拥有近乎能通往天堂的高度。一旦完成，人想要攀登巴别塔，所需付出的时间就近乎无限。也就是说，人们将永远无法到达塔顶。

但是眼前的这座塔只有六层楼高，就算是背负着另一个人的体重，对于体力足够的成年男子来说，到达顶端也只不过是时间问题。

背负着祭品的男子慢慢地回转到了塔的另一侧。

叶深抬头望向了塔顶的那扇门。

朴素的木板门，度过了与塔相同的岁月。木门的两侧似乎没有转轴，也没有门套。也就是说，它只是一块被固定在塔壁上的木板。而底端由同一材质所制成的另一扇木门，此刻正在塔的背面。

硁，硁，硁。

脚步声最终停了下来。

祭品出现在塔顶。

鼓点响了起来。这个时候的鼓点不再密集，缓慢而沉重的击打，在叶深听来似乎是在传达某种哀伤。鼓点与鼓点之间的间隔，仿佛是永恒的死寂。

门被卸了下来，挪到了一边。

从远处，她第一次看清了塔顶的内侧。但是，此刻的看清，并没有任何意义。

因为那原本是门的地方，此刻只是一个黑洞洞的窟窿。没有装饰，没有氛围，没有光。那一侧，是深渊。

她不由得全身颤抖。

那个人蜷缩在塔顶的楼梯平台上，被缓缓解开了束缚。先是脚，再是手。整个过程中，祭品显得非常温顺，没有一点抵抗的迹象。

再一次，起风了。携带湿气的凉风从塔背面的林地间吹来，拂在叶深的脸上。越过树梢，远处的天空晦暗低沉，隐约雷鸣。大雨即将到来。

"请等一下……"

头一次，她发出了嘶哑的请求。但是，如此微弱的一句低吟，很快就被身旁的鼓点淹没。

像一滴雨水没于灰暗的大海。

孙极躺在地上，由于长时间被人从背后压迫，好像暂时失去了知觉。

一种无力感袭来。她意识到自己什么也做不了。刚从发烧中恢复的身体以及酸疼的四肢，还有无法进行思考的头脑，这一切使她陷入绝望。

第一次也是最后一次，她抬头凝望，那个在远处的高塔上即将被献祭的人。

祭品依旧蜷缩着。由于是仰视，叶深无法从下方分辨那人的体形。那个人从头到脚就和别的教众一样，穿着宽大的黑袍，而头部则严密地缠绕着同色的布条，所以说整个人仅有作为人的"形态"，却辨识不出任何具体的特征。一瞬间，叶深脑中闪过了"或许这个被包裹的并不是活人，而是诸如稻草人或者傀儡之类的拟人物"的念头。但是，那人先前却分明会用挣扎、翻滚以及喘息来抗拒自己势必会到来的死亡。

**这个活人，将被从塔顶抛下。**

这里所谓的神降祭，就是用处死活人的方式来给村民崇拜的神明，"降临的天使"——乌鸦献祭。

叶深终于明白了这场祭祀的真实形态。

就在这时候，或许是错觉，塔顶的人的头部突然有意识地、缓缓地转向了——自己。

在看着我？

在向我求救吗？

不知怎么的，叶深突然没来由地感到了寒意。

明明离得很远，但叶深非常确定那个人在高处，在将死之刻，正隔着黑色布条沉默地看着塔下无能为力的自己。

等一下，这到底是什么……

她突然捕捉到了一种奇怪的感觉。

这一幕场景……

以及那种同样的撕心裂肺的无力感。

一阵眩晕。

不，绝不是来自七天之前。

更久，甚至更久……以前。

胃液沿着食道不断往上翻涌。

同时，眼泪夺眶而出。

凭着本能，她再一次望向塔顶，仿佛想要对着那个人喊出连自己都没有办法控制的潜意识里的话语。

但是，正在此刻，林地中央，乌鸦般的老人鸣响了丧钟。

"第十八号祭品，投入。"

祭品——人形消失在了门洞内侧。

几秒钟后，传来了沉闷的撞击声。

## 10

祭祀并没有就此结束。

教众再一次向两边分开，留出中央的道路。又一批身着黑袍的人沉默地鱼贯而出，每个人都身背一个草编的笋筐，缓慢地朝塔的方向走去。

"这就是鸦枫……"

当这些背负笋筐的教徒经过叶深身边的时候，她再一次闻到了那种在村落腹地的田地里闻到过的、熟悉的香甜气味。这时候，她听到自己身后的那位母亲轻声向她的孩子解释。

但是，她已经无力思考了。

不知从什么时候开始，就已经有人从背后钳制住了她的双手。她无法逃脱。

塔前的老者以一种奇怪的姿势孤独地站着，像空地中央生长的一株小小的枯木。他在为经过身边的每一个人涂抹油膏，也就是乌鸦的粪便液体。有的被涂抹在额上，有的则是在肩、颈的位置。那些完成受膏的教徒，向老者微微颔首，然后一言不发地继续向前。

第一个人登上了塔顶。

接下来是第二个，第三个，第四个……

他们依次解下背负的箩筐，将满筐的某种东西通过塔顶的门洞，尽数倾倒入塔的内部。

那是一些细小的、像碎屑一样的浅绿色物体。

是叶子。

或者说，是用作燃料的叶子。

叶深之所以如此确信，是因为手擎火把的人在队列的最后现身。火焰在风中邪魅地燃烧着，发出噼里啪啦的爆鸣。

手持火把的人走到了老人的身边，弯腰受膏。但是，他没有继续前进，而是将火把交给了老人。

高塔，将由教主登临点燃。

叶深的视线追随着那位老人，看着他缓缓转身、挪步，蹒跚地走向第一级台阶。他的一条腿似乎瘸得很厉害，从背面看更为明显，这也是他站姿怪异的原因。他一手拿着火把，一手扶住生锈的栏杆，拖动着步子开始缓慢地登塔。

就像一只翅膀已经腐朽、再也无法飞翔的苍老乌鸦，用自己的双脚艰难行走。

她不忍心去设想那个被抛下塔底的人此刻是否还在苟延残喘。如果说那个人已经断了气的话，那么至少还能够免遭火刑的痛苦。但是这种希望……却也让她陷入了悖德的巨大自责之中。

不，现在想什么都已经是多余的。什么也做不了的自己，此刻正同那些沉默围观的教众一样，成了这一场祭典的同犯。

风非但没有止息的迹象，反而刮得更猛烈了。

第一滴雨水滴落在叶深裸露的脖子上。

她抬起头。

雨中，老人出现在塔顶。手中的火把在强风中明灭着，猛烈地顺着风向不停吐出黑色的浓烟。

接着，火把被毫不犹豫地投进塔内。

他转身向天空举起双臂，张开双手。瘦小而歪斜的身体形成了一个 Y 字形。

黑色的长袍在半空中猎猎作响。

仿佛达成了某种默契似的，跟随老人的信号，叶深周边的教众纷纷将双手在胸前交叉，做出祈祷的姿态。

"天使降临！"

一瞬间，从他的身后，也就是塔顶上方"噌"地升腾起巨大的黑色浓烟。

伴随着浓烟的还有塔内冒出的巨大的红色火舌，凭借着初点燃的气势，猛烈地对抗着灰色天空下安静降临的雨幕。这座塔，此时就是一个没有顶盖的石头焚烧炉。

教主不为所动地站在塔顶的平台、焚烧炉的炉门前，承受着背后门洞内透出的灼热。火光下的他形成了一个瘦小的、不断摇晃着的黑色剪影。这个人，似乎还在等待什么。

就在塔顶喷出的灰黑浓烟被风短时间吹散的一刹那，叶深看到，第一只乌鸦从天边出现了。

没有令人思考的余地。这种通体漆黑的鸟儿，像被步枪射出的一连串子弹一般，伴随着巨大的怪叫声，一只一只不停地从树林的边界快速地弹射出来，在天空中扑扇起翅膀、翻滚着身躯。林间空地的半边天很快就被漫天飞舞的乌鸦遮蔽。

就如同那天一样。

漫天的乌鸦。这种丑鸟是黑色的堕天使,被一些宗教称为"撒旦的使者"。从暴风雨中,它们盛大地降临此地,密林间甚至远处的山谷间都回响着它们震耳欲聋的怪叫。就像是在篝火晚会上手拉手围着火焰欢庆的人一样,黑压压的乌鸦群,仿佛正是在围着塔顶喷出的滚滚浓烟狂热地、迷乱地跳着舞蹈。那躺在塔底供奉乌鸦的"祭品",此刻或许也正在猛烈地燃烧。

燃烧。

风将浓烟吹往塔的另一侧。

熟悉的柠檬般的香甜味,混杂了燃烧的焦臭,变成了一种怪异的、刺鼻的苦味。

豆大的雨点开始打在叶深的头发上、身上。雨势的加强丝毫没有削弱塔内熊熊燃烧的火焰。焰尖与雨滴交会之处,高温让雨水化成了白色蒸汽。蒸汽四散开来,渐渐地在林间空地弥漫,就像是起了一层雾一样。只有当闪电划过天空的时候,惨白的光在一瞬间照亮四周的密林与头顶盘旋的鸦群,叶深才能看清那座通体灰黑的塔,在此刻显得更加面目可憎了一些。

下一瞬间,就像要与群鸦共舞一样,叶深也迷乱了。

恍惚间,她注意到周围教众间也开始骚动起来。有人在不停地抽泣,有人则开始失去理智地狂呼。有男人,有女人;有老人,也有孩子。仿佛目睹神迹降临一般,在盘旋的黑色鸦群的注视下,教众陷入了一种极端的宗教狂热状态。

远处有人开始大声吟唱。

接着,吟诵的声音渐渐响成一片。那些尚存理智的教徒,纷纷打开了手捧的纸质文本,在雨中大声念读起教义。

来自地面的回响，与乌鸦络绎不绝的悲鸣交织在一起。

主啊，我们赞美你。
你派这圣洁的使者，翩翩来自云的彼岸，
不管是先知是魔鬼，是鸟是人，
请告诉我其尊姓大名，
何以来到这片妖惑鬼祟的荒原，
何以来到这座虔诚卑微的祭坛。

## 11

叶深突然睁开眼睛，从床上坐起身来。

她无力地摇了摇脑袋。一阵麻木的感觉从头皮弥散开来。

头还很晕。有一种恶心想吐的感觉。

什么呀，这是第几次了……

自己又在塔下昏迷了。

一切都像是七天前那一幕的重现。简陋的屋子，斑驳的土墙，摇曳的烛影。

到底……发生了什么……

她用手捂住自己的脸，使劲揉着，想让自己尽快清醒过来。

"请你不要乱动。"

同样的男声。

只不过这一次站在房间另一侧的并不是**那位青年**。那个人穿着黑色的长袍，一动不动地在火光照不到的房间阴影里注视着自己。

"啊，那个，有人被杀了吧。"

叶深开口说出第一句话。

看到男人扮相的一瞬间,她确信自己找回了记忆。

但是此刻,她的嗓音听起来比自己想象中更为嘶哑,也更加绝望。

"教主大人在等你。"看不清男人的表情,但是听口吻像是在例行公务,丝毫不夹杂感情色彩,"你说的这件事,包括其他事情,教主大人一会儿都会向你解释的。"

"这样的事情需要解释吗?"

"做判断的是教主大人。如果他觉得需要,那他就会去做。"

"你们杀了人。"叶深盯着对方的双眼,一字一顿地说,"我会去报警的。"

"教主会解释的。"

"我不需要听你们所谓教主的什么解释。"

"你没有选择。"男人几乎是机械性地重复了一遍刚才的话,"做判断的是教主大人。如果他觉得需要,那你就得去听。"

"为什么?"

"因为你现在没有自由。"

叶深心头一凛。她想起了孙极。

"和我一起来的人呢?他在哪里?"

"请你放心,他很安全。"

她站起身。

"教主在哪里?"

在提着烛火的男人陪同下,叶深走过长长的廊道。说是廊道,其实只是被茅草搭建的棚子覆盖的石板路而已。天已经黑了,她看不清石板路的两侧,只知道自己仍旧身处黑黝黝的林间。傍晚的大雨过后，林间弥漫着潮湿的泥土气息。茅草顶上沾着的冰凉的雨水，不时滴落在叶深的后颈。

廊道的尽头，那远远的、亮着灯的地方，是和自己刚才所在的房间类似的一座小屋。稍微有点不同的是，这座小屋似乎比叶深在村中所见到的大部分其他屋子要华丽一些，具体表现在屋顶的装饰、考究的格子窗纹饰上面。如果说那是教主所在的地方，倒也不令人意外。

两人走到这座三开间屋子的正面。男人上前，轻敲了两下紧闭的木格子门，清了清嗓子说："我把人带来了。"

"进来吧。"另外一个男人的声音在门后响起。

听到这样的对白，叶深突然有一种自己正生活在某出宫廷戏剧里的感觉，虽然害怕，但也不由得觉得有点好笑。

堂内中央端坐着的，就是被叶深形容成乌鸦的那位老人。老人的身侧还站着另一个稍显年轻一点的人，长着凶恶的五官。叶深突然想起，这个人就是当时那个将火把递交到老人手上的教徒。即使是在屋里，两人此刻都依旧身着黑色长袍。

屋内并没有孙极的身影。

加油。叶深小心翼翼地握了一下拳头，给自己壮了壮胆。

"喝茶吗？"教主问。

她直视着座椅上的老人。

"我不管你是什么教的教主，麻烦请你先把我的同伴还回来。"

这个时候她明白了——老人不仅是双目之间的眼距看上去比一般人的要大一些，同时两个眼球瞳孔的朝向也略微有些错位。这也是叶深觉得他格外像一只乌鸦的原因。乌鸦的眼睛长在脸的两侧。

当看着对方的时候，叶深并不知道应该注视着对方的哪一只眼睛。烛光的忽明忽暗下，老人的两只眼睛仿佛都没有在注视着自己，这也给她带来了一种压迫感。

"姑娘啊。"他缓缓开口，但是，从他嘴里说出的是叶深万万没有预料到的话题，"你听说过陶片放逐法吗？"

没有听到回答。

他叹出一口气。黑袍下的身形看上去像是缩小了一圈。空气中原本弥漫的张力一下子松弛了下来。

"什……什么？"

古希腊的陶片放逐法。

叶深在大学本科时期的人文社会学通史课上第一次接触到这一概念。

"陶片放逐法是古希腊时期曾经施行的民主制度——由公民大会决定，雅典的公民在每年某个特定的时候进行投票，每个人在陶片上写上一个人的名字，而得票数最多的那个人，将在十天内被放逐出国。而在我们村子里，也采取同样的方式来决定成为祭品的人选。"

叶深对于老人能够平淡地说出最后这句话感到吃惊。

他并没有像当时的程子来一样，一谈到此事就摆出一种讳莫如深的态度，也没有虚张声势地通过强调宗教的神性来证明自己所作所为的正当性和合理性。尤其是在一个外人面前，尤其是……尤其是涉及夺取人的性命——这件事。

当说出"祭品"两个字的时候，老人就像是在讲述一个与己无关的故事一样。只是，在那一瞬间老人的脸上露出了些许悲哀的神情。

"就像古希腊的陶片放逐法不会每年都实施一样，像今天这样的祭祀，也并不会每年都举行。"他的话仿佛是一种安慰，但叶深却不由得有些愤恨：拿有期限限制的放逐制度与活人祭祀做比较，这个人，不觉得完全牛头不对马嘴吗？

"或许你在想，这完全是两回事儿吧。"老人看穿了叶深的心思，"这确实是两件毫不相干的事情，有着本质的差别。古希腊的陶片放逐法设立的目的在于纠正、淘汰那些在群众的意见中对民主造成威胁的公民、独断利益的官员，将濒临混乱的社会拨乱反正，而放逐的行为则等同于使那些被放逐的人失去做人的合法资格。我不能大言不惭地说，依据教典的祭祀与陶片放逐有着优劣之分，但是在这里，借助祭品自愿的牺牲，我们获得了拯救。"

"拯救吗……等一下，什么，**自愿的牺牲**？"

老人点头。

"既然是全体村民一起投票选择谁将成为祭品，又谈何自愿？"

"确实，我说了，祭品的名字是由全体村民共同选择写下的。得票最高的人，获得成为祭品的荣耀——但是，我并没有说成为祭品的候选人也是全体村民。**祭品的选择是有限定范围的。**"

他转头望向身边的男人。

"成为祭品的人，只能是这些地位最高的教会干部之一。成为祭品的候选，或者在最后成为祭品被从高塔上抛下，对于这些人而言，自始至终都是一种荣耀。"

自愿成为祭品的人……吗？

老人身边的干部依旧沉默地站着，把叶深带到这座屋子里的青年教徒也只是静静地待在一边。他们的态度，默认了他们教主刚才的一席话确有其事。

"村民们从教会干部中选出的，并不是因为'恶'而理应受到制裁、被流放的对象；相反，每一个人在投票的时候，在纸上写下的名字，是他们心目中因为无上的'善'而值得去舍身成仁的人。而能够达到这一层境界、领悟到为了教会奉献生命是一种'善'的体现的人，也必然只能是身居教会高位的干部了。"

就和在《圣经·旧约》中向上帝毫不迟疑地献祭自己的亲生儿子——以撒的亚伯拉罕一样。叶深想道。

但是……她的脑中又突然浮现出献祭的场面，和那个在高塔前扭动的人形。

"当时祭品为什么要竭力反抗？"她质问道。

老人轻笑了。

"那是装出来的样子。你的洞见和观察力都十分了不起，姑娘。"

"装出来……的样子？"

"啊，这是我们身为人类，面对神明的时候所玩弄的最微不足道、最卑微的诡计而已——让一个明明是自愿献身的人，装出是因为被迫献祭而在死前做最后的奋力挣扎的样子。虽说欺骗神明最终是会遭报应的，但这也是没有办法的办法。"

"但是，为什么要这么做？"

叶深思考的节奏已经完全被座椅上的老人掌控了。

"因为神明不会惩罚善人。神明要降下刑罚的，理应是罪大恶极之人哪。那怀抱无上之'善'而代替无下之'恶'去接受惩罚的人，总得装出作恶之人在被献祭前所该有的样子吧——挣扎、惶恐并忏悔。"老人又叹了一口气，"虽说是两回事，但是说到底还是一回事啊。"

"什么事？"

"陶片放逐啊。只不过，在这里，是由善人自愿地代替恶人接受放逐而已。是善人，自愿将自己的肉体奉献出来，通过此种赎罪，将恶人从终将遭到惩戒的宿命中拯救出来，并给予他们悔过自新的机会。"

"你所说的恶人……是谁？是确有其人吗，还是只是一个泛指……"

"是，也不是。"

老人的回答很暧昧。

"人生来就是带有原罪的。我们也可以在各种时候看到神明对我们施予的各种形式的惩罚：身体上的生老病死，抑或是天灾人祸。神明是不会责罚无罪之人的。当这座村子的人向神明祈祷旱灾或者涝灾赶紧过去的时候，人也应该将目光转向自己并进行反思。我们做错了什么？我们应该如何洗刷自己的罪孽？这不是一个值得好好思考的问题吗？毫不怀疑地去敬畏它、供奉它，每天反思、诘问自己的内心，以此来一层层脱去自己带有的罪，达到善的境界，这也就是我们教旨所要达成的最终目的。但是，对于尚达不到那一层境界的大多数人而言——我们做出了由达到顶点的至真至善的自己来为普罗大众进行赎罪的选择，也就是代替恶人进行献祭。至善之人是不会有罪孽的，所以他可以作为'求恩的祭牲'来为其他人赎罪。"

对于叶深来说，这并不是什么新奇的说法。事实上，她发现在这位教主所阐述的观点里，许多部分都与基督教的教义有着微妙的重合——就像是由完美无缺的耶稣基督为人们的重罪牺牲自己一样。不过，令她感兴趣的却是老人先前所给出的另一个答案。

"如果说是确有其人呢？"

长时间的沉默。门外有人在不停走动的声音，却没有靠近的迹象。

"这个村庄，"老人许久才开口，说出的却是乍听之下毫不相干的话题，"没有名字。"

"啊……"

"名字的用处是什么呢？自己是不会喊自己的名字的。名字是被附加在自己身上的标签，是为了向外展示、能够被他人认识。只有其他人才会喊你的名字。在说到这个名字的时候，他人才会意识到并且确认，这个名字所代表的人是你，而不是其他什么无关的人。名字就是这样一个符号，它指代了在他人意识中的你。而在没有他人的世界里，或者在不需要和他人产生任何联系的情况下，你不需要名字也可以证明自己的存在。你没有必要借助你自己的名字来确信'我就是有着这个名字的人'。'你作为你自己而存在'这件事，对于你自己来说，是不需要通过任何别的方法来证明的。这也是这个村庄没有名字的原因——因为，这座村庄的存在，并不需要被外界知道，所以它的名字也就失去了价值。对于这里的村民来说，这座村庄无论叫什么名字，和他们又有什么关系呢？

"当然，我刚才的话似乎也太过绝对了一点儿。村庄和外界并不是完全没有交流，而只是保持着最低限度的物资交换。在这个时代，任何一个村庄要做到完全自给自足几乎是不可能的事情。村民会在平坦的谷地畜牧，定期用家畜产品来向外界换取那些我们无法自己生产的生活物资——比如照明需要的火烛、御寒需要的衣物。你可能已经注意到了，这座村庄不通电。除此之外，这里和外面的世界基本是隔绝的。当然，这种隔绝在一开始的时候更是拜这样一个难以到达的山谷地形所赐。东山、西山、南面的卧龙山以及北面密不透风的林地与溪流——这里可以说是被自然界隐藏起来的地点哪。"

"既然这里在地理上如此与世隔绝，为什么最初的祖先会选择在这里定居呢？"

老人眯起了眼睛。

"在卧龙山脚下，曾经有一条方便行人往来的小路，往前连接着东西向的驿道。"他说，"第一批定居者正是通过这条小道向北，发现了这片被三山环绕的谷地，建立了村庄。不过，涝灾不断的那几年，小路被暴雨引发的山体滑坡给掩埋了。涝灾过去以后，村庄就从人们的记忆里消失了——没有人再记得在看不见的山的另一头还有村庄，还有人迹。这个地方，就这么被外界给遗忘了。迫于无奈，村民只能在北侧的溪流上架设石桥，来维持有限的物资交换。只有迷路的人才会来到这个村庄——外界似乎有着这样的传说吧。"

"我是第一个因迷路而来到这个村庄的人吗？"

老人笑了。

"你把自己想得太特殊了。"

"那么之前的……"

"我刚才所说的历史，并不是在当代才发生的故事。事实上，这座村庄从建立到现在，也有百余年了哪。"

叶深吃了一惊。她还以为这一切只是在最近几十年里发生的事情。老人刚才平静讲述的口吻，就仿佛他亲历了过往的每一件事似的。

还有一个疑虑。她想起了孙极说的那句话。

村头的那座桥，绝不是什么古老的文物。

当然，这与老人的讲述并没有本质上的矛盾。毕竟石桥建立的年代可能远在山体滑坡之后。

"百余年里,或多或少总会有人误打误撞地发现这座消失在人们记忆中的村庄。而其中的绝大部分人,都是无家可归的流浪者,或者如同外界所言,是迷失在山林间的旅人。"

"那他们现在怎么样了?"

"他们加入了。"老人继续微笑,"他们成了这个没有名字的村落的一分子,在这里生活、繁衍,直至去世。他们选择了成为村落一员的'善'。"

一种恐惧感从背后攥住了叶深。

"没有例外吗?"

老人的脸朝向侧面的格子窗外,虽然事实上,在室内并不能看见室外。依旧能听见外面的脚步声。过了一会儿他又转回来看着叶深。

"有过例外。"

终于又绕回到之前的话题了。

"二十多年前,有一个人作为'外界的恶'来到了这个村庄。在获得我们的拯救以前,他就遭到了天使所降下的不可思议的惩罚。"

## 12

"那是一个不知道从何方而来的男人。我已经完全记不起他的长相了。倒不是因为这件事情距离现在已经过了二十多年,而是因为,当我第一眼看到他的时候,他就已经失去了自己的面容——他从高塔上摔落塔底,躯干和头部已经完全被砸烂了。

"正如你所看到的——不,事实上你应该没有看到,但是我在这里可以明白无误地告诉你,那座塔的内部,是一个圆形的空心结构。里面没有任何夹层,也没有任何楼梯。从底到顶,只是一个完全的空腔而已。如果一个人从塔顶摔落,毫无疑问是死路一条。而我们之所以采取这样的献祭方式,它的形式的起源,就是二十多年前的这一场悲剧。这个男人不属于村庄,也无意加入我们。他怀着'恶'在此地的林间游荡,最终遭到了神明的惩戒,被神明的使者夺走了生命。"

烛火轻微地摇动着。老人的话语渐渐地触及了祭祀的核心。

"从塔上摔落……啊。"

那座谜一般的塔,终于成了话题的主角。

老人再一次看穿了叶深的心中所想。

"那座塔,原本就是用于祭祀栖息在这片林地神明的建筑。除此以外它并没有任何功能。"他停顿了一下,转而又说,"无论是佛教的塔,还是教堂的尖塔,它们被竖起的意义不也是一样吗——指向天空而已。"老人伸手微微指了指头顶的天花板,"因为神在我们上方。"

是乌鸦吗……

"这里原本没有乌鸦。从高塔建成的那一天起,不知怎么的,就有人陆陆续续在林间的各种地方发现了乌鸦的踪迹。是塔招来了乌鸦。用于供奉神明的石塔,渐渐变成了乌鸦的栖息之处。虽然外界有人把乌鸦当作不祥之鸟,但是我们又有什么理由怀疑,乌鸦不会是神明派来的使者——天使呢?

"接着就发生了那件事。天使显灵了。"

有人从高塔摔落。

当场毙命。

"他遭到了神明降下的惩罚。"

"不,等等。"叶深觉得,从科学的角度看,这样的说法毫无道理。"人从高塔摔落的原因有很多种。"她想起了围绕那座塔盘旋向上的阶梯,"既然塔顶有门的话,随便是谁都有从塔顶摔落的风险吧?比如说,有一个人在下雨天爬上楼梯,走到塔顶位置的时候,由于脚下打滑不小心从门洞里摔了进去——虽然听起来有些勉强,但我想说的是,这件事情也有可能只是单纯的意外而已。"

"另外……也不能排除自杀的可能吧。"

还有一种无法被排除的可能。叶深并没有把它说出口:有另外一个人,将他推落。

只要人能够到达塔顶的话,无论出于什么原因,或者以什么方式,都有办法制造出这样的局面。

"不是这样的。"老人打断了叶深的思绪,"当时的塔和现在你所看到的,还稍稍有些不一样。"

"是塔顶的门洞吗?难道当时的门上了锁?"叶深追问。

他摇头。

"事实上,那座塔刚建成的时候并没有门洞。无论是上面的,还是下面的门洞,都不存在。不仅如此,那个时候,就连绕塔的楼梯也还没有。这些都是后来才修建的。"

叶深瞪着对方翕动的、干瘪的双唇,却没有办法理解他所说出的每一个音节组合在一起的意思。

"那个时候的塔,只是一个完全封闭、没有开口,也无法攀登的由石头搭建的柱子而已。对当时所发生的事情唯一可能的解释,就只有——**牺牲者在二十米高的塔顶正上方,以某一种方式被抛到了塔底,当场毙命。**"

"啊……"

"是乌鸦对他降下了惩罚。这才是唯一的可能。"黑袍下教主的表情没有变化，只是淡淡地说出了当时的事实。

"从那个时候起，村里的人开始供奉乌鸦。不管是神明的化身也好，还是神明的使者也罢——对我们来说，乌鸦就是天使。"

向叶深袭来的鸦群。它们，是在驱赶着外来的"恶"。

"于是，我们把塔稍加改造了一下，让它可以像一个焚烧炉那样运作。我们在塔底修建了一个门，方便进出打扫；在塔顶又修建了一个门，用于投掷祭品。"老人沉下脸来，"祭品被投入以后，正如你所看到的那样，我们再用枫叶将塔填满，然后在塔内点燃焚烧。"

"鸦枫。"

"你知道了啊。"

那是被人工种植在田野里的一丛丛小树上的叶子。每一片叶子都散发着柠檬草的香气。

"乌鸦特别喜欢这种树叶的味道，尤其是点燃后。"他微微抬头，注视着站在自己对面的叶深，语气中突然流露出几分真诚，"否则，你不觉得那被活活抛下塔底的祭品，可能死了，也可能还有一口气，他们只能在黑暗的塔底中静静地、喘息着等待自己肉体的腐烂——不也太可怜了吗？即使是在生命的最后也好，至少，如果在自己的身边有一丝光明存在的话，他也能够更有尊严地化成烟离开这个世界吧？"

叶深感觉到了眼前这位老人的怜悯。虽然自愿成为祭品的行为在他的口中，或者在所有教众的思想中都是一种无上的荣耀，但是这样的说法背后，在老人的内心深处，可能仍旧会感受到献身的痛苦与不舍吧。

虽然叶深仍有很多疑问没有得到解答，环绕周身的恐惧也没有消失，但是她突然意识到，自己正第一次把眼前的老人视作一位真正的教主。

她并不认为教主是神。

作为人文研究学者，叶深多多少少接触过一些与信仰有关的案例。她曾经在内地走访过几个类似的聚落，虽然没有那么封闭，但是大部分的聚落也拥有各自的宗教信仰和民俗习惯。有从传统的佛教、道教衍生而来的一些神明崇拜，也有将一些自然物或者自然现象作为崇拜对象的信仰。有些村庄所供奉的神明并没有自己"在人世间的代言人"，比如在那些崇拜土地神或者关公的地方，人们只是在合适的位置为他们建立庙宇、设立雕像。而在另外一些地方，尤其是佛教普及的聚落，除了摆放圣像，也需要有相应的人来对经文进行阐释，引导信徒的修行。这样的人，在不同的、特定的宗教里会被称为和尚、牧师或者主教，但是说白了，他们就是教主。

眼前身穿黑袍的老人也是一样。

会流露出对于信徒牺牲自我的伤感之情，更说明了他连圣人亚伯拉罕的境界都没有达到。

教主只是一介普通人。神在世间的代言人，无论从字面上还是从意义上来说，都只是人自己。

老人用颤颤巍巍的双手撑住座椅的扶手，想要站起身来。

在场的两个教徒连忙上前搀扶。

那位傍晚时分曾经屹立于滂沱大雨之中、靠一己之力独立登上石塔最高层的教主，现在正吃力地在叶深的面前、在两人的搀扶下勉强维持着歪斜的站姿。

"你注意到门外的脚步声了吧。"他突然说，"我们出去看看。"

"今天是祭典举行的日子。从举行祭典的当晚，一直到第二天黎明的这段时间里,平时闭锁的别院都会特例开放,供信徒抄写教典。"那个似乎被认为是骨干的教徒第一次开口向叶深解释。

老人眯起眼睛笑了。

"如果说我们的教会还有什么玄乎的宝贝的话……那就是那本'**无上教典**'了。"

"无上教典?"

"那是我们教会的宝藏,是一本预言了天使会降临的教典哪……小李,你去把门打开。"

小李,也就是陪同叶深来到这里的年轻信徒,听命走到门边,拔起了先前放下的插销。双推门由内自外地被打开了。

叶深看见了——

斜前方的森林深处,在先前自己来这里的路上完全未曾留意的方向,透出隐约的火光。不断有身穿黑袍的村民,一个个从堂前走过,沿着小径向火光所在之处而去。同样地,也有结束抄写的村民沿着原路返回。

"啊啊,是教主大人!"

返回的村民中,有人注意到了站在开启的木格子门后面的教主。

"教主大人啊!今天真是有劳您了。还有,石长老的牺牲……我们都很感恩啊。"

"有陆家夫人您这样的觉悟,石长老在九泉之下也能瞑目吧。"

"不不……我也盼望着轮到自己献祭那一天的到来。"

"先别说这个了。您也是去抄写教典了吗?"

"是啊是啊。"妇人连连点头,"不仅是我,包括左邻右里……真的是太感激了。"

"是因为之前抄写的教典被今天下午的雨淋湿了吧。"

"是啊,毕竟只是用墨水抄写在纸张上而已,一淋雨,墨都散开了,完全辨认不出字迹了。更何况纸也破了。"

她所说的之前抄写的教典,应该就是当时在祭祀现场,每个教民人手一本用于诵读的文本吧。

"不过,"妇人又紧捂着胸口激动地说,"就算教典没有被雨淋湿,也不能错过这个机会啊。那可是只有在祭祀之夜才会开放参观的无上教典啊!"她满脸透出欣喜,"毕竟,只有无上教典才拥有那样的魔力呀。"

"冒昧问一下,"叶深抑制不住好奇心,"无上教典和一般的教典有什么区别吗?"

妇人仿佛这才发现站在教主身侧的这个脏兮兮的女子。她向叶深投来怀疑的目光。叶深觉得,虽然她明确地知道眼前的这个长发女子是今天下午误闯祭典的外来者,但是,既然自己能够安然无恙地待在教主身旁,至少应该不是传统意义上的"敌人"吧。

"无上教典是原典,也就是第一本教典。它预言了天使的降临,而且大家都在传说,它本身就是由天使书写的。"

有这样的传说并不奇怪。《圣经·旧约》中,在西奈山的山顶,神在石碑上亲自刻下了十条箴言,这才有了"摩西十诫"的起源。然而……

"传说是真的。"妇人说,"我亲眼看到了,大家也都看到了。这本无上教典,是用一种人绝对不可能写得出来的文字书写的。"

"不可能写得出来的文字?不,既然成了纸上的文字,就一定有它的书写方法啊，怎么可能……等一下，"叶深心中燃起了无名的焦虑，"其实是你们看不懂这种文字吧？"

"只要是识字的人都能看懂——这都是多亏了教主平日的讲授。"妇人肯定地说，"但是，虽说看得懂，它却和我们每个人手中的教典都不一样，绝对没有人能够复制和模仿，甚至是完全无法描述的……"

"会是某种书法体吗？有可能是一种比较潦草的草书，或者……"

"不是这样的。不要再猜测了。无上教典是远超你的想象力的。没有人能够亲手写出无上教典，它只可能是神的杰作。"

老人举起了一只手。

"这位姑娘暂时还不是我教会的一员。"他轻轻地说，"唯有皈依我教者，才有资格一阅无上教典。"

他回过头来看着叶深一会儿，然后叹了一口气。

"无上教典，确实是由天使所书写的。它的存在意义，就是提前向世人告知自己的降临，也就是二十多年前的天罚。但是，你毕竟只是外人，我也没有办法和你说更多了。"

妇人最终千恩万谢地离开了。

又不断有人来问候教主。叶深只是长时间地、怔怔地看着在门口发生的一幕幕，不知过了多少时间。初秋的夜晚，林间的微风从室外吹入，让她穿戴单薄的身体渐渐感到了凉意。

不知道现在已经几点了。

她把手伸向口袋，这才发现包括手机在内的所有随身物品都已经被人拿走了。

教主对于村落、对于祭祀缘由的讲述让叶深一度忘却了现实问题。即使她并没有遭到多么粗鲁的侵犯和对待，这也改变不了自己正身陷此地的事实。

……还有不知去向的孙极。

有太多的问题。

但是,首先她得想办法离开这里。

"时间不早了,吉长老。"

教主转头问那个长相有点凶恶的男人。原来他姓吉。

"晚上的斋食还有剩下的吗?"

"具体不清楚。馒头配泡饭的话可能还有。"

"能不能找人给这位姑娘安排一下?想必她已经很久没吃东西了。"

"好的。"

不知怎么的,叶深并不饿。她只感到累。

"抱歉。你们的好意我心领了。"

她跨一步站到了教主的面前,瞪视着对方。

"我想今晚就离开这里,而且是,和我的同伴一起。"

吉长老沉下脸来。更年轻一点的小李一直默默地退居房间的角落,此时也有点待不住了。

教主的表情却没有发生变化。

"你的朋友因为淋雨,受了风寒,到了晚上好像是有点发烧。之前他也吃了一点东西,现在正在别院睡觉。这是一件事。此外,还有另一件事,"老人不对称的双眼,凝视着叶深眉心前的虚空,"外来之'恶'若想要离开这里,一定会被天使杀死。"

教主的话与那天晚上叶深在田埂旁所受到的警告重合了。

不要去。天使会在那里杀死你们。

杀死你们……

"……就像二十三年前那样。"老人古怪地笑了,"所以,不要让自己成为这二十三年间的第二件牺牲品,外来的恶人哪。"

叶深突然觉得老人的说法存在破绽。

她并不是完全不感到害怕,只是,在这个关头,如果不追根究底地问清楚的话……

"等一下。你们总是说'外来的恶',你们到底如何定义'恶'?外来者就一定是恶人吗?"

教主摇了摇头。

"我们所说的'恶人',就是字面意思上的'行恶之人'。外来者并不一定全是恶人。但是二十三年前的那个人,他是恶人。"教主伸出枯木般的手指,指向叶深,**"你也是。"**

"为什么?"

"当然是因为水坝。"姓李的年轻人终于忍不住了,"一旦你们所规划的水坝建成,我们的整个村子可是都会沉入湖底啊。所有人都会失去自己的家园……你是水坝建设调查团一员的事,还要瞒我们到什么时候?"

她早该想到。

自己随身包里的所有物品、文件,教会的长老一定全都仔细盘查过了。

无法辩解。

没有再去怀疑的能力。

就像是意识失去了控制似的……

"程子来。"

她只是呢喃出了一个人的名字。

"谁?"

"他……一定也是外来者吧。"叶深轻轻地说。

室内的空气仿佛凝结了。

"他今天不在场,不在参加祭祀的信徒之中。我确认过每一个人的脸……他不在。"她吸了一口气,抬起头看着教主,"如果是他的话,又怎么样呢?他这个外来者,是否携带了'恶'呢?"

叶深说出了连自己也不理解的话。

教主沉默了。

"先带她回房间休息吧。"

直到蜡烛即将燃尽,他才开口。

## 13

叶深在一个白色的房间里。白色的墙,白色的窗帘,白色的床。

灰色的自流平地面倒映着自己在房间里模模糊糊的影子。房间里唯一的色彩来源于窗台上的一盆风信子。那是叶深最喜欢的花。

她慢慢地走到窗前端详。它粉蓝色的花瓣,在微风中轻轻地不停颤动。

往下看,是一条少有汽车通行的小路,两侧的人行道上,靠栏杆停放着几辆自行车。绿化带里种的树,叶子全都掉光了。并没有什么特别的。

房间大概在四层楼的高度。

她听到身后有动静,回过身去。

好像是错觉。

房间里除了自己以外没有其他人。一开始没有,现在也没有。在自己面前的,是还没有收拾过被褥的空床。

这张床,不久前躺过人。

床头一侧的墙上，安装着一排操作面板，上面是大大小小的一些按钮。床边的金属支架上挂着滴空的盐水袋。

这里是病房吧？

叶深对这间病房感到熟悉。

她来过——不止一次。

但是她想不起来，谁是这间病房的所有者。

这里是谁的房间？

窗台上那盆风信子是自己买的吗？如果是的话，那是买来送给谁的？

她试图用记忆去追索一个已经不存在的人。

"叶深。"

啊，是自己的爸爸。从走廊里传来爸爸的声音。

"我们走吧。"

这样熟悉的低沉嗓音，真是好久没有听到了啊。

"可是……"

叶深又回头看了一眼凌乱的床。

可是……

病人怎么办？

病人不见了。

就这样丢下她不管吗？

过了很久。在门的那一侧，爸爸沉默了很久。

"已经没有那个必要了……"

他这么回答。

没有必要了。这是什么意思？她摇摇头，她不理解，她不理解。

她觉得心里有什么东西失去了。

白色的窗帘轻轻地摆动起来。耀眼的阳光不时从吹起的窗帘缝隙中洒进房间。

　　冬天已经差不多过去了。

　　——做了这么一个梦。

　　梦里的自己，视点并不高。似乎是孩提时期的记忆。

　　梦的细节在醒来之后就渐渐淡去了。

　　头隐隐约约地疼，全身的无力感非但没有消退，反而愈加明显。难道是一整天没有好好吃过东西的原因？

　　叶深坐在床上，将披在肩膀上的长发捋到脑后，简单地用橡皮绳扎好辫子。

　　房间里的蜡烛已经燃尽了。

　　她有些紧张地环顾了一下黑暗中的四周。之前将她带回这里的姓李的年轻人并不在房间里。

　　仍是夜晚。隔着透风的木格子窗，从非常远的地方隐约传来歌声、乐声，还有断断续续的笑声。看来神降祭后的欢庆可能会延续到后半夜。

　　她现在没有做选择的余地。

　　一方面，自己身为外人，仍旧处在全村村民的戒备之下。在伸手不见五指的夜晚，想要从相较于自己明显更熟悉复杂地形的教会的监视之下逃脱，几乎是不可能的。另一方面，她也不知道孙极的下落。村落中的每一间房屋都相隔得很远，从一个屋走到另一个屋，有时候还要穿过树林。她并不知道孙极在哪里——尽管教主提到了"别院"，可是究竟哪一栋房子才是他口中的别院？想要从散布在谷地各处的农舍之中找到孙极，同样非常困难。

还有一件事。

那是一个关于"无法走出这片谷地"的具有绝对说服力的理由。

村民们好像还不知道，那座跨越在溪流之上的桥，作为这块闭塞之地唯一对外的连接口……已经塌了。

叶深没有做选择的余地。

她此刻唯一能做的，只有等待。

窗外不时有鸟扑扇着翅膀，从高空的枝杈间穿过去。也许对于林中的这些乌鸦来说，这也是一个特别的夜晚吧。

乌鸦的黑色羽翼与夜幕融为一体。

叶深坐在床边，想起了爱伦·坡的诗句，又想起了教主所说的二十三年前的那场悲剧。

如果他所说的一切都是真的……二十三年前，有一个人，身为"外来的恶"从塔顶坠落，摔死在封闭的圆塔的塔底。那个时候的高塔没有对外的入口，只有从上面……也就是正上方，从高塔指向灰色天空的开口处，从那里，那个人才有可能被抛下。

是乌鸦。

只有乌鸦，这种代表不幸与灾祸，却被教会视作神明的使者——天使的丑陋鸟儿，才有可能做得到这件事。

——然而，这不过是教主的一家之言罢了。

这起事件是否真的发生过？

如果曾经真的发生过这种事的话……那个死在塔里的牺牲者又是谁？既然教主称呼他为"外来者"，那么那个人应该像自己一样，并不是村落中的一员。他为什么会遭到这样的责罚？老人口中所述的，那个人所具有的"恶"又是什么？

还有，关于那种死法。

夏夜的湿气浸入室内，令她在黑暗中不禁感到了寒意。与此同时，叶深渐渐恢复了理智。

那种死法……是否真的如老人所说的那样，仅指向唯一的可能性——被神明的使者，也就是乌鸦从半空中抛下？

她想到了更多的可能。假如人能够利用那座塔的岩壁缝隙，徒手或者借助某种攀岩工具攀登而上的话，那么不需要楼梯，也能够到达塔顶；又或者，用于砌塔的部分石块在某个位置曾有松动，可以被人从外面取出，再事后填回的话……

叶深一直没有找到机会仔细观察那座塔。而且，仅就目前的信息，是没有办法得出任何确定性的结论的。

还有她见证的那场活生生的"人祭"仪式。

按照教主的说法，二十多年前的这场灾祸，唤起了村民对于"神明将会对恶行降下刑罚"的恐惧，因此才有了之后的"神降祭"。但是，如果说这场灾祸真的是"神降祭"举行的缘由和开端的话，仅仅为了一个与村庄本身并不相关的外人的死，而去定期举办这种每回都要有村民自愿献身的残酷仪式，其代价是否太大了呢？

这不符合逻辑。

叶深绝不相信，这个在二十多年前死去的人，与这座没有名字的村庄毫无关联。

叶深把手伸向床边的桌板。

她需要再去和教主谈谈。

自己是外人。自己才是和这座村庄毫无关系的外来者。

一方面，她想要去挖掘这座村庄的过去；另一方面，又有一个声音在告诉着自己，作为外人，不管这座村庄背后还有什么自己所不知道的秘密，绝对不可以介入得太深。她的任务，是带着孙极一起平安地离开这座村庄。至于教主口中的自己所携带的"恶",叶深觉得这并不值得担心。毕竟,建水坝是团队专家的任务,谷间的这座村子是否会在几年后沉入水底,取决于他们的调研和判断,而自己只是一个随团的人文考察者而已——针对这点稍加解释的话,想必教主是能够理解的吧。

她并不认为自己会有危险,只是……

黑暗中,她触到了类似蜡烛形状的东西。是一支新的蜡烛,就被放在燃尽的前一支蜡烛的旁边。烛台的旁边还有火柴。

她身体前倾,小心翼翼地划亮火柴。

屋里渐渐地浮起了橙黄色的亮光。

她这时才发现,在积满凝固的蜡油的烛台底下,垫了一张小小的纸条,上面的字潦草而凌乱。

请你在这支蜡烛燃尽后单独来找我。

底下没有落款。

是教主。

叶深从床上蹦了起来。

她赶紧吹灭了刚刚点燃的另一支蜡烛。房间又陷入了黑暗。

叶深不想让人注意到自己所在的这间小屋透出光亮。既然教主要求她在蜡烛燃尽之后单独再去找他,想必他也在期待一次隐秘的谈话。

为什么要特地在叶深入睡后,偷偷差人送来这张纸条呢?

还有什么事情,是他刚才无法告诉自己的呢?

难道是他当着教众的面没有办法说出口的话……

她推开门,来到雾气弥漫的室外。

雨早就停了。进入下半夜以后,那些村民、教徒的喧闹声也降了下来。偶尔会有一两声听不真切的高歌,似乎从黝黑的树林那一头远远地传过来。取而代之的,是四周昆虫的鸣叫。虫子们仿佛沉溺于雨后的湿气,从泥土中爬上地表此起彼伏地欢歌。在黑暗中,听觉取代了视觉,成了五感之中最敏感的知觉。

在仿佛永远不会停歇的虫鸣声中,叶深悄悄地走上了那条连接教会主屋与自己所在的这所别院的廊道。

在廊道的两旁,她看见了萤火虫。亮绿色的光点,在半空中幽幽地舞动。草地里偶尔传来响动,凑近发现那是慢腾腾往前爬行的刺猬。天空依旧被厚厚的云层遮蔽,没有月光。潮湿的石板路通向漆黑的林地深处,不时打弯,让她完全失去了方向感。

等她听到离自己越来越近的脚步声的时候,已经来不及做任何防备了。

踩踏枝叶传来的"噼啪"声在自己的身侧停下了。

叶深无法动弹。巨大的恐惧攥紧了自己的身体。

"找到你了。"

耳畔响起男声。

叶深的心脏在怦怦地跳动着。

"我看到你桌子上的那张纸条以后,就追在你后面跟过来了。"

她转过身子,和短发的瘦高男子在黑暗中对视。

她突然很想说"你是来救我了吗",但是觉得这句话太过肉麻,又硬生生地憋了回去。

"谢谢……"她说。

"我带你们出去吧。"程子来抓住她的胳膊,"我知道你们把桥弄塌了——孙老师已经告诉过我了。但是,还有一条路。这条路也通向村外,只不过大部分人都不知道。"

叶深这才注意到,孙极正气喘吁吁地站在程子来身侧。

"小叶,你还好吧?"他说。他的身子看起来有些虚弱,脸上戴的眼镜好像已经碎裂了。

"我还行。倒是你,不是发烧了吗?"

"没关系,着凉而已……我可以坚持。没问题的。"

"我们走吧,得快一点。"程子来看向叶深,"教主应该还在等着你去找他呢。"

第一次。

叶深望向廊道延伸的方向。

"快走吧。"

她点点头。理智为自己做出了选择。

"那条路就在南面的卧龙山山脚下。原本大家以为被山体滑坡掩埋的地方,其实通往外界的道路并没有被完全封死。"程子来带着两人在林间穿行,"不需要刻意去放轻脚步,毕竟在晚上也会有很多动物在这边跑来跑去,大家并不会在意。"

"程子来。"叶深请求道,"请你告诉我更多关于这里的事。"

先是沉默。

"你和教主见面的时候,他应该已经把你想知道的一切都告诉你了吧。"

第二次。

从程子来口中,叶深再一次听到了"教主"这个名词。

"你也是教会的一员吗?"

"是的。"

"不只是你,这里所有的村民都是教会的信徒吗?"孙极问。

"是的。"

"哦……"

"这里所有的村民,没有例外,都是天使降临教的教徒。"

天使降临教。原来这就是教会的名字。

"那么,你相信教会所信奉的教旨吗?"

"相信。"

"二十三年前的那起事件——也是真的吗?"

程子来在一棵树下停住脚步,看着叶深。他神情似乎有点动摇,但没过一会儿,又转身向前走去。

"是真的。"那个背影说着,"真的有人从塔上摔了下来。据说当时还报了警。"

"什么,报了警?当时真的有警察来过吗?"

"我也只是听说。"

"这座村子不应该是与世隔绝的山村吗?怎么还会有警察……"

"原来让你惊讶的是这个。"程子来说,"你所说的,只是地理上的隔绝而已。没有人来或者不容易被人找到,并不代表这就是一个没有人知道的村庄。再怎么偏远的村落,在政治上都是有所属的。难道你认为在当今这个时代,还会有不明文登记在册的村庄聚落吗?桃花源这样的地方,只可能存在于过去呀。"他无力地笑笑,"而这个村子,顶多只是没有人在意罢了。"

"这样啊。"

"二十多年前的事情,我已经完全记不起来了。不过据说,当时来到这里的警察是县派出所的一个年轻刑警。估计他也是第一次来到这种地方吧。"

"当时警察得出了什么调查结论?"

"我不知道。警察就来了一次,也可能是两次。警察离开之后,也没有人再说起过这件事。"

"没人再提起过这件事,是因为在大家的心中,对于这起事件,早已有了合理的解释吧。"

"不……"

"程子来。"叶深小声地说,"你能不能告诉我,当时死去的那个人是谁?"

"他是一个当时大家都不认识的人。"

她有些意外。

教主说的似乎是真的,那个人的确是个外人。

"那么,教主说他的身上携带有'外来的恶',因此遭到了天使的惩罚——这也是真的吗?"

"喂,小叶,这是怎么回事?你们从刚才到现在一直在讨论的那个事件……当时到底发生了什么事?'外来的恶',这又是怎么回事呀?"

但她只是看着黑暗中程子来模糊的侧脸。

程子来爬上缓坡。

"从这里开始,就已经是南山脚下了。我们需要稍微向上走一阵,多注意脚下。"

叶深之前似乎没有来到过高塔以南的范围。不像往北走的时候那样,周边的树木完全没有减少的迹象,反而显得更加密密麻麻了。也许是黑夜的缘故,她没看到林地中有任何一户民宅。

叶深在大学时参加了登山社,这点缓坡对她来说只是小菜一碟。倒是孙极,因为身体状态的虚弱而渐渐开始有些吃力。他发出粗重的喘息声。

"坚持住，孙老师。"

不知道还要走多久。

就算走出了这片谷地，最近的村庄距离这里又有多远？

就像那个时候一样……

七天前，也是程子来陪着她，走向她一无所知的彼方。而如今，自己又一次被他搭救。

"你说的那个人……"在经过一片鸦枫丛以后，程子来突然开口，"他确实犯了罪。"

"是什么意义上的罪呢？"叶深问。

"法律意义上的。"

沉默。

"他在活着的时候杀了人。所以，他也被神明杀了。"

叶深不敢相信自己听到的话。

"他杀了人？"

"对。这是警察后来的调查结果。那个人，是在这一带流窜的杀人案逃犯。

"然后，他死了。就是这么简单。这就是**现世报**。

"神不会放过任何一个作恶之人。只有通过仪式，也就是教会干部自愿的牺牲，才能够洗濯普通人身上的恶。这是教义，或者说，这就是教会存在的意义。"

"但是，你相信这一切吗？"

叶深再一次追问他同样的问题。

"你相信二十三年前的事件是神明所为吗？你真的毫不怀疑地信奉这座村庄的教义吗？唯有通过牺牲才能洗刷罪恶，否则必将等待神明使者的裁决——天使降临，你不觉得这一切过于极端了吗？"

"我……相信。"

叶深叹了一口气。

"那么，我也会死。"她说。

"为什么？"

"我和孙老师来到这里，是为了进行水坝修建的可行性调研。一旦决定在这里修建水坝的话，整个村庄都将沉入湖底，不复存在。与夺走一个人的性命相比，让几百个人失去家园——这样的罪孽，是不是更为深重呢？"

"喂，这是开玩笑的吧……"孙极说。

"这不是玩笑。"

她望向比自己高了整整一个头的程子来。

"因此，我有罪。而且，你们的教主也认为，我有罪。"

她深吸了一口气。

"我会被杀死吗？

"**不是村中一员的你**，是否还依旧选择相信教主所说的每一句话？

"在举行祭典的时候，我尽力观察在场的每一个人。你并不在其中。如果你真的相信天使降临的教义，又为什么要把我们带出这座村庄？'外来的恶'，不应该是通过融入村民、成为教会的一员，通过祭典的恩赐来抹消吗？协助外来者从教会眼皮子底下逃离——你自己也会因为背叛教会而沾染上这份恶。一边说着自己相信教义，一边不参加祭典、协助为恶者脱逃，这不是……这不是自相矛盾吗？"

在说出这些话的同时，叶深产生了巨大的悔意。这一路上，自己到底是为什么要这么执着地喋喋不休、追根问底？此刻的自己，是多么刻薄和无情呀。

"不……我确实参加了祭典。"

程子来的语气中没有流露出不悦。他只是淡淡地说出了叶深未曾预料到的事实。

"叶深，请原谅我没有早一点来找你。先前我并不知道你也参加了祭典，因为在现场的时候，我根本就没有办法看见你们。**那个被蒙着脸推下塔的祭品，就是我。**"

身后的远处传来嘈杂的脚步声。脚踏在泥地上，偶尔触碰到小路两旁伸出的枝叶，虽然距离很远，但因为是在万籁寂静的深夜，所以听得很清楚。

"糟糕。是教会的人吗？"孙极喘着气，小声地问。

"被他们发现了。不过，这也是迟早的事。我们得快些走了——来，抓紧。这里距离出口已经不远了。"

叶深抓紧了程子来向她伸出的手。一股温暖的力量传到了她的身上。他没有再说话，她也没有再去穷追不舍地问。

这个人……就像是森林里的精灵。

他轻车熟路地带着她在没有月光的树丛间行进，仿佛闭着眼睛也能避开地上那些纠缠翻绕在一起的树根和黑色死寂的水塘。

几个小时之前，他在叶深面前，在那场祭典中，在众目睽睽之下从顶层被抛下高塔，然后，从火场之中活了下来。

不知道为什么，叶深觉得自己相信他。可能就凭现在从他手上传来的这股力量吧。

之前教主和抄写教典的妇人的对话中提到过，在今天的祭典中奉献了自己生命的教会长老姓石。

她又想起了自己第一次见到程子来的时候。在救起坠塔的叶深后，他对她说过，自己只是往来于农家之间的帮工。

自己眼前的这个人，其实就是那位村民口中的"石长老"吗？抑或是，他只是作为帮工，在代替那个叶深尚未谋面的石长老，**在祭典的时候扮演着祭品的角色呢？**

树林在夜幕中继续向前延展。林中的那场祭典，村落里的教会，就像此刻笼罩四周的黑暗一样，无论如何也看不透彻。

她回头望了一眼身后，树干与树干的间隙隐约出现了摇晃着的火光。教会的人已经逼近了。

"没有问题，就快到了。"程子来轻快地说，"你们听，溪水的声音。"

黑暗中，左前方传来了汨汨的泉水声。

"那是卧龙山上的山泉，到这里变成地下水，再往北和那座桥下的小河汇流。"

溪水昼夜不息地流淌着。小溪的另一侧，倒着巨大的石块和即将腐朽的落木，彻底没有了可供落脚的平地。凌乱的杂草肆无忌惮地疯长着，掩盖住了那条曾经存在过的、通往南面的小路。

"绕到石头后面走。"

叶深此刻有些狼狈。运动鞋和裤腿已经完全在溪水里浸湿了。森林的气温在黎明前达到了一天中的最低点。雾气悄悄地升起来了，虫鸣却沉寂了下去。只有自己的手掌，因为被程子来一直握着，所以仍是暖的。

"在那块大石头后面有一片叶子形状很奇怪的灌木丛。你们从那片灌木丛中间走进去——那就像一条很长的隧道。不用向上爬，只需要笔直走，就能走到山的另一侧了。"程子来说。

"你怎么办？"

"我来拦住他们。"

火光从最近的树木背后闪现。

举着火把的,是叶深在教主屋内见到过的姓吉的教会干部。跃动着的红色火焰反而在他的脸上投下了骇人的阴影。在他的身后,还有两个黑袍装束的人。

"不被欢迎的外人啊。"他声音低沉,一步步逼近,"事实上,你们并没有来去自由的权利。"

"吉长老,啊,还有各位长老,大家都来了。"程子来的语气里没有流露出一丝胆怯,"真是隆重的欢送仪式啊。"

他回头看了一眼叶深和孙极。

"快走。"他比出口型。

"无论逃到哪里,"吉长老幽幽地说,"结果都是一样的。你们已经来过这个村子,乌鸦神明已经记住了你们的长相、你们的气味。不管你们躲到哪里,只要是有乌鸦的地方,天使都会在那里杀死你们。"他笑了,笑容在晃动的阴影作用下,变成了一种暧昧不清的可怕表情。

"叶深,孙老师。"程子来对身后的两人说,"你们不用害怕。神罚绝对不会降临到你们头上。"

"程子来。"吉长老仿佛这时才注意到程子来的存在,"祭典的时候真是辛苦你了——想必他们也都已经知道了吧?嗯,但是,知道这些也无妨,因为,这只是我们人类面对神明所能玩弄的最低劣的伎俩而已,就像是用牛羊肉代替活人来作为祭品献祭一样。"他停顿了一下,"但是,当人的恶触怒神明的时候,神罚却是真实存在的。就像二十三年前的天谴一样,外来的恶遭到了现世报,虽然残酷,却是事实。你说呢,嗯?"

程子来没有回答。

"所以,"他看向叶深,"总而言之就是你们都会死。当然,这也是教主的意思。"

"告诉我,吉长老。"叶深问,"关于教主先前留给我的那张字条——他要我去找他,就是为了和我说这件事情吗?"

男人摇了摇头,说出了意义不明的话。

"只是现在已经太迟了。"

"太迟了,这是什么意思?教主在哪里?"

"教主不在这里,却知道一切。"

"为什么……"

"反倒是你们——你们要去哪里,你们又能去哪里?只要有乌鸦存在的地方,你们……就只会被黑暗吞噬。"

语气中分明带有同情的意味。叶深不由得汗毛倒竖。

"你们快走。"程子来不由分说地把她推进了灌木丛的深处,"什么都不要想,快点走!离开!离开这个村庄!"

第一次,他的声音有些颤抖。

"不会有事的,相信我。"然后,他回过头朝向叶深。

叶深也望向他。

恍惚之间,她觉得自己又回到了那间白色的病房。

不知是什么原因,自己正在哭泣。

朦朦胧胧的视野里,出现了父亲的脸庞,棱角分明的五官。下定决心似的,他蹲下来,帮她擦拭脸上的泪水。

"不会有事的,"他说,"相信我。"

然后,一点点露出了笑容。

"我们就这样开始新的生活吧。"

他牵起了叶深的手。

"走吧。"

叶深望向房间尽头的那张床铺。床铺上，白色的被褥还没有收拾，仿佛它的主人随时会回来似的。那盆粉蓝色的风信子，也还在窗台上安静地随风摇摆。

"我们走吧。"父亲说。

叶深的眼眶有些湿润。

她没有再回头，弓着腰，咬牙在灌木形成的黑暗甬道里向前摸索、奔跑。她的脚踝被草叶锐利的边缘割出了好几道口子，手臂也被灌木丛细小的树枝不断地刺伤。孙极在她前面，几乎是在手脚并用地狼狈爬行。

而在她的身后，在她一点一点远离的甬道入口，青年无畏地站着，为他们挡住教会干部的去路。

眼泪开始流下面颊。

尽管耳畔不停地有枝叶的摩挲声，但是在那一头，吉长老冷酷而低沉的嗓音，就像是均质中夹杂的异质一般，依旧清晰地传到了她的耳中。

"我，宣布你为叛教者。"

## 第二部　调查

# 1

叶深有气无力地在床上翻了个身,摸到了床头柜上的闹钟,把它翻转过来,看了一眼时间。

已经接近中午了。

从湖南回来的这两天,研究室给她批了假。她没有设定闹钟,就是为了让自己好好地睡懒觉。

正午的阳光洒进房间,直直地照在叶深的脸上。她觉得有些刺眼,打了个哈欠,慢吞吞地坐起身子,伸了个懒腰,想着一会儿要先把窗帘拉上。

等她走到窗边的时候,听到窗外的树杈上传来鸟鸣。

不可能是乌鸦。在枝杈上跳跃的,只是在城市里再常见不过的麻雀而已。

叶深看着窗外,想到自己好像又做了噩梦。

她试着去回想梦的内容,却只是一些小时候零零散散的记忆片段。为什么自己在梦里的时候,却觉得这些内容如此之恐怖呢?或许还有些别的细节,在醒来之后就被她遗忘了。

她拉上了窗帘。小小的单居室一下子变得昏暗。

洗漱以后,叶深脱去睡衣,换上出门穿的衣服。她从衣柜里挑出一件宽大的浅蓝色衬衫。虽然看上去很不正式,却能稍微抵御秋日的凉风。

不管怎么说,今天还是要去研究室露个脸。一方面,研究室里的前辈、后辈们都还很担心自己的情况，另一方面，今天也是身为研究室带头人之一的父亲出差回来的日子。

顺便去公交站旁边的便利店买个早饭吧。她这么想着。

走出自己居住的公寓楼时，她抬头回望了一下五楼的房间，确保自己已经关上了房门。叶深租住的公寓是外廊式的，比较容易被当下的年轻人接受。她的左邻右里也和她一样，都是不怎么有钱的年轻上班族。

小区里弥漫着浓烈的桂花香气。上海已经入秋了。

T大的人文学院是一栋毫不起眼的四层小楼，没有电梯。似乎是刚入学的本科新生们正捧着书本在学院的楼道里穿梭。有几个男生在与叶深擦肩而过的时候，偷偷摸摸地盯着她的脸看，让她觉得些许不适。

研究生和博士生共用的研究室在三楼。刚来到三楼的楼梯平台，叶深就看到了熟悉的身影。

"哎？啊呀……叶深学姐！"

"不要管我叫学姐啦！"

在严格意义上，她并不是T大的学生。她只是通过在人文学院当教授的父亲的关系，挂靠在另一位导师门下的自由学者而已，所以，她的官方注册身份反而是研究室的外聘教职人员。而且，从年龄上看，她确实比研究室里的大部分研究生都要年长一些。当然，与真正的教职人员比起来，她完全不用承担什么教学任务就是了。

尽管叶深每次都这么说，但是研究室里那些真正的学生听不听她的话，就是另一回事儿了。

"有什么关系呀。"眼前的男生笑嘻嘻地说，"叫学姐感觉年轻一些嘛。"

这个人是父亲的一个研究生,名字叫刘昊。名字很普通。虽然他一直对叶深嬉皮笑脸,但总感觉好像很害怕父亲的样子。或许是因为导师严肃刻板的要求与刘昊随随便便、喜欢浑水摸鱼的性格向来不对付吧。

叶深跟着高她一头的刘昊一起,推开门走进研究室。不知是谁在门上挂了风铃,叮叮当当地响,像她逛街看见过的一些旧货店的店门一样。

"啊,叶深!"

"小叶,今天你怎么来了?"

"你没事吧?"

"让大家操心了。"叶深说,"我挺好的。"

虽然才过了两周,她却感觉到了些许久别重逢的喜悦。

"好巧,水利工程系那边刚刚有老师来打听你呢,问这两天你来没来研究室。"

一个头发染成绿色的学姐放下她的耳机,从座椅上站起来,径直走向叶深。

"你在那里考察时发生的事情,他都和我们说了。不管怎么样,你能平安回来就好。"

叶深点点头。

眼前的学姐叫惠绘,是研究室里资历最老的博士生之一。

"不过,活人祭什么的,真是太可怕了。那种宗教应该要取缔呀。"她说,"但这种名场面,我也想亲眼见识一下呢。"

"喂喂,学姐,不要说这个词啦。我们胆子小受不了。"有几个男生把脸埋在电脑屏幕后面,开始嘟囔。

"但是,你为什么没有报警呢?"

"并不是真的有人牺牲啦。"叶深装作轻快地摆了摆手,"只是那里的教会在表演而已。"

那一天的沉重回忆再一次涌上头。

那仿佛要被点燃的灰色天空，与滂沱大雨激烈对峙着的烈焰。等待着被抛下高塔的祭品，在最后时刻绝望地挣扎扭动。

原来，那就是程子来……

他，就在自己的眼前。

可是，因为隔了一层布，当时的两人都没有发现彼此的存在。

没有办法报警。报警需要有正当的理由。

程子来并没有死。虽然她迄今没有弄明白到底是为什么，但是在事实上，并没有生命在火场中被断送。

这座村子已经存在了几百年。每年定期举行的这种大规模的祭祀仪式，不可能完全不走漏一点风声。她想起程子来的话：外界只是不介意而已。也许在外界少数的知情者看来，这种仪式只是和许多别的地方的民俗一样，是在装神弄鬼罢了。并没有人会去关心这种规模的小村庄里曾经发生了什么，现在又在发生什么。

而且，这座村庄未来的命运，也早已经被确定了。

湮灭。

不管这片土地上有过什么文明，留下过什么痕迹，都会沉入湖底，而不为世人所记忆。这座村庄，只是历史进程中的一粒沙。

当叶深和孙极走出南山，离开那个村庄的时候，东方的天空已经微微泛白。在清晨的寒气中，又累又饿的两人哆嗦着继续向前行走了好几公里，才看到了第一片农地。

通过村公所的无线电，他们联系上了驻扎在石磨村的考察队。

再之后的记忆，就是在回上海的火车上，自己浑浑噩噩地醒来又睡去。考察队原本计划开车往返，但是由于"部分交通工具已因公损坏"，没有办法供全员乘坐返回，所以他们给叶深买了高铁票。同行的还有一直发着高烧的孙极和两个水利工程专业的年轻学生。

在火车上，她反复梦见同一个场景。

那是一座破败的小屋，比她在林地深处、教会的所在之处所见到的屋舍要残破好几倍。那是叶深第一次来到那座塔下，因为坠塔而陷入昏迷以后苏醒过来的地方，也是她初见程子来的地方。是他将她带到了这里。

在梦里，小屋的模样格外清晰。残破的土墙，积灰的木梁，还有随时会掉落的屋瓦。这一场景对叶深来说，却又异常亲切。她在睡梦中仿佛闻到了屋里某种受潮发霉的气味。对叶深来说，这种气味一点儿也不难闻。

她突然有了一种迫切的冲动。

她想在地图上看一眼那个村庄。她想知道那个村庄准确的位置，甚至，如果可能的话，她想在卫星图上看一看村里的屋子，找一找那座塔。

叶深来到自己的办公桌前，拉出椅子坐下，然后打开电脑。

首先是找到石磨村。这并不麻烦。也许是因为那里开设了许多接待游客的民宿，她在搜索栏输入村庄的名字，很快就找到了在四面田野包围下的那个小小聚落。从卫星图上可以清楚地看见每一个小房子上铺盖的瓦片。

从石磨村所在的位置向东南方拖动鼠标。卫星俯瞰图上，树木渐渐茂密起来。那条她和孙极曾经驶过的通向树林深处的蜿蜒车道,被树木的深绿色顶冠遮蔽,不出一公里的距离就完全看不到了。

令她更为失望的是,再往前,屏幕上就只呈现大面积的模糊的绿色色块。卫星图似乎没有把一整片森林都清楚地拍摄下来。

叶深把画面切换回地图模式。在她直觉是那座村落的地方,只是一片没有任何标记的浅灰色。

她失望地左右来回移动鼠标,不断地把画面放大缩小。这个时候,一个快速掠过眼前屏幕的小标记引起了她的注意。她赶紧小心地再把地图拖动到刚才的位置。

那是一个绿色的圆点。圆点的中央是一个小三角,而下方,写着"卧龙山"三个字。

就是这里了!

她屏住了呼吸。

然而,在"卧龙山"的北侧,并没有其他标记。那个村落没有被记录在地图的数据库里。

"惠绘姐。"

"什么?"研究室另一头的学姐伸长脖子看向自己。

"如果想要找一个在网上完全查不到任何信息的村子,你觉得还有什么别的办法?"

"纸质地图?"

"地图上也没有。当时就已经看过那些地理勘测地图了。"

"是吗,这样啊。好吧。"

"最好是一些官方的、记载村庄信息的文件。"

"如果你不想再去一趟当地乡政府的话……或许你可以查查县志上有没有记录。"

"你觉得 T 大会有湖南的县志？"

"谁知道呢。"惠绘耸耸肩,"你可以去档案馆看看。反正在周老师回来以前,闲着也是闲着嘛。"

叶深点了点头。周老师是父亲的同事,也就是负责叶深的教授。这间研究室是父亲和周老师的研究生、博士生所共用的。

"啊,对了。如果你出门的话,麻烦回来的时候顺便帮我带一杯半糖的珍珠奶茶。"惠绘说。

"学姐,我也想要。"

"我也加一杯。"

"再见。"叶深生气地说。

但是,这熟悉的场景却让她感到格外宽慰。总算是有了一种"我回来了"的实感。她绷着脸,忍住笑意。

档案馆在校区的另一头,是一个没有什么学生会来的角落。通往建筑正门的小路两边,梧桐树的树叶开始渐渐泛黄,显得有些萧瑟。

进门是接待处,访客在这里登记身份,填写想要查找借阅档案的信息。所有的学校、学生相关的档案都存放在二楼至五楼。叶深和前台工作人员简单地打了个招呼,直奔深处的侧翼。那里是一个在名义上和"档案"没有什么关系的地方,成排的书架上堆置着各种文本、书籍,它们都是图书馆处理的,已经不会有什么人去借阅的上了年代的旧书和资料。

"您好。请问这里有没有中国各个县的县志？"

"应该有吧。"书库门口的管理员懒散地回答,"在地理类别下,你自己进去找找。"

叶深高估了找书的难度。在很显眼的位置,一整面书架都被各地五花八门的县志占据了。她从属于湖南省的五十多部县志里挑出了她需要的那一部。

桃源县。名字的巧合程度，让她心里一惊。

这本县志编纂于一九六五年，也就是全国第二次人口普查以后。虽然距今已经远远超过了二十三年，也就是说，这本书是远在坠塔事故发生之前编写的，但是至少，根据教主的说法，那个村庄在当时肯定是存在的。

只不过没有人会去在意罢了。

她一页页地往后翻。前半部分的整体人口概况、地理环境、发展历史，她并不关心。那些具体乡镇和村的区位、档案，应该在这些内容之后……

一张泛黄的纸条突然从某两页之间掉出来，滑落到地上。看来是谁曾经随手夹在那里忘记取走的书签。

叶深赶紧看向刚才翻到的书页。有一行文字吸引了她的注意。

那行文字很简短，和其他的村落信息并列在一起。文字的旁边，有人用铅笔做了一个淡淡的标记。

  北岗村。位于卧龙山北，村民总人口53人（第二次人口普查数据）。归属地新乡。

叶深觉得困惑。她弯腰拾起掉落在地上的纸条，将它翻转过来，不由得背脊一阵发凉。

那是从信纸上撕下的一部分。在信纸的抬头，是叶深再熟悉不过的一行朱红色宋体字。

**T大社会人文学院**

人文学院……

这是怎么回事？是巧合吗？

为什么在这本书里，会有自己所在的学院的信纸做成的便签？

有谁借阅过这本书吗？不，叶深摇摇头。人文学院的师生中有人借阅过这部县志，这件事本来一点都不奇怪。奇怪的是，为什么恰恰是这一页，为什么唯独是关于这座村子的信息，被某人标记了出来？

她捧起破旧的县志，回到书库入口管理员的办公室。

"我想借一下这本书。"

叶深出示了自己的身份卡。档案馆里的旧书和图书馆的不一样，并不对学生开放借阅。只有教职工才有借书权。

"哦。就这一本吧？"

上了年纪的管理员慢腾腾地操作电脑，录入图书信息。

"对了，我想顺便请教一下您。"

"嗯？"

"这边能够查到某一本图书之前的借阅记录吗？"

"你要查吗？"

"啊？"

他指指县志。

"这本的？"

"啊，是的。有劳您了。"

"嗯……"

过了一会儿，他从显示屏后面抬起头。"电脑里没有借阅记录。"他说，"至少，从这本书进入档案馆以来，还没有人借过。"

"这本书原本是在图书馆里的吧。"

"嗯，应该是的。"

"那么，您知道它被清理出图书馆是哪一年的事吗？"

"不是一九九七年就是一九九八年吧。我记得那个时候图书馆有过一次大整修，很多书都是那个时候被搬到档案馆里来的。当然，还有更多的书当时都被低价处理给学生和旧书店了。"

那就是二十年前。

"当时您就在这里工作了呀。"

"是啊。当年我也就三十多岁。"大概是很久没有遇到愿意和他说话的人，管理员的心情看起来很不错，"为了把这些刚被搬进档案馆里来的书录进数据库，当时我还专门花了很长时间学习怎么用电脑。"

"那个年代就开始用电脑，可真是不容易呢。"

叶深嘴上这么说，心里却想着别的事情。

"对了，那您知道还能查到之前图书馆的出借记录吗？"

"那怎么可能？"管理员把县志翻到最后一页，展示给叶深看，"小姑娘，你看到上面的胶痕了吗？那可是原来粘贴借书卡槽的位置，以前的纸质借书卡早都遗失啦。"

叶深在谢过管理员以后，抱着县志回到了学院。

"啊呀，我光顾着想事情，忘记给大家买奶茶了。"推门而入的时候她突然想起来，"太抱歉了，我这就——"

研究室里没有人说话。大家都只是安静地看着她。

不，视线分成了两拨。一拨人看着刚进门的叶深，另一拨人则把视线投向了在研究室正中央站立的高个子男人。

男人上了年纪，头发向后梳着，鬓角泛白，五官深邃得像是用刀雕刻出来的一样。虽然有些发福，却依旧给人一种非常威严的感觉。

他也注视着自己。

"爸爸。"

叶深呼唤自己的父亲。

## 2

"好久不见了,爸爸。"

叶深向父亲走去,随手把县志放在了一旁的办公桌上。

"香港的学术会议怎么样,都还顺利吗?"

"啊,那个啊。一切正常。"叶陆松开领带,"每天出门的时候都能听到粤语,自己就像是活在港剧里一样,感觉非常好。"

她笑了。

"还有,烧腊真的很好吃。"他又说。

叶深走到父亲身边。

"你呢?"

"嗯……我也还行吧。"

"还行?你不还迷路了吗?"父亲一边说一边打开自己的公文包,从里面开始掏出一沓一沓的文件,"这次考察有什么收获吗?有没有看到什么有意思的事情?"他戴上了老花镜。

考察队曾经在第一次寻找叶深的时候向叶陆求助过,也在她平安归来以后,给当时还没有去香港出差的他打电话汇报过情况。

叶陆似乎也仅仅知道这些信息,并没有人通知过他事件进一步的发展。

叶深观察了一下自己的四周。她和刘昊四目相对,后者慌慌张张地移开了视线。

她知道，那些略微知情的同学、同事都装作漠不关心地各自忙活着手头的事情，但其实他们都在竖着耳朵，偷偷关注着两人的对话。

"没看到什么。"叶深说，"发了一个星期的烧，每天都在民宿里躺着睡觉。"她观察了一下父亲的表情。

"你的身体免疫力太低了。"

"不是啦。都怪那次迷路，在山里走了一整天。"

"那可要多去参加一下登山社的社团活动。"

"最近完全没有时间。"

"那个社长还挺帅气的。他毕业了吗？后来他还请你喝过茶吗？"

"什么和什么呀。"叶深有些生气。她听到有人在咻咻地偷笑。

"水坝怎么样？"叶陆突然换了一个话题。他继续低着头，挨个在眼前的文件上一页一页地签字。

"嗯……还没有最终的结论呢。虽然我也不懂，不过，听那些水利工程的研究生说，地质条件还挺理想。如果文件批复下来的话，可能两年内就会开始进行居民迁移工作吧。"

"那些世世代代居住在那里的村民，他们挺舍不得自己的家园吧。"

是啊。你的女儿可是因此被教主给诅咒了呢。

她只是不想提起这么沉重的话题。

叶陆直起了身子，收起笔，把文件整理好。

"刘昊，你需要的材料我已经签好字了。你自己再检查一下措辞，签完名就可以上交给学院了。"

刘昊奔拉着脑袋从座椅上站起来，愁眉苦脸地从叶陆手中接过文件。

"对了，叶老师。"父亲的另一个博士生说，"昨天从北京寄来了包裹，给您放在会议室里了。"

"啊，那应该是古代祭祀吹奏的乐谱，是我向那边的民俗博物馆要来的影印文档。好的，谢谢你。我去看一下。"

他走进了工作室尽头的会议室。

叶深跟在父亲的身后走进房间，把门带上。

"爸爸，晚上一起吃饭吗？"

他摇摇头。

"吃不了了。在返程路上临时又接到了任务。我马上得去虹桥机场赶飞机。"

他快速地翻看着快递寄来的资料。

"这么匆忙吗？"

"没有办法啊。"

"这次是去哪里？"

"河南。之前有人在那里发现了一个曾经以生产木偶、表演傀儡戏见长的村落遗址。"

"就是那个夏天发生过命案的……"

"对。明天在县城要召开文化遗产保护工作的有关会议。"

"那你可要小心啊。"

"放心。那起事件的凶手听说早就已经被警察抓获了。"

"是吗……"

书页翻动的声音。会议室没有窗，房间里有些闷热。

"对了，爸爸。说到村落……"

叶深深吸了一口气，下定决心，装作若无其事地问："你听说过北岗村吗?"

"嗯?啊……"

父亲没有直接回答。

她看着父亲微微起伏的后背轮廓,揣测着此刻他脸上的表情。

"我啊,在迷路的那天,误打误撞地路过了一个叫北岗村的村庄……"叶深的声音有些颤抖。她强忍着不让父亲听出什么端倪。

叶陆突然转过身来。

他注视着自己,但是眼神看上去却有些紧张。

"你在那里看到了什么?"他问。

"看……看到了一座石塔……"

父亲的喉头蠕动着。叶深注意到他攥着资料的双手也在微微发抖。

"还有……许多乌鸦。"

"就这些?"

他的态度很奇怪。叶深犹豫着要不要把自己的遭遇和盘托出。

"爸,关于这个北岗村……你是不是知道些什么?"

"我没听说过这个村子。"叶陆决然地说。

叶深冲出会议室,从外头的工作桌上取来了那本县志。

她把书翻到记载有北岗村信息的那一页,在会议桌上摊开。

"这是我们人文学院的信笺。"她指着那张书页里的纸条,"而且这种带绿色下划线的,是二十世纪九十年代的老款。我只在我们学院过去的档案资料里看到过。"

二十多年前的学院还远远不是现在的规模,教师、研究生和博士生的数量更是屈指可数。

她望向自己的父亲。虽然这张纸条很有可能不是父亲当年留下的,但是从刚才他说话的态度来看,他一定知情。

"你太不会说谎了,爸爸。"

沉默。

"其实你是知道的吧?告诉我,为什么有人在这个村庄的信息旁边做了标记?"

叶陆把资料收进自己的提包里。

"我得走了。"他说。

"我亲眼见到了。"

"什么?"他手握在门把上,回过头来。

"祭典。"

叶陆没有说话。

"那座村子里的人,他们在崇拜乌鸦。"

"叶深。"父亲看着她,语气非常强硬,"忘记这件事。"

"什么?"

"忘记那个村子。不要去回忆你看到的一切,也绝对不要再去深入调查那里的民俗。"

"为什么?"

"因为……这是爸爸的请求。"

长时间的沉默。

叶陆叹了一口气,拧动会议室的门把。就在他推开门的一瞬间——

"下周,妈妈的忌日前,你会回来吧?"叶深问道。

叶陆缓缓地摇了摇头。

"我不知道。"

磨砂玻璃门咔嚓一声合上了。叶深被一个人留在了房间里，一动不动地站着。

四周恢复了寂静，唯独挂在一侧墙上的机械钟还在嘀嗒作响。

叶深感觉自己好像在做梦。她万万没有想到，自己所在的学院，甚至自己的父亲，会和自己误打误撞闯入的那座村庄扯上关系。父亲刚才讳莫如深的态度，让她想起了那一天，程子来同样对自己说过类似的话。

"那座塔，以后还是不要太靠近为好……"

此刻的她，早已经知道了那个村庄的秘密。

可是，在自己的学院和村庄之间，又曾经有过怎样的联系？

完全想象不出来。但是，至少从父亲的态度可以看出，这不是什么可以随便说出口的故事。

谜团进一步加重了。

"咚咚"。

敲门声响起。

先是一丛绿发出现在眼前。紧接着，惠绘把脑袋伸了进来。

"啊，那个，你不要紧吧？"

"没事没事，"叶深赶快摆手解释，"只是在想一些事情而已。"

"你把自己关在房间里很久没出来，我还以为你偷偷地在里面哭。"

"我为什么要哭？"

"因为……登山社社长呀。"

"啊……"

"不是吗？"

"是你个头啊。"

叶深抱起桌上的县志,关闭会议室里的顶灯。

"对了。"惠绘突然说,"你们刚才提到了北岗村吧?"

"学姐,你难道一直在门外偷听吗?"

"果然提到了吧。"她没有正面回答叶深的问题。

"莫非你也听说过这个村子?"

惠绘点点头:"我知道哦。"

"什么?!"叶深很吃惊。

"你跟我来。"

她带着叶深来到自己的办公桌前,弯腰从身侧的柜子里抽出一个看上去有点旧的文件夹。文件夹脊部的贴纸标签上写着惠绘自己的名字。

"你看,这是我一个月前在后面的档案室整理闲置物品时发现的文件夹。从款式上看,应该是很久之前的东西了。"

"嗯……当时里面有什么文件吗?"

"不,里面是空的。"

"那为什么要给我看这个文件夹?"

"问题在于脊部的标签。"惠绘一边说一边慢慢地撕开那张写有她名字的贴纸,"在这个文件夹原始的标签上,写着一些别的内容。我后来用新的贴纸把原来的标签给覆盖上了——我现在就撕下来给你看。我想你可能会感兴趣。"

新贴上的贴纸并不容易撕。文件夹的脊部留下了坑坑洼洼的白色边缘。

叶深仍然能够勉强辨认出被覆盖在标签下的那几行手写字。

**以湖南桃源县新乡北岗村为实验对象的民俗学考察**

开题报告

课题负责人　闫永玉

这个闫永玉是谁?

叶深并不认识叫这个名字的人。他应该曾经是人文学院的教师,而且早已退休了。

毫无疑问,T大的人文学院曾经进行过针对这个村庄的调研。

她钻进档案室。如果惠绘是在整理档案室的时候发现空文件夹的话,说不定,那些原本属于这个文件夹的文件也正散落在房间的某处。

"完全不像是还能找到的样子呢……"

一个小时之后,叶深灰头土脸地从文件堆里抬起头来。惠绘叉着腰站在门口,一脸同情地看着她。

"那些文件说不定早就被当成废纸扔掉啦。"

"不会吧……"

叶深无奈地站起身。

"可能是因为年代实在太久远了吧。如果不及时清理掉一些没什么价值的文件的话,这个小小的房间是没有办法消化越来越多的资料的。"

"这样啊。等一下……你的意思是,那个文件夹里的开题报告,是没有价值的吗?"

惠绘打了个哈欠。

"只能这么认为吧。如果是重要的文件,又怎么可能会被随随便便处理掉呢?"

叶深陷入了困惑。

"对了。"她问惠绘,"还有一件事……你知不知道,去哪里可以查询到学院退休教师的信息?"

"你可以直接和你爸打听呀。"

叶深叹了口气:"你也不是没看到刚才他那态度……"

"那就去人事科,或者退休教师协会问问看吧。"她边挠着下巴边说。

学院退协的办公室在顶楼。房间里已经亮起了灯,看来负责的老师很快就要下班了。

"闫永玉?是我们学院以前的老师吗?"

一个叶深没怎么见过的年轻男子坐在椅子上打量着她。叶深揣测,他可能只是学院从哪里找来兼职的学生。

她出示了教师证。适时地亮明身份总是能够起到很好的效果。

"我们在档案室找到了他以前留下的一批个人信件。"她说,"如果能够查找到联系方式的话,我希望能够把这些信件送到他家去。"

"原来是这样啊。"他嘟囔着。

叶深本以为他会拿出厚厚的花名册开始翻找,结果男子只是在电脑上输入自己的用户名和密码,登录进学院的网络数据库,很快就找到了闫永玉的信息。

信息数据化的时代可真是便捷呢,要是那份开题报告也有电子档备份的话就好了。她想。

"闫永玉,曾经是人文学院社会学方向的副教授。"

与父亲的研究方向是同一个。

"能告诉我他的联系方式吗?"

"这上面只有固定电话。"

"好的。"叶深拿出纸笔,记录下号码,然后核对了一下。

"对了,他是哪一年退休的?"

"一九九三年。"

叶深感到背脊发凉。一九九三年,恰好就是二十三年前。

"他退休的时候是五十二岁。"男子补充说。

她从退协办公室回到楼下的研究室。研究室里也亮着灯,惠绘正张罗着大家一起吃晚饭的事。父亲这个时候应该已经坐上飞机了吧。

"藤椒鱼怎么样?"有人提议。

"我都无所谓。"叶深摇摇头说。她完全没有胃口。

在饭桌上她也一直陷入沉思中。

二十三年前,在那个村落发生了被称为"天谴"的事件。同年,学院的闫永玉老师退休。而在退休前,他刚好负责了北岗村民俗学考察的课题。这已经超出了巧合的限度。而且,在五十岁出头的年龄就选择退休,对于一个有可能升职为正教授的老师来说,无论如何都太早了。

当时一定发生了什么事……叶深暗自揣测。

聚餐结束以后,她一个人搭公交车回家。

叶深租住在远离市区的一隅。她透过车窗,望着快速掠过的街景。人烟稀少的街道,在入夜以后路灯的橙黄光芒下,渐渐地蒙上了一层悲凉的色彩。

走进无人的公寓底楼门厅时,她习惯性地用钥匙打开侧墙上的信箱,检查一下信件。

信箱里只有一沓广告。其中一张广告吸引了她的注意。

摸起来手感糟糕的 A4 纸上印着一只乌鸦的卡通图案,让叶深想起了迪士尼动画里的某个形象。图案上方是楷体的文字"幸福人生研修会",下面则罗列着一些能够为人生增添幸福感的条文,大体都是关于如何去主动出击、挤对现实生活中的"敌人"的建议。和一般那些提倡修身养性的民间组织不同,它的理念非常激进。

叶深把这张纸和其余的广告一起扔进了信箱下的公共纸篓里。

## 3

前台的护士在对着叶深微笑。

"请问您需要探视的病人姓名是?"

"孙极。极限的极。"

"知道了。请您稍等一下。"过了一会儿护士抬起头来,"病人在住院部九楼的二十一床。"

"谢谢。"

孙极从感冒发烧转成了肺炎,从北岗村回来以后一直住在医院里。叶深也是昨晚刚得知了这一消息,第二天上午就赶来探视了。

住院大楼内长长的走廊、尽头的方窗,让她想起了那个恍惚的梦。在她还小的时候,父亲曾经牵着她的手,走在一条类似的、昏暗的走廊里。

那到底是什么地方呢?

和很多人一样,叶深对于自己在上幼儿园以前的童年,只有非常零散和模糊的记忆。那些年幼时经历的事,或许只能烙印在潜意识里,通过梦境才得以显现。

叶深走入孙极所在的病房。坐在病床上的孙极看起来消瘦了一大圈,让叶深心头一紧。从窗口洒进来的阳光照在他的脸上。他举起手来,和叶深打招呼,精神看上去还不错。

"孙老师,你好点儿了吗?"

"托你的福,小叶。过两天应该就可以出院了。"

"是吗。那太好了。还是要注意多休息呀。"

她把带来的鲜花插在床头柜上的花瓶里。

"已经过了一周了呀。"孙极望着窗外的蓝天感慨道。

"是啊。"

"感觉还像是昨天发生的事呢。"

"毕竟印象太过深刻了嘛。"

想到这里,叶深感到一阵歉意。如果不是她当时执意要孙极陪她再去一次那座村庄的话,他现在也不会躺在这间病房里。

"对不起,孙老师。"她说。

"哪儿的话!小叶,你千万不要有什么自责的想法。"孙极看穿了叶深的心思,"我完全是出于好奇,才想去那座村庄瞧瞧的。这是我自己的选择,和你完全没有关系。"

泪水在叶深的眼眶里打转。

"对了,你这两天去过学校了吗?"孙极赶紧转换话题。

"昨天刚去过……"

"这样啊……"孙极点点头,"也见到你父亲了?"

"见到了,不过只是见了短短一面。"

"当教授总是很辛苦的。"

"话说,孙老师,你不需要回学校上课吗?"

"我只是一个建筑系的讲师而已。"孙极挠着鼻子,"对学校而言并不是什么不可或缺的角色。"他随即沉下脸来,"不过,请你不要把这件事告诉别人。那些一起去湖南参加考察的研究生,都以为我是教授。"

叶深笑了。

"好的。"

"话说回来。关于那座塔……"孙极压低了声音,"我告诉过你我的想法吗?"

她摇摇头。

"首先,从结论上来说,那座塔绝对不是什么古塔。"

"你确定吗?"

"我可以十分肯定地告诉你这一点。"

其实叶深之前也隐约地猜到了这个事实。

"我之所以能够做出这个判断,理由真的十分简单——因为,用来建造那座塔的材料根本不是石头。那些看上去像是灰色石块的东西,只是浇制得比较粗糙的混凝土而已。"

"什么?塔身其实是混凝土做的吗?"

他点点头:"很多非建筑专业的外行人没有办法区分出灰色的混凝土和真正的石块,尤其是当混凝土被制作成像石头一样大小的砌块以后,再将它们堆叠起来,有时候可以达到以假乱真的效果。其实,混凝土砌块说白了就是一种砖而已,只不过比一般常见的用泥土烧制的砖要更大,同时材料的强度也更高。"

"这么说来,那座桥……"

"没错。你之前说过,桥和塔是由同一种材料建成的。那座桥也不是什么原始的石桥,而是单纯的混凝土桥。"

"哦……"

"这样一来,无论是塔还是桥,就都不可能是很久以前留下的古董了。它们绝对是当代建造的。"

孙极的身子微微倾向叶深。

"另外，我们还可以从这个事实中推断出另外一个结论。"

"是什么？"

"根据我们在村中的那两天所观察到的，无论是饲养牲畜，还是种植植被，那里的唯一业态就只有农业。"

叶深想起了田地里的一丛丛鸦枫。

**"那座与世隔绝的村子不可能生产得出混凝土砌块。他们没有技术过硬的加工厂，不生产制造混凝土的原材料，也没有搅拌、浇制混凝土的大型机械。"**

"你的意思是……"

"用于制造那座塔的混凝土砌块，是从别的地方通过船运送来的。"孙极说，"不管这座塔是不是由村民自己建造的，至少在取得原材料这块儿，他们一定得到了外界的支持。"

叶深抬起头来，怔怔地看了一会儿天花板。

"如果我们从这个角度入手去调查的话，如果能够找到当时的批货单……"

"孙老师。"叶深打断孙极。

她决定把之前自己所发现的、T大人文学院和那座村庄之间曾经有过关联的事情告诉孙极。

听完叶深漫长的讲述后，孙极长吁了一口气。

"原来那里在行政上叫作北岗村……倒是一个非常普通的名字呢。"他只是发出了这样的感慨，"对了，小叶。你知道在当地人的口中，那个村子叫什么名字吗？"

叶深摇头。

"这也是地质系的那些同学事后告诉我的。他们后来向驻地的村民打听了那个村庄——在卧龙山以北，东西两山之间的那片谷地里的村子。大部分人只是摇摇头,说不知道那个地方的存在。只有一两个人,他们是这么回答的……"

"他们怎么说?"

"他们说'你是指苍鸦村吗?'"

教主说过,这座村庄没有名字。叶深现在明白,他之所以这么说,只是因为村内人没有必要用名字区分不同的村子罢了。对他们来说,这里就是世界上唯一的村庄,是他们世世代代所居住的家园。这样的村庄不需要有名字。而对于外人来说,就不是那么一回事了。

"比起北岗村来,苍鸦村这个当地人口中的村名,是不是更加生动一些呢?"孙极露出了苦涩的笑容,"直到现在,我还会偶尔想起那天看到的乌鸦。那可真是壮观极了啊。"

"孙老师,"叶深说,"关于人文学院曾经留下的那份调研开题报告……你有什么想法吗?"

仿佛是说累了,孙极没有回答,只是兀自静静地望了一会儿窗外。

"你觉得,会不会是——"

"小叶……"这次轮到孙极打断她。他依旧没有注视叶深,只是垂下眼帘,看着身上盖的毛毯。

"我有一种感觉。"他慢慢地说,"过度深究这件事情,不会给你带来任何好处。"

"孙老师……"

"如果我是你的话,我会听你爸的话。"这个时候他才慢慢抬起了头,汗涔涔的脸上缓缓地露出了奇怪的微笑,"毕竟,我们都是被下了诅咒的人哪。从今以后,凡事不应该小心一点比较好吗?"

"嗯？"

"或许是因为我已经快要到知天命的年纪了吧……生这么一场病以后，总觉得自己的心态变得更加谨慎了一些。年轻的时候，仗着自己身体好，加班、熬夜，几乎是哪里发现了历史留存的古建筑就往哪里赶，唯恐被别的同行抢先领走任务。但是，现在的我啊，"他叹了一口气，"职称什么的都已经无所谓了。我只想安安静静地在家里的阳台上，每天晒着太阳，悠闲地喝个下午茶。说得难听些，这或许就是你们年轻人所谓的'丧'吧。"

"孙老师……"叶深不知道说什么好。

孙极从床上费力地直起身子。

"时候不早了。小叶，你也早一点回去吧。"

叶深点点头。

"如果见到那些水利工程系的老师和学生的话，替我向他们问个好。"

"好的。"

"还有，也麻烦向叶教授问好。虽然我们只是通过一次电话的交情。"

"嗯。"

"那，我们晚点学校见吧。"

"孙老师……"她憋了半天的劲，才说，"谢谢你。之前的这一路，真的，太给你添麻烦了。"

"没有的事。那可能是我……"他的脸上又浮现出伤感的微笑，"对这个世界展露的最后一点好奇心吧。"

"学校见，孙老师。祝你早日康复。"

叶深收拾好挎包，转过身子，往病房外走去。

正当她快走到门口的时候，她听到了自己身后传来一声很清晰的叹息。

"小叶,你等一下。"

叶深停下了脚步,回过头去。

孙极脸上的表情看起来仿佛下定了决心一般。

"给我一个物尽其用的机会吧。我还有事情没有告诉你。"

"是……什么?"

"我好像知道了那个叫程子来的男青年,他是怎么从祭祀现场活下来的了。"

孙极慢慢地开口说道:"其实这几天住在医院里,因为实在太过无聊,我每天就只能躺在床上面对天花板,琢磨着这件事儿到底是怎么回事。虽然我嘴上说着不想介入太深,但是……我确实一直无法释怀。"

"反倒是我,完全没有去思考过这件事……"叶深有些羞愧地说。

孙极摇手。

"我唯一比你多的,只是用不完的时间。在拥有充足的时间去进行思考的情况下,其实想要发现真相并不是一件特别困难的事情。更何况,我们早就已经知道了结论——祭品的真实身份,和他'在众目睽睽下被扔进塔内,并且在点燃的火焰之下幸存了下来'的事实。虽然我当时一直处于半清醒的状态,但毕竟也是事件的亲历者。结合我之前所看见的,和你给我转述的之后所发生的一些事情,加上足够的用来翻来覆去思考的时间,"他有些尴尬地笑笑,"我碰巧找到了一个能够破解这个谜团的方法。"

"孙老师,还得麻烦你详细解释一下。"

"在我看来，那个仪式就像是一场魔术表演一样。魔术表演的诀窍是什么？"

"转移观众的视线？"

"是的。而要做到这一点，就需要依靠'误导'。也就是说，用一个其实毫无意义的动作来吸引观众的注意，误导观众认为这是在魔术表演中非常重要的一个环节。而魔术师之所以这么做，是为了将其真正的意图隐藏起来，让人们去忽视它。"

"这同样适用于那场祭典吗？"

"小叶，你回想一下当时的场景。首先发生了什么，然后又发生了什么？"

"嗯……"叶深用手抚着下巴，"首先举行的是受膏仪式吧。教主在每一个人的身上涂抹了乌鸦的粪便。接下来，被木笼关押的祭品被教众抬出，送到塔前……"

"祭品当时在木笼里不停地翻滚、挣扎是吧？"

叶深点点头。

"这就证明当时木笼里的祭品确实是活人。你接着说。"

"木笼被运送到塔底以后，祭品被一个教会干部背着，登上高塔……"叶深觉得自己渐渐明白了孙极的想法。"等一下，你的意思是说，祭品在被背着登上高塔、沿着螺旋楼梯旋转到塔身背面的时候，在我们看不见的地方，被调包成了别的什么人形物体吗？"

孙极没有回答。

"不。这是不可能的。"她斩钉截铁否定道，"关于那个被包裹起来的祭品，我曾经清楚地看到，他在被运到顶层，也就是塔顶的门洞前以后，也曾经转动过自己的脑袋。也就是说，在那件包裹的下面，**依旧是活人的躯体。**"

她记得很清楚。

塔顶上的那个人艰难地转过头来，痛苦地望向自己的一瞬间，隔着密实的布，她看不清他脸上的表情，她也不知道他是否远远地看清了自己。

但是，为什么……

程子来。叶深想起了他的名字。

"他的的确确是被推到塔下去了。"叶深一字一顿地说。

"小叶，你说得都没有错。"他注视着叶深的双眼，"何况，我们都还听到了他摔落塔底发出的'咚'的声音。"

"那他——程子来怎么可能平安生还？等一下，难、难道那座塔其实并不是一个空心的圆筒……"

"你只需要按部就班地回忆接下来发生的事情就好。"孙极说。

"接下来……是点火吧。"

"点火的理由是？"

"按照教主的说法，那是为了让死者能够体面地离开……"

"那具体的点火方式呢？"

"是鸦枫。教众将在初秋收成的鸦枫倾倒入塔内，然后由教主亲自将火把抛入塔顶的门洞。"

叶深没有忘记那一幕。燃烧的火焰在刹那间冲破了塔顶，狂舞的焰尖喷出黑雾，在雨幕中舔舐着上方的天空。

"所以……你不觉得有哪里不对劲吗？"

"什么？"

"这场点火仪式。"

"为什么？"

孙极深吸了一口气。"如果说教主就是主导这场魔术秀的魔术师——那么，你就不应该去相信他在此时此刻所说出的任何一句话。点火仪式就是这场魔术中的'核心误导'。他之所以告诉你点火焚烧是为了火化死者的躯体，令其有尊严地离开这个世界，只是为了让你——不，是为了让所有相信他的教众，不去怀疑这场点火仪式背后真正的目的。"

"那……"

"结果当然是，就像一场顺利的魔术秀一样，教主借由点火的行为，成功地转移了我们所有人的注意力。"

"等一下，你的意思是，点火只是一个幌子？"

"是的。我想，放火这件事情，完全只是一个噱头。在整场仪式中，有没有火并不重要。"

"那么重要的是什么，是被燃烧的鸦枫吸引来的乌鸦群吗？"

"不是。"

"那是什么？"

"**是鸦枫本身。**"

叶深觉得自己好像突然明白了什么。

"能够冲破屋顶的火焰——想必是升得很高的吧。"

孙极说出了在乍听之下意味不明的话。

叶深的表情变了。

"也就是说……只有在塔内堆积到接近塔顶的鸦枫，作为燃料，才有可能在点燃之后燃起如此之高的火焰。"她缓缓地说。

"但是，回想一下……那些在我们面前被倾倒入塔的枫叶的量，真的足够填满整座高塔吗？"他停顿了一下又说，"不。因为我当时已经失去了意识，所以我想拜托你，再努力回忆一下，真实地说出你自己的感想。"

"哦……"

不够。无论如何也不够。

被装在笭筐里背上塔的鸦枫，被一次一次地倾倒入塔的内部。虽然输送鸦枫的队伍声势浩大，但是用竹子编制的笭筐，毕竟只是体积十分有限的容器。

但是，那颇具仪式感的画面，却分散了叶深的注意力。老人——为背负鸦枫登塔的教众涂抹油膏的怪异场面，让叶深完全没有去在意自己应该在意的东西——被携带上塔的鸦枫的总量。

绝对不够填满整座高塔。

可能只有高塔容积的一半……不，甚至更少。

"这么一来，答案就很清楚了。"孙极只是非常平淡地说出了自己的结论，"在仪式开始以前，塔内其实就已经堆积了三层楼以上高度的鸦枫。"

倾倒鸦枫的仪式，完全成了一种障眼法。

"这些细碎柔软的鸦枫树叶，为坠入塔内的程子来起到了缓冲的作用。接下来，他所要做的，就是利用第二批枫叶被装模作样地一筐一筐倾倒入塔内的这点时间，手脚并用地拨开枫叶，一路向下爬到塔底。鸦枫树叶的叶片很轻，堆叠在一起以后，树叶与树叶之间的间隙则很大。这和孩子们喜欢玩的海洋球是同样的原理。我想，拨开松动的叶片往下爬，只要经过多次练习的话，对像程子来这样的青年男子来说，是完全可以在短时间内做到的。然后，他只需要通过背向我们的那个位于塔底的门洞，偷偷地离开就可以了。"

叶深忘记了塔底的另一侧还有门洞这回事。不，与其说是忘记了这件事，不如说是在此以前，她根本没有将那扇门纳入考虑范围。从祭品被抛下塔，到塔内升起烈焰的那段时间里，叶深只是一味地确信，那个人已无生还可能。但是，一旦得知

"程子来就是被蒙起脸来的祭品"，加之确认了"他完好无损地从塔内脱逃"的事实，也就是说，从"这其实是一场表演秀"这个已知条件出发，再重新去看待整场祭祀的话，那就确实会留意到许多在之前没有注意到的盲点。

"这也是为什么明明那座塔的四面八方都是空地，全员教众在祭祀期间却只是一直站在面向塔顶门洞的那侧的原因吧。"

"对。在程子来下到塔底以后，需要有人从外侧为他打开塔底的那扇门。那座塔的背面，就相当于魔术表演的后台。为了魔术秀能够顺利进行，不知情的观众，也就是那些普通的教众是不能看到后台所发生的一切的。这也就是为什么他们必须把从塔的背侧进入空地的我们也带到面向高塔正面的教众队伍里的原因。"

"哦……这么说来，祭品落地的声音也是伪造的吧。"

"那一定是在塔背侧的某个教会干部，掐准了时间，用搬起的石头向塔身砸去所发出的声音。"孙极说，"有可能，人坠落到地上发出的声音事实上不是这样的——可能更响，也可能更为沉闷，但是，人们的大脑却会在一瞬间，依照过去的生活经验，将其与视觉所见关联，将它们在臆想之中综合成同一件事情所引发的两种现象：'在前一秒，有人从塔上被推落，那么在下一秒我们所听到的声音，就一定是那个人落地的撞击声。'所以，不仅是我们，连在场的所有普通教众都没有一个人产生'祭品是否真的落到地上'的怀疑。这就是人的思考习惯哪。"

"孙老师，"叶深故意有些夸张地握住了他的手，"我觉得，此刻的你就像夏洛克·福尔摩斯。"

"喂喂……说了那只是碰巧。"孙极看上去有些说累了，又把身子倚回到床头靠背上，"而且，我所能想到的，也就仅此而已了。说白了，这段推理是毫无用处的马后炮——因为我们早就知道这场祭典并不是什么真正意义上的活人祭，而只是一场配合好的表演而已。我所做的，只不过是在知道结论的情况下，把表演背后的原理倒推出来。但是，真相到底是不是这样，又能为整个事件带来什么改变呢？"他沉下脸来，"小叶，我有一种预感——揭开这座村庄谜团的关键，并不在于'他们如何做到'，而在于'他们**为什么要这么做**'。"

"为什么要这么做……"

"叶深……"

"什么？"

不知什么时候，窗外原本晴朗的天空已经笼上阴霾。病房里渐渐暗淡了下来。

"我可能帮不上什么别的忙了。但是，如果你想独自继续追查下去的话……一定要多加小心。"

"我会的。"叶深露出了微笑，"放心。"

孙极点点头。

"对了，"他仿佛突然想到，"那辆车……"

"暂时就让它继续停靠在那片灌木丛旁边吧，不会有人发现的。"她调皮地向病床上的孙极眨眨眼睛。

叶深没有想到，这就是她最后一次见到孙极。

## 4

"怎么样？"

刘昊挂上电话，转过头来看着居高临下俯视自己的叶深。

"我刚才说的那些话，你完全听不懂吗？"

"听不懂。"

"一句也没听懂?"

"一句也没听懂。"叶深承认,对我来说,"湖南方言完全就是外语。"

电话的那一头是桃源县新乡派出所。接听电话的专员有浓重的口音,让叶深听得一头雾水。她只能把电话交给了家乡同在湖南的刘昊。

"结果咋样?"

刘昊挠着自己的圆寸头顶。

"不行。"

怎么不行……

其实,这一结果也完全在叶深的预料之中。在电话里一上来就劈头盖脸地要打听负责二十多年前某案件的警察的个人信息,谁也不愿意乖乖应允吧。

"他们倒也不是不愿意提供身份信息。"刘昊挠着脑袋。

叶深有些意外。

"毕竟只是个民风淳朴的乡下小派出所,可能在管理制度上也没有那么严格吧。"

"那为什么不行呢?"

"事实上,他说那个当年负责北岗村案件的警察早就退休了。"

就像闫永玉一样。

二十多年前那些事件的亲历者,现在多半已步入了花甲之年。

"办理退休手续的时候他在派出所档案里留下了通信地址,但已经失效了。可能因为他早就已经搬家了吧。"

"好吧，也算是尽力而为了。小刘，"她拍拍刘昊的肩膀，"一会儿我请你吃饭。"

刘昊离开后，她重新在工位上坐下。还有一通电话要打。

在数十次拨号音后，电话终于被接起来了。

"喂？"电话那头传来女声。

"喂，侬好。"为了不让对方误以为这是广告骚扰电话，叶深特意说起上海话，"请问这里是闫老师家里吗？"

对方没有回答。

她放慢语速重新用普通话问了一遍。

"请问，T大学的闫永玉老师是不是住在这里？"

"你是谁？"女人的声音低沉而且警惕。

叶深松了一口气。至少从接电话者的反应来看，对方应该认识闫永玉。

"我是T大人文学院社会学的讲师，我叫叶深。"

"你找闫永玉有什么事？"

"是这样的……我想向闫老师打听他曾经负责过的课题，因为我现在也在做相关项目的研究。不知道您方不方便让闫老师接一下电话？"

"他现在不在。"

"啊。那么请问他什么时候会回到家？或者能不能麻烦您转告闫老师，让他在有空的时候回拨给我……"

突然，电话那头的女人问："什么课题？"

"什么？"

"你说你想了解的课题，是什么？"

没有给她留任何犹豫的时间。

"是他负责过的一个叫作北岗村民俗学考察的研究项目。"

叶深只能说出实话。

电话那头好像传来一声轻轻的叹息。

"如果我没有搞错的话,那应该是他在退休前负责的最后一个项目……"叶深说。

"那个课题很危险。"

"嗯?"

"我说,你想继续研究的那个课题,很危险。"

女人直截了当地说出了让人意外的话。

"为……为什么?"

"闫永玉是我的爸爸。"她说,"他已经过世了。"

叶深有些惊讶。退休那年五十二岁的闫永玉,如果还活着的话,到今年应该是七十五岁。在医学技术飞速发展的今日,七十五岁以上的健康老人比比皆是。

"对不起,听到这件事情真是抱歉。"

"没事。倒是学校那边当时没有接到退休职工的死亡通知吗?"

"不……或许没有。具体的情况我完全不清楚……不好意思。"

"也是。毕竟是二十多年前的事情了。"

"等一下,你说什么!?"

"父亲在二十多年前就过世了,也就是退休之后没多久。"

"这……是为什么呢?"

"自杀。"

叶深大吃一惊,一时间说不出话来。

女人的语气却显得很平淡。二十年的时光,似乎早已抹去了她心中的悲伤。

"所以我说,那个课题很危险。"

"难道他是因为那个研究项目而……"

"父亲不仅因为那件事提前退休,而且直到退休后也没能摆脱梦魇。最终,他只能选择终结自己的生命,来逃避他所惧怕的一切。"

"到底是为什么……"

"关于父亲的研究项目的具体细节,我什么也不知道。他什么都没有告诉我,也没有留下任何遗书。我只知道,那几年,他因为那件事而遭受了巨大的痛苦,直到他离开之前,他每一天都活在惊惧之中。"

"唉……"

"不好意思。我不认识你,也完全不想与父亲的过去有任何牵连。"

"不,您已经帮了大忙。"

"我只能提醒你多加小心。"

"谢谢。"

对方沉默着。

"那,我就挂电话了。实在是抱歉,打扰到您了。"

女人突然说:"对了,能麻烦告诉我一下你们学院的地址吗?"

"啊,当然可以。不过,这是为什么?"

"有些父亲留下的东西,想给你寄去。"

叶深在取得对方同意后,告诉了她自己家的地址。

"谢谢您。再见!"

叶深搁下电话听筒。

女人说要寄过来的东西,会是什么呢?

入秋以后，天黑得越来越早。叶深探头往窗外看，街道上的路灯已经一盏盏地被点亮了。

工作室里除了她和刘昊，其他人座位前的台灯都灭了。空空荡荡的工作室，以及渐渐变冷的气温，让人没有加班的心情。

"刘昊，我们去吃湘菜吧。"叶深突然有些想念在考察基地吃过的农家菜。

"说实话，作为土生土长的湖南人，我真的是一点儿也瞧不上上海的这些湘菜店……"

"既然是我请客你就不要那么多话了。"她没好气地回答。

入夜的五角场，到处都是熙熙攘攘的人群。光鲜亮丽的霓虹灯下，提着购物袋的年轻男女快步走过。饿着肚子的上班族循着食物弥漫的香气，左顾右盼地寻找着自己中意的饭馆。

在十字路口，趁着叶深和刘昊在等待交通信号灯变绿的当口，有发传单的人凑上前来。

"小姐，幸福人生研修会了解一下。"

男人穿着婚庆司仪般的黑色西服，夸张地系着红色领结。

递过来的传单上，印着一只卡通乌鸦。

男子自顾自地说了起来："小姐你是上班族吗？小姐你在生活中有没有烦恼？是不是感觉自己只是社会上的一具行尸走肉，或者只是在庞大的工作单位身体里运作的一颗渺小的齿轮？你曾遭到过排挤吗？遭到过疏远吗？是否时常感觉到他人不能也不愿意花时间去理解你的想法？你与亲人之间是不是也日渐产生隔阂……"

"绿灯亮了。我们走吧，学姐。"刘昊拽了拽叶深的挎包。

"但是这些都不是你的错！小姐，这些都是他人施加在你身上的恶，是社会之恶、外来之恶！你之所以感到烦恼是因为他人的存在令你烦恼，你之所以觉得自己渺小是因为趾高气扬的他人对你的故意打压和藐视。为了过上更幸福的生活，我们必须像吃药治病一样，通过灵魂的信仰与肉体的行动，将这些恶从我们的身边清除，还以他们现世报，让作恶之人遭到惩戒，让为恶之徒受到天谴！"

男子越说越气愤。

"我们的图腾是乌鸦！羽翼漆黑的鸟儿，是堕天使在世间的使者，是惩戒的具象！我们不要求庇护，不奢望赐福。我们只呼吁惩戒、责罚，像乌鸦一样张开双翅，去扫除周边的恶、清扫世界的污秽吧！隐忍不是我们的原则，只有行动，才是带来幸福的唯一方法。"

叶深有些好奇地问他："像你们这样的邪教组织，能够合法地在上海开展活动吗？"

"不。"男人斩钉截铁地说，"我们不是宗教，也没有什么信仰。幸福人生研修会是一个心理培训班。与其说要去相信什么，不如说是呼唤个体的主观行动，激发每个人心里潜藏的能量，才是我们的导师——静远大师创立研修会的目的。"

"总觉得这名字听起来就很符合民间邪教的定位……"

刘昊小声地嘀咕。

"小哥是湖南人吗？"突然，男子转头问他。

"是啊。你怎么知道？"

"因为你有口音，简直和静远大师一模一样。"他又给刘昊递上一张名片。原来他叫薛飞。

"学姐，再不走的话，绿灯又要变红了。"

叶深点点头。

"让我们保持联系！"男子在两人的身后发出呼唤。

"好恶心啊。"刘昊小声嘀咕。

"湘满园"餐厅位于一座购物中心的顶层。两人跟随服务员的引导,在一处能够透过落地玻璃观赏到五角场夜景的位置落座。悬挂在对面楼宇外立面上的LED广告屏上,色彩绚烂地变换着图案。两人的眼眸里时不时反射出蓝紫色的光芒。

"在这座购物中心旁的写字楼里,有那个研修会的分部呢。"刘昊一边看传单一边说。

不知怎么的,叶深觉得有些在意。

无论是从男人口中说出的研修会的教旨,还是以黑色的乌鸦为形象的图腾,以及对堕天使所象征的职责的解释,都让她无法释怀。为什么,在这座远在千里之外的城市,会诞生出与**那座村庄**如此相似的教义?男人口中的静远大师,到底是一个什么样的人?

刚才,他说他也是湖南人……

或许只是巧合。叶深摇摇头,试图打消心中的疑虑。

"学弟。"她试探地问刘昊。

"每次听你这么叫我的时候,都会有不好的预感。"刘昊坦诚地说出了自己的想法。

"不是啦。我就是想问问你,对刚才的研修会有没有兴趣……"

"怎么可能会有兴趣!"

"话虽这么说,但是你不觉得好奇吗?那种所谓心理咨询班,明明传授的只是一些上进奋斗的鸡汤哲学,为什么能够吸引这么多的学员,以至于能发展到开出分店的规模?"

"不好奇。"

"其实你很感兴趣吧,毕竟你连旁边的写字楼里有研修会分部的事都已经了解清楚了。"

刘昊叹了一口气。

"说实话，我现在没心情。最近有不少烦心事……"

"小刘，你不也是社会民俗学方向的研究生吗？"叶深没有放弃，"你不觉得这是一个很好的观察与研究材料吗？"

刘昊的神情动摇了。叶深把握住了这个机会。

"作为交换，我会详细地告诉你我在湖南所经历的一切。同时，我也需要你的帮助。"她真诚地说。

"哦……"

看起来，这对他来说是一个十分诱人的筹码。

刘昊不情愿地点了点头："真是魔鬼般的智慧啊，学姐。"

"我想请你去报名参加这个幸福人生研修会。当然，报名费我来出，可以吗？"

"可以。不过，我也想让你知道，我接受你的请求，并不完全是出于信息交换，或者论文取材的原因。"

"还有什么原因？"

"因为我喜欢你。"

"不要开玩笑了！白痴学弟！"

"哇，你这么说真的好残忍——欸？"

近处突然响起了叶深并不熟悉的铃声。刘昊从放在座椅背后的外衣口袋中取出手机，接通了电话。

"啊。哎？好的。"他说，抬眼望向叶深，"好的，谢谢。"

"怎么了？"

"是新乡派出所打来的。上一次接听电话的那位警察说，他通过同样已经退休的前同事，打听到了当年负责那个案件的警察的联系方式。"

"太好了!他还活着?"叶深有些喜出望外。

"学姐,你怎么突然说这种话?人家活得好好的呢。"

"哎呀,不好意思,是我说错话了。"她赶忙说,"收回收回。"

"所以,"刘昊收起手机,身子前倾,直直地盯着叶深的双眼,"你说说,这一切——到底是怎么一回事呀?"

从窗外的大屏幕投射进来的光,将刘昊的整张脸都染成了迷幻的绿色。

## 5

叶深站在长沙火车站前的西广场上,抬头望着秋日湛蓝的天空。虽然时值正午,她仍感到些许凉意。很快就要到国庆节了,广场上有不少来来往往的人。

头好痛,而且好困……

从上海到长沙,她坐了五个多小时的火车。邻座孩童的吵闹嬉戏,害得她根本无法在旅途中顺利入眠。

自己到底是为什么一定要来这儿呢……

她在广场的早餐亭买了咖啡,然后提着旅行包,有气无力地走向出租车扬招点。

在驶驶停停的出租车后座上,她自顾自地发着呆。

叶深事先已经订好了一夜的旅馆。像这种临时起意的出差,对她来说是家常便饭。但是,这可能是一趟没有结果的旅途。她不知道自己能从一会儿要见面的老人那里找到什么答案。只言片语的讲述,能否帮助她重现二十三年前的过去?

而她自己,作为一个外人,又为什么要执着于这一段被埋藏在罕有人知晓的深色密林里的过往?她在这几天像一个调查记者那样奔波劳走，既不是出于义务，也不能再单纯地归因于好奇。她隐隐地感觉有一些宿命意味的东西在背后作祟，但是又无法确切说明这一点。

头一回，她觉得有些疲惫。

车窗外的街景流动着。据说秋天是长沙最美的季节，但是在枫叶还没红透之前，灰白色调的城市看上去有些无聊。这也反映出叶深的心境。

那些农田里一丛一丛的鸦枫，此刻是不是也在一点一点染上朱红呢？

每年到了初秋，它们就会被收割。可以说，这是一种专门被用作祭典焚烧的作物。如果孙极的推测没错，这些带有柠檬香气的小片枫叶，同时也是"魔术秀"的重要道具。

鸦枫被点燃的时候，成群结队的乌鸦便覆盖了天空。这就是神降祭的高潮，象征着最后天使降临的神迹。那一天的场景，仿佛历历在目。在塔底被火焰包裹的祭品，就是呈现给神明的献礼——至少所有不知情的教众都是这么认为的。

叶深突然感到有哪里不对劲。

如果说祭品是由程子来扮演的，而整场祭典不过只是一场真人逃脱魔术秀的话，那么原本那位经由大家投票选出的、选择牺牲自己作为奉献给天使祭品的"石长老"，又到哪里去了呢？

虽然叶深与其素未谋面，但是从村民的话语中，她确信，石长老肯定是从一开始就确实存在的、大家都认识的人物。同样地，她也可以肯定，石长老与程子来并不是同一人，否则在呈现祭品的过程中，祭品也不需要蒙住脸来掩盖身份了。

对于教众和村民来说，在这场祭典过后，这位石长老已经死了。也就是说，他不可能再作为长老，甚至再作为一个活人出现在教徒的面前，否则就会引发信仰的崩塌。

他只能从村民的面前消失。

然而，怎么能做到这一点？

叶深突然想到，不仅是石长老，按照教主所言，祭品的编号是第十八号。虽然给祭品编号的做法有点奇怪，但是从中可以推测出，相同或者类似的仪式，之前还举行过十七次。如果以二十三年前的命案为祭祀开端的话，也就是说在这二十多年的时间里，举行祭典的频率差不多是一年一次。

假设，之前的每一次祭典都和今年的这一次性质类似，只不过是一场单纯的逃脱魔术秀的话，那么之前的十七位祭品，也就是十七位长老，他们又去哪里了呢？

而如果不是这样的话……又是怎么样的呢？

纸杯里的咖啡见底了。同时她也停止了思考。

出租车慢悠悠地在一栋外墙有些脏兮兮的小高层居民楼入口停下。

"谢谢。"叶深对司机说，关上车门。她要拜访的人住在九楼。

门铃响起后，前来开门的是一个穿着紫色薄毛衣的中年女子。她长着一张非常亲切温和的圆脸。

"是叶小姐吧，欢迎。"她说，"快请进。"

"您好。让您久等了。"叶深赶忙欠身。换上拖鞋以后，她在女人的引导下往屋里走。室内比她预想的大很多，在靠近玄关的地方还倚靠着小孩子的滑板车。毗邻客厅的是个大阳台，夕阳从室外照射进来，把半间屋浸染成了金色。

客厅的沙发上坐着一个五十多岁的中年男子。除了脸上稍微有些皱纹以外，整个人看起来很精神。他的下半身也沐浴在阳光中。叶深注意到他的脚上缠着石膏绷带。

"您好！您一定就是张跃进警官吧。"

"叶小姐，你好。"中年男子和蔼地说，"叫我警官实在是抬举了，毕竟我在退休前从来没有做到过那么高的职衔。你直接喊我大叔就可以。"他指了指自己的脚踝，"抱歉，我前两天摔断了腿，没有办法亲自到门口来迎接你。"

"不不，完全没有关系。"叶深从旅行包里取出了两盒包装精致的点心，"初次拜访，这是上海的土产，是我的一点心意。"

"叶小姐你真是太客气了。"

刚才开门迎接叶深的妇女从厨房里端上茶水。

"这位是内人，也和我一样，姓章，不过是立早的章。"张跃进介绍。

"大老远来还带礼物，我们真是太过意不去了。"妻子也欠身鞠了一躬。

"哪里。"

"叶小姐，你吃过午饭了吗？"他微笑着问叶深。

"啊，我……已经吃过了。从火车站下车的时候，在旁边的饭店随便吃了一点，填了一下肚子。"

"真是可惜。否则你可以尝尝我太太中午刚做的面，还剩下很多呢。"

"不不，实在是不用麻烦你们了。"

"好吧。"

张跃进端正了一下坐姿，轻轻地咳嗽了一声。

"那，我就单刀直入地问了。你在电话里说，想向我打听二十三年前在北岗村发生的那件命案。那么，你具体想知道些什么呢？"

叶深的心悬到了嗓子眼。

"请您告诉我任何您能想得起来的事情。"

"这样啊。"

对方点了点头。

"虽然已经是二十多年前发生的事了,可是我并没有忘记这个案件。不,与其说是没有忘记,不如说,时至今日,我还是会经常想起其中的一些匪夷所思的细节。这可能也是因为在这么多年里,我很少遇到真正的命案吧。第一次见到尸体所带给我的那份冲击,我至今都没有办法彻底忘却。"

"那是一九九三年的夏天,当时我三十多岁,被调派到新乡派出所的第二个年头。连绵的阵雨季结束之后的第二天,一个潮湿闷热的午后,派出所接到电话,说是北岗村有人坠塔。当时的派出所里,工作人员只有我和另外一个快要退休的户籍警两人。因为报警的人在电话里并没有把情况描述得有多么严重,所以我们都以为只是事故或者意外,需要警察到场,也就是走个流程,登记一下事故信息。"

"嗯?当时北岗村已经连通有线电话了?"

他摇摇头,说:"不,一直没有。电话是从与北岗村相邻的另一处村落的村公所打来的。他们说是有北岗村的居民徒步来到这里,请求他们帮忙报的案。"

"这样啊。"

"据说,那里的居民连自己居住的村子叫北岗村这回事儿都不知道。不过,就连当时在那片辖区做警察的我也没怎么听过这个村庄,也实在是有些惭愧。"他不大好意思地说。

"你一个人去的案发现场吗?"

"是的。派出所里必须要有人留下来值守。那个时候我年纪轻，体力更好，大致问明了北岗村的方向，一个人挎上包，骑着车就出发了。等我满头大汗地来到村口的那座桥时，已经是傍晚了。我看到有人在桥头等我，应该是当地的村民。随后，我被他们一路带到了发生事故的那座塔前。

"我还记得，那是一片林间的空地。四周都没有开口的石塔矗立在中央。据说那座塔刚建成没多久。塔旁围了人，正在用工具试图从底层凿穿塔壁。听说，那个从塔顶摔下来的人就躺在里面。"

"既然是封闭的石塔，人们又是怎么知道塔底有人呢？"

"因为事故发生的时候有目击者。"张跃进说，"当时正好有两个村民路过那片空地。正当他们经过石塔的时候，突然清晰地听到重物掉落的声响。两个人被吓了一跳，赶紧四处寻找发声的来源，却没有发现任何可疑的迹象。他们怀疑声音是从塔里发出来的，就把耳朵凑上去听——然后，从石头的缝隙之中，传来了轻微的呻吟。"

"那个人没有当场死亡吗？"

"没有……很可惜，并没有。"眼前的中年男子低下了头，或许是想到了死者去世前奄奄一息的样子，表情中流露出巨大的痛苦。"那两个村民赶紧联络村子里的其他人。等人们拿着工具，在塔身上挖开一个洞，从里面把人救出来的时候，那个人已经断气了。我见证了那一幕——"他紧紧地闭上了眼睛，声音都有些颤抖，"尸体面黄肌瘦，之前一定是过得特别凄苦，看上去非常可怜。不过，人的确是摔死的，绝对错不了。我检查了他的身体，出血量并不大，也没有特别明显的外伤。但是他的整个胸腔都已经塌陷了，摸上去就像是一团稀泥。腰椎好像是断了，下半身整个翻折了过来。那两声微弱的呻吟，一定是他在生命消逝之前，吐出的最后一丝气息吧。"

在听他说这件事的时候，一种异样的感觉渐渐包裹住了叶深。虽然只是只言片语的描述，但她的眼前却不知怎的浮现出了具体的画面。

恍惚之中，自己在窥视。

自己正伏在林地边缘的草丛里。不远之处的塔下，那个失去了生命的人，正像绵软的布娃娃一般，被村民们从塔的洞口慢慢地搬出。

叶深想张口。

"哒——"只发出嘶哑的喉音。

她看到一张脸，是布满皱纹的、苍老的脸。脑袋下是黑色的宽袍，长袍的边缘垂落在地上。

教主站在塔下。

"天使降临了……"他转过脸来，朝着叶深说话，却又没有发出声音。

"天使……降临了。"

"什么？"张跃进困惑地问道。

"不，没什么。"叶深回过神来，"抱歉，我忽然有些走神。"

"你口渴吗？要不要再给你添一点茶？"

"不用，谢谢。我没事。"

室内突然安静了下来。不知从哪里传来了房门被关上的声音。

"是我太太，她去幼儿园接孙子。"他望向玄关的方向，愣了一会儿神，"说到天使，当时围观的村民里，确实也有人说了这两个字……对了，我突然想起来，虽说可能是呓语，但是目击者当时说，在塔内传出重物摔落声的一瞬间，**他们好像还听到了塔顶之上，有什么带翅膀的东西腾空飞起的声音……**"

叶深没有回答。

老警察叹了一口气，也没有就天使的话题再次深入下去。

"尸体被抬出来以后，我首先召集村民辨认死者。虽然这么说有些不合适，不过幸运的是，他的脸并没有被砸烂，五官都保留得好好的。"张跃进继续自顾自地回忆，"但是没有一个人说自己认识死者。他们说，死者并不是村子里的人。"

叶深想起了教主的话语。

死者是外人……那个人，背负了外来的"恶"。

"直到拿着他的脸部照片回到派出所，和公安局的数据库进行比对以后，我们才知道，这个人其实是云南籍的一个命案逃犯，在当地注册登记的名字叫曾云海。"

这个名字，她完全没有印象。

但是，这和程子来告诉自己的信息一致。这个人，的确杀了人。

"他具体犯下了什么样的案件呢？"叶深问。

"如果我没有记错的话，案件发生在一九八七年，起因是单纯的金钱纠葛。曾云海在国境线附近的镇上杀死了和自己有经济往来的一个朋友，然后一路向东逃到了湖南。"

一九八七年，也就是在他坠塔的六年前。

"这起事件会不会和过去的案件有什么关联？当时的我首先是这么想的，会不会是当年被害人的家属，或者有动机的人通过某种方式对他进行的复仇？联络过云南当地的公安局以后，我放弃了这个推测。当年的死者仅有几位亲友，他们在这几年里一步都没有踏出过他们生活的镇子，所以被排除了嫌疑。"他叹了一口气,"我当时给出的初步结论是'这是一起意外'。"

"意外事故……"

"虽然我这么说可能有点奇怪……但是,这么多年来,我其实一直无法说服自己。那起事件、那座塔,还有那具尸体……在那个时候,一切都显得非常怪异。我想,不可能有人能够摔死在那座塔下。"他缓缓地说,"因为那明明是一座没有开口也没有楼梯的塔。"

"您了解塔的内部构造吗?"

"我了解。在村民凿碎墙壁以后,我走进去看过。塔底的正中央,在尸体摔落的位置,借着手电筒的灯光还能看到一点隐隐的血迹。塔内的味道很难闻,像是屎尿的骚臭,或者某种腐烂的气味。"

那天,叶深透过石缝间闻到的,或许就是这种令人作呕的味道。身处塔内的话,想必会难闻上数倍。

"随后,我确定了一件事情——这座塔是一个空心的圆筒。我在塔底抬头往上看,可以隐约看到塔顶的横梁。"

"等一下,你说什么?"叶深吃了一惊。"二十多年前,这座塔是有屋顶的吗?"

虽然从地面上无法看到塔顶的具体情况,但是在祭祀现场从顶端升起的火焰,或者早先在滂沱大雨的午后从塔内喷出的鸦群,曾经让她确信,那座塔并没有覆盖塔顶的屋面。

"是的,我记得很清楚。这座塔有木结构的屋顶,顶上再盖上茅草。那个时候我可以清晰地看到茅草铺成的屋面被凿穿了一个圆洞。圆洞的后面,是黄昏时橙红色的天空。"他停顿了一下,然后缓缓地说,"**就像是那个人从半空中坠落,砸穿屋面以后,摔落在塔底一样。**"

叶深眨了眨眼睛，问道："这样一来的话，有没有可能，那个人是通过某种方式爬上了塔顶，再凿破屋面，从顶上跳下来的呢？"

"这也是我曾经思考过的问题。但是，结论是不可能。我已经说过了，那座塔没有楼梯。"

"不过，村里或许有人拥有梯子之类的东西……"

"嗯。我当时也询问过村民。木梯确实是有的。只不过，没有一架梯子可以使人从地面爬到六层楼的高度。"

"确实，一般的梯子也就在一层楼高度左右吧。"叶深不得不点点头，"不过，如果把五六架相同高度的梯子用绳子绑在一起的话……"

为什么要这么做？

且不说被捆绑在一起的长梯是否牢固，光是要运输、回收它，就已经非常费力了。她有些灰心。

还有什么别的办法能够到达塔顶吗？

"如果那个人，首先爬上了空地边缘的树……"

叶深凭印象记得，那些树木的树冠高度略低于塔顶。她估计，从树木到塔的水平直线距离在五十米左右。但是，在爬上某棵树的树顶以后，这个人又能做什么呢？

到底怎样才能在空中水平跨越这五十多米的距离？

"对了，说到树，我当时确实注意到了一件奇怪的事。"张跃进突然说。

"难道树上留下了什么特别的痕迹？"

"不。倒也不是什么大事，可能和整个案件毫无关系……"他喃喃地回忆道，"只是，**在那片林中空地的边缘，围绕空地生长的一圈树好像是新栽的。**"

"什么?"

"是的。那些树的树干被斜向的木支架支撑着,在树根的位置,新填的土壤也和周边长满杂草的土地有着明显的区别。"

"那些是树苗吗?"

"不,不是树苗。我想它们应该是从别的地方移植过来的已经长成的大树。"

叶深想起自己在那一天所见到的场景。当时她看见的生长在空地边缘的树木,想必就是张跃进所提到的这批在二十多年前移植过来的大树了。

"您向村民询问过这件事吗?"

张跃进摇摇头。

"我当时并不认为这两件事情之间有什么关联……"

表面上确实是这么一回事。但是,总令人无法释怀。

二十三年前,有人在空地的边缘新种上了一圈树。

也就是说,在树林面积扩大的同时,空地的直径也被缩小了。原本从边缘树木到空地中点的高塔的直线距离,比现在要大上一些。

但是,这一点小小的差异,又意味着什么?

叶深无法做出回答。

"所以,我唯一能想到的可能就是,或许这个人是依靠徒手攀爬塔的外壁,登上了塔顶。"

"这可能吗?"

组成塔身的混凝土砌块,也就是其他人眼中的"石块",被规则地堆叠在一起。它们之间虽然存在缝隙,但是塔壁表面的这些凹坑,在叶深看来不足以作为向上攀登的落脚点。如果是真正的徒手攀岩高手那还另当别论,可是这个死者会是具有攀岩能力的人吗?即使利用工具,六层楼高的塔顶也绝不是能轻易到达的地方。"

张跃进叹了一口气,无力地摇了摇头。

"我知道它的可能性微乎其微。但是,我的确想不出更合理的解答了。"

"张叔,你千万别误会。这……并不是责怪。"见到眼前退休的老警察垂头丧气的样子,叶深心头一颤,赶紧安慰他。

"叶小姐。"他看向叶深,"你知道,在那个年代,像这种在穷乡僻壤发生的命案,无论现场再怎么不可思议,很多时候都是得不到任何重视的。对于村民来说,死者是一个和全村毫无关系的外来者,大家看过热闹以后就散了,自然不会再有人去追究事件背后的真相;对于我们警察来说,这个人又是一个流亡多年的命案逃犯。不管他是畏罪自杀也好,意外坠亡也罢,在警察看来,逃犯的死,与其说是一起事件的开始,不如说是一桩案件的结束。没有人愿意再花精力去调查他到底是怎么登上那座塔,又是因何坠亡的。事件就这么结束了。他坠塔了,然后,摔死了。这就是结论。至于他是怎么摔死的,这又能给结论带来什么区别呢?"

他的神情看起来很疲惫。

"在当时,我那些二十三年前的同事、镇派出所的刑警,从一开始都是以这样的态度介入这起案件的。他们只是象征性地做了书面调查,确定了死者的身份,对我给出的'意外'的汇报不加怀疑地予以确认,然后快速地结案。"他露出苦笑,"而实地调查过案发现场的,却从头到尾都只有我一个人。"

叶深在眼前这位年逾半百的老警察身上,看到了一丝愤怒。

"尸体被怎么处理了呢?"

"找了个地方埋了。"他说。

"在塔下吗?"

"不,在林地深处的某一个地方。村民们说,那座塔不能被尸体玷污。"

那座塔……

"虽然我并没有特别理解,不过我听到有人说,在那座塔上,会有天使降临……"

不是的。叶深在心里说。

天使并不是会降临,而是已经降临了。

教主的声音再一次在叶深的耳畔响起。

——那个人,受到了神明的惩戒。

"或许是当地的某种民间信仰吧……"张跃进摇了摇头。

看来,这位退休的老警察并不清楚,在那座村子里,其实真的存在一个教会。毕竟,没有人愿意向外人,尤其是外来的警察提起这件事。

但是,村民们一定相信,那是乌鸦作祟。

时至今日,他们都坚信,是漆黑的堕天使,将背负"恶"的逃犯从高空抛下。

"一定还有别的解释。"叶深咬牙说出了内心的想法。

张跃进看着年龄比自己小上两轮的年轻人的面庞。

"当时的我,也是这样想的。"他突然开口说。

"怎么想的?"

"就像现在的你一样,我一直坚信,一定有更合理的解释。"他点点头,"和大城市不一样,在新乡这种小地方,不管你做什么,都不可能受到关注,也不可能获得功绩。当时大部分像我这样的人,在十几岁的时候稀里糊涂念了警校,毕业后被分配到乡下的派出所工作,很可能一辈子都没什么机会和死人打交道,然后安稳等待自己退休的那一天——原本的我和我的同事们,没有一个人不是这样编排自己的人生的。但是,偏偏在那一天,我第一次感到了不甘心,"他的眼眸中闪耀着窗外夕阳反射进来的光,"尤其不能接受的是,自己在想不出别的可能性的情况下迫于无奈提交的'意外身亡'的结论,会被镇派出所那么容易地接受和认同。对我来说,这不是一种肯定,而是一种讽刺。"

他看着叶深,下定了决心。

"接下来我要告诉你的,是我之前几乎没有和任何人提起过的发现。在案发之后第二天,我向派出所申请了调休,以个人身份又一次去了北岗村。这回,我找到了曾云海的住处。"

# 6

"不管是流浪汉还是逃犯,只要是人,就一定有基本的生存需求。"张跃进缓缓地说,"曾云海是不可能和外界完全切断联系的。他在林地的某个地方,一定有临时的住所,也一定有从外界获取食物的渠道。起初我怀疑,那些说不认识死者的村民中一定有人有所隐瞒。但是,后来我才发现,是我找错了方向。当地的村民不认识曾云海这件事,的确合情合理。因为,与他打交道的并不是北岗村的村民,而是北岗村邻村的村民。"

"这是怎么一回事呢?"

"我只是在前往北岗村的路上碰巧询问了路过的邻村村民而已。他们说,他们确实知道有人住在'苍鸦村'那一带的山林里。我想你也知道,那边有很多人把北岗村叫作苍鸦村吧。"

叶深点点头。

"当时，据那里的村民说，大概是一年以前，村子里来了一个外人，主动向他们提出，可以来各家各户帮农。这个人就是曾云海。"老警察回忆道，"曾云海要求的报酬不高，村民们也就愉快地答应了。甚至还有好心的村民问他，晚上要不要在自己家的别院过夜，结果被他婉拒了。曾云海告诉他们，自己就住在卧龙山的北侧，每天往来并不是特别麻烦。"

从山的北侧跨越卧龙山，去南侧的邻近村庄帮农，虽然也要走上个好几公里，但是如果他利用的是那条叶深逃离村子时所走的隐蔽小道的话，对于一个身强力壮的男人来说，应该不是什么大问题。

"除了支付工钱以外，曾云海还要求村民允许自己每天带超过一人份的饭菜回家。村民对此感到疑惑。直到有一季，收成格外好，村里需要更多的人手。一天早上，曾云海一如往常敲开了村民家的门。村民惊讶地发现，他为了加快帮农的进度，还带来了自己的妻子和孩子。"

老警察的这番话令叶深大吃一惊。

"什么！他有孩子?！"

张跃进沉重地点了点头。

"没错。我当时听到他们这么说，也仿佛是被一记闷棍正中胸口。我至今仍记得当时所感受到的冲击与惊讶。为什么？为什么我之前完全没有发现这回事？不，我应该问自己的是，为什么在曾云海坠亡的现场，完全没有'这个人有家庭'的任何迹象？"

"他的妻子和孩子……是什么样的人？你见到了吗？"叶深的声音有些颤抖。不知为何，她感到了巨大的恐惧。是室内温度冷下来了的缘故吗?

"很遗憾。"

沉默。

"他们失踪了。"

沙发上的男人紧紧地咬牙,语气里流露出不甘。他握紧了拳头。

"随后,我花了大半天的时间,在卧龙山北的林地里搜索,几乎走遍了每一寸土地。在远离北岗村的森林里,我终于发现了曾云海的住处。那是一栋极其残破的小屋,或许是被之前定居在这里的村民遗弃的房子。"

"屋子里没有人吗?"

老警察摇摇头:"没人。"

这是意料之中的回答。

他看了眼叶深,接着说:"但是,我在室内看到了血迹。"

叶深的脸色一变。

"血?"

"在墙上。量不大,在墙壁和地面的交接处有一些斑斑点点。"他沉下脸来,"不过,很明显有人粉刷过内墙,把更多的血迹都掩盖在了白漆的后面。"

"这么说……"

"曾云海的妻子和孩子很可能死了。这是任何人都会做出的推测。而且,他们应该是在那座小屋里被杀害的。"他眯起眼睛,眼角的皱纹加深了,"但是,当时我找不到尸体。如果他们真的被杀了的话,他们就有可能被埋在森林里的任何一个位置、任何一块泥土下面。就算发动全村的力量,也几乎不可能找到尸体,更何况当时我能依靠的,只有我自己。"

"得不到警方的支持吗?"

张跃进笑了。

"没有人知道曾云海的妻子和孩子是谁,也无法确定这里是不是就是他们一家三口的住处。找不到尸体,一切都只可能是猜测。说不定,墙上的血迹只是曾云海哪次不小心受伤留下的,而新粉刷的一层白漆,只是为了修复过于破败的泥墙。这样的案件,甚至都没有办法按照人口失踪来进行报备登记……"他喝了一口茶,"不过,针对这件事,虽然从来没有公开过,在警局的内部,其实也是有过推测的。"

"是什么样的推测呢?"

"曾云海杀死了自己的妻儿,然后选择了自杀。"他抬头看了一眼叶深的表情,"这就是当时内部一致的看法。"

"嗯,这种说法,倒也不是不能接受。"

流落山林多年的命案逃犯,不堪生活的艰难和精神的重压,最终选择和妻儿一起终结生命。叶深无法想象他逃亡的具体过程,但是从他犯案到坠塔的这六年来,曾云海不得不居住在人烟稀少的场所来躲避追捕,他没有工作,也没有稳定的收入。这六年,他是在担惊受怕中度过的。即使在流亡过程中结识了妻子,有了孩子,但是,以自己的身份,又能为这个家庭提供什么样的未来呢?

所以,他决定带着妻儿离开。不是离开这座山谷,也不是离开湖南,而是离开他们所生活的这个世界。

"在小屋中,他首先杀死了妻子和孩子,将他们埋在林间的某处。然后,他回到自己的住处,将室内沾上血迹的地方简单地粉刷干净,以免留下过多的杀人痕迹。最后,他爬上高塔,从塔顶一跃而下,终结了自己的生命。这或许就是曾云海在他人生的最后所做的几件事。"

"您相信这个说法吗?"

老警察叹了口气。

"有一件事我还没有告诉你。我在搜索小屋的时候,发现了一个隐蔽的墙洞。在墙洞里,我找到了被曾云海藏起来的现金。"

"现金?是曾云海通过帮农挣得的报酬吗?"

"所有的现金,加在一起超过五千元。"

一九九三年的五千元,可绝对不是小数目。

"他在生前绝对不可能通过帮农挣到这么多钱。"

张跃进缓缓地摇头,脸上被阴郁笼罩。

"这到底是怎么回事?只有去问死者本人,才能知道这些钱到底是什么来历。但是,我绝不认为,在他拥有这么多钱的情况下会义无反顾地选择自杀,而且是拖家带口地自杀。不,或许他的确在精神上有身为逃犯所背负的压力,但是结合邻村那些请他帮农的村民对他的描述,他还远远没有达到活不下去的境地,更何况他在物质上还拥有这么一笔可观的财产。对于他而言,自杀前还要先杀死无辜的妻儿——这是多么走投无路、泯灭感情的选择啊。"

叶深和老警察有着同样的感受。事件的轮廓不仅没有变得清晰,反而愈加扑朔迷离了。而且,即使认同警方的解释,曾云海是怎样爬上那座塔的,依然是一个彻头彻尾的谜。

通过阳台向外望,天色已经不知不觉暗淡下来了。张跃进坐在沙发上,稍微向后半转身,伸手按下了背后墙上的电灯开关。日光灯发出吱吱的电流声,原本已逐渐变得昏暗的房间顿时亮了起来。

从房间的深处，可能是卧室的地方传来老式台钟的敲击声。已经六点了。

"您夫人去接孙子，出门有好一会儿了吧？"

他点点头，说："不用担心。她应该正拉着孙子逛菜场呢。"

"您的孩子也和您一起住吗？"

"是的。和我的儿子、儿媳妇一起。"张跃进脸上露出了祥和的微笑，眼睛眯成了一条线，"小两口工作太忙了，加班对他们来说是家常便饭。你也一样吧？"

"什么？"

"你和我儿子差不多大。调查记者的工作一定也很辛苦吧，还要来长沙出差。"

"不不……还在我能承受的范围啦。"

他笑了。

"我知道，你一定也去过那座村庄，可能还经历了些什么。"他没有看叶深，只是眺望着窗外的远处。西方的天边，高耸的楼宇间透出最后一点火红的晚霞，"不过，我并不想过问你的情况。对我来说，二十三年前的事件，虽然留下了遗憾，但是早已经结束了。"

叶深无法做出回答。

眼前的男人，早已卸下了自己警察的身份。此刻的他，作为一个普通人，正从容地享受退休后三代同堂的生活。

"您后来还联系过北岗村的村民吗？或许他们确实知道些什么，只是没有人愿意开口。"

"不。我没有再去过那里。"他回答道，"在以'意外事故'作为结论结案以后，随着时间的流逝，这起事件就一点点被淡忘了。在派出所，每天也有很多新的事务要处理。更何况，我的调休假期也有限啊。"他笑了笑,"过了两年,我被调离了新乡,来到了长沙。从此以后,我就再也没听说过关于北岗村的任何事。所以,这次突然接到老同事的电话,说是有一个上海来的记者想来向我打听二十三年前的坠塔案件,我可是吃了一惊。"

"对了,"叶深突然想起了什么,有些紧张地问,"您当时在北岗村调查的那两天,有没有听说过T大或者调研课题之类的字眼?"

他思索了一会儿,斩钉截铁地说:"没有。"

叶深有些失望。但是在失望的同时,她也悄悄松了一口气。

"介意我抽烟吗?"

"一点儿也不。"

张跃进弯腰从茶几下面取出烟盒,打开盒盖,抽出一支烟叼在嘴里。

"在孙子回来以前赶紧抽一支。"

叶深怔怔地望着香烟的前端。被点燃的烟草忽明忽暗地发出橙红色的光。那些烟草,就像是在塔里熊熊燃烧的鸦枫,而整根香烟,就像是被等比例缩小的塔。

"一定……长满了枫叶吧。"

"什么?"

"北岗村的农田里,谷地的林间,长满了一种被称为鸦枫的小枫树。"

"是吗?我不记得了……"

"这样啊。"

"当时种植在田地里的,不应该都是普通的蔬菜吗?枫树……"他歪着脑袋,喃喃地说,声音越来越轻。

叶深站起身来。

"时间不早了，我也差不多该走了。"

"一点儿都没能帮上你的忙，真是不好意思。"张跃进怀着些许歉意说。

"不，哪里的话。您提供了许多宝贵的信息。"

"希望能对你有帮助。"他在烟灰缸里把烟头掐灭。

"一定的。"叶深点点头，"啊，您千万别起身送我。"

叶深走出小区，正巧看见张跃进的妻子一手提着菜篮，另一只手牵着一个四岁左右的孩子，从反方向缓缓地走来。她没有看见叶深，而是在笑眯眯地和那个孩子说着些什么。

叶深回头，正巧能看见那户亮灯的房间。孩子的爷爷此刻一定正在等待妻子和孙子的归来吧。

"啊……好饿。"

肚子不争气地叫了。她想起自己其实没有吃午饭。

叶深很想尝点儿剁椒鱼头或者辣椒炒肉之类的长沙名菜，又觉得自己一个人去饭店有些尴尬，只能去路边的店里点了一碗米粉。冒着蒸汽的肉丝粉被端上来，清亮的汤头飘着猪油的香气，铺在顶上的肉丝也炖得软糯入味。一碗热腾腾的米粉下肚，她顿时觉得，没去高档饭店吃那些名菜也并不遗憾。

晚高峰的解放西路填满了车流与行人。目力所及之处挂满了霓虹灯的招牌。

叶深推开了一家叫"鼹鼠"的酒吧的门，走了进去，坐到了灯光昏暗的吧台前。她想要依靠一点儿酒精来洗却自己身体和精神上的疲劳。

喝酒的时候，她又想起了自己在小区门口看到的画面。上了年纪的女人牵着孩子的小手。

老警察的孙子的身影和自己当年的身形重合到了一起。

那年，当父亲牵起叶深的手时，她和那个孩子一样大。

他们走在那条白白的、充满消毒水味儿的走廊里。叶深意识到，那是自己对童年最初的记忆。

从有记忆开始，叶深的世界里就已经没有了母亲的影子。

妈妈在你还小的时候就过世了。父亲有一天这么告诉她。

等再大一点儿的时候，她知道了母亲的死因。

是抑郁症引起的自杀。

她在住院的时候，偷走了备餐室的刀具，插向了自己的喉咙。

听到这些话的时候，叶深感到一片茫然。仿佛连那种与血缘纽带有关的先天的情感，也被封印在了心底深处。她只是平静地接受了这一事实。

她见过几张母亲的照片，却也没有唤起什么早先的记忆。母亲是单眼皮，有着柔和细长的眼睛，薄薄的唇。虽然美，和自己却不像。叶深知道自己长得勉强还过得去，但是她五官的特色，相对于淡雅，反而更浓墨重彩一些。不过也没有很夸张就是了……

用伏特加做底调制的鸡尾酒有一种淡淡的苦味。虽然不常喝酒，但她并不讨厌这种酒精的味道。酒精的作用正让自己的身体一点一点松弛下来，思绪也开始杂乱纷呈，就像是入睡前一刻的那种状态。

那间病房，依旧在自己的眼前摇晃。

如果说这是自己所保留的最初的记忆的话……

"我们走吧。"

父亲的话语已经在自己的脑海中响起过数百次、数千次。

"我们走吧。"

视点和幼年的自己重合了。

她犹豫地望着那张洁白的床。阳光洒在床头,白色的床单闪耀着光芒。

"可是……"

叶深在昏暗的水面下,抬头望着上方的水面。那唯一的一团光亮不断地晃动着,将水面之上的景物也一并扭曲。名为记忆的气泡从她的口中吐出,向上升起,直至到达水面。她觉得眩晕,却又发现自己的身体同时也在不断地上升。

"我们走吧。"

"可是……"

她明白,这是酒精的作用。她却无法抑制这一切的发生。

"可……是……"

她上浮的速度越来越快,水面不断地向自己靠近。就像一个氧气即将耗尽的泳者,她拼命地舞动水下的双臂,张开十指,奋力地将它们朝上方的光亮伸去。

如果说,此时此刻发生在病房里的,是她所能想起来的最初的记忆的话……

叶深的头猛地冲出水面。她大口呼吸着从四面八方汹涌而来的空气。

那么,也只有这段记忆有可能成为与已逝的母亲的联结点。

"可是妈妈还没回来呀。"年幼的叶深说。

"已经没有那个必要了。"记忆中,父亲脸上写满了绝望,"你的妈妈已经不会再回来了……"

那是一家精神病院。

"小姐,小姐。"

有人在不停地叫她。

那拥有长长的白色走廊的建筑,是精神病院。

此刻的自己,为什么会想起这件事?

这家医院,难道是妈妈的……

"小姐。"

叶深从恍惚中回过神来。

"小姐,你的手机一直在响。"吧台后的侍者面露不安。

她赶忙从挎包里摸出手机。

"喂?您好。"

"叶小姐,您好。"

她辨认出了电话那头老警察的声音。

"很抱歉,我直到刚才才突然想起来一件事情。虽然不知道对你有没有帮助,但是我想,还是要告诉你一下比较好。"

"张叔,真是太感谢了。是什么事情?"

酒吧在地下,手机里的声音听起来时断时续的。

"是这样的。我听那些见过曾云海妻儿的村民说起,当时来到他们家田地的那个孩子,好像也就是两三岁。"

"嗯……"

"那个孩子,据说是个非常调皮的男孩,喜欢在农田里到处跑。他们老听见曾云海'子来''子来'地训斥他来着。"

# 7

从长沙站开出的火车已经沿着铁路行驶了一个多小时。

早班的火车车厢里没有什么乘客,比来的时候要安静许多。市区林立的楼宇已经从视野里消失了。在泫然欲泣的灰色天幕下，像长镜头一般展现在叶深眼前又消失的，是广袤的农田、深邃的林地，以及时不时点缀其间的农宅。

身侧的座椅缝隙中掉落着一本书。叶深弯腰把它捡起来，发现是一本叫《暗街》的漫画。或许是之前的乘客忘在车上的吧。她随便翻看了几页，剧情却完全没读进去。

她叹了一口气，将漫画书重新合上，收进前排座椅背后的口袋里。

程子来。

叶深闭上眼睛，脑中再次显现出他的身影。

她在担心他。

身为叛教者的程子来，此刻是否平安？

回到上海的这几天，叶深并没有将他忘记。只是，在T大一连串意外的发现，分散了她的一部分注意力，让她暂时无暇去顾及他的安危。走访探寻学院与那座村落之间曾经有过的联系，占去了她大部分的时间。

她摇摇头。自己并不是……

等一下……这难道不都是借口吗？

突然，脑中响起了另一个声音。

是借口啊。

只是借口罢了。

你从心底里，感到害怕。

你一直在事件边缘徘徊，进行一些敲敲打打的调查。

但是，在潜意识里，你并不愿意再一次介入北岗村的事件，不愿意再一次踏入密林深渊。

害怕再一次触及核心。就像那天一样。

你想逃离那座村庄。

想逃离那座塔。

想逃离……乌鸦。

另一个声音笑了。

所以其实……你是相信教主的诅咒的吧。

"不！！"

叶深开始怨恨起车厢里强得过头的冷气。明明都已经秋天了……

不是冷气的问题。

声音又说。

真正让你感到寒意的是……

下一站到了。

脚下传来制动气缸放气的声音。列车缓缓地驶进站台。灰白色的月台上，似乎空无一人。

夏末深绿的树林，已经被秋风渐渐地染成红色。

车站很小。没有检票台，没有长凳，也没有遮蔽风雨的候车厅。灰色僵硬的水泥平台上，只有一道从底下升上来的楼梯，以及一块残破不堪、在风中轻微摇摆的站牌。就像森林中央一处被人遗忘的白色废墟，或是一个水泥做成的孤岛，只有通向远方的细长而孤独的黑色铁轨，才赋予了这座孤岛最低限度的与社会相连的意义。

在列车彻底停下以后，车门打开了。秋风咆哮着涌了进来。

叶深意识到，她又回到了这里。

算上几个月前从这里出发、回到上海的那一程，这已经是自己第三次来到或者经过这块小小的水泥平台了。从这里下车的话，走上小半天，就能回到那个曾经有石桥伫立的村庄入口。

她环顾四周。没有人起身下车。

等一下。这一节空旷的车厢里，其实除了她以外就没有其他人了吧。

放在膝上的手抖了一下。

自己的旅行包就在正上方的行李架上。如果她愿意的话，她只需要……

车门一直安静地敞开着，不知还要敞开多久，就好像是在等待什么似的。几片落叶被风卷了进来，打着旋滑到叶深的脚边。它们是泛红的枫叶，比在那座村庄所见到的鸦枫叶片要大上一圈。

程子来，也就是那个从塔上坠亡的牺牲者的孩子，此刻兴许就在绵延至天边的红色枫树林那一头的某个地方。

他非但没有像老警察所推测的那样，在二十三年前就已经死去，甚至在每一年举行的教会祭典上扮演自己的父亲，一次又一次地在形式上重复着在他还是孩童时期所发生的那场悲剧。

他为什么要这么做……

他在哪里？此刻他又在做什么？

叶深没有忘记，他是将她从塔下救出的人，也是把她和孙极从那座被乌鸦包围的村庄带离的人。

这样的记忆，是不可能被抛在脑后的。

程子来一次又一次地帮助叶深逃离那座被苍鸦包围的村庄。但是，他自己却至今都没能走出父亲死去的那片土地。

我得回去找他。

无论多少次……

只要……从这站下车。

就可以……

她缓缓地站起身子。

只是在一瞬间闪现的杂乱思绪，给了叶深一种从车门打开到现在，已经度过漫长岁月的错觉。

车厢广播才刚刚开始播报。

"新乡站到了。"列车长有些怪异的声音响起。

叶深的动作停滞了。就像某一个开关被打开了一般，她的头脑中突然鸣响了警报。

背后有动静。

是有人上车还是……

不。就在离自己很近的地方，椅背的那一侧。

是乘客？

突如其来的巨大恐惧就像电流一般从背部蹿遍全身。她汗毛倒竖，一时间僵在半蹲的姿态，动弹不得。

这种感觉，就像是有人正在用眼球贴近自己身后的两个并排座椅的间隙，观察着自己。

她回不了头，也没有办法用眼角的余光通过火车车窗向内的反光观察身后。惨白的站台和灰色天空的亮度，足以盖过车厢内微弱的灯光。

叶深努力地控制住呼吸。自己正被人注视，正处在危险之中。她必须要行动起来。

毫无征兆地，束缚在下一秒解除了。

她深吸了一口气，绷紧了全身的肌肉，数着一，二，三，然后，猛然回过头去。

身后的座椅上没有人。深蓝色的布面上看不出褶皱，也没有其他被人坐过的痕迹。

叶深站起身向后看。车厢里一如既往地清冷，看不见有人。只有贯穿车厢的风，不停通过自己的身侧。

车门重新缓缓地合上了。火车开始向前移动。

车窗外,新乡车站小小的灰色月台向后挪去。她错过了下车的机会。

叶深叹了一口气,整理好外套的下摆,重新在座位上坐下。

在视野可及的范围内,远去的站台上并没有人。站牌依旧在风中兀自摇摆,越变越小。

火车拐弯以后,站台就被身后的森林吞没了。

刚才自己的感觉是怎么回事?

是错觉吗……

她用手背摸了一下自己的额头。接连产生错觉的自己,是不是太累了?

刚才,总觉得有人上车了……

这种不安的感觉一直淤积在叶深心里,无法消散。

当叶深精疲力竭地回到上海的家时,已经是傍晚了。打开梳妆台上的灯,她却连卸妆的力气都没有。她仰躺到床上,直愣愣地望着熟悉的天花板,任凭头发披散开来。

夏天的蜘蛛网还残留在天花板与墙的交角,让她看着有些闹心。明明是个很干净的房间,怎么会进蜘蛛呢……

房间里实在是过于寂静了,以至于叶深耳边一直残留着火车在轨道上行驶的幻听。她痛苦地翻了一个身,试着制造出一些响动,却看到床的一侧堆了好几件之前只穿过一次的衣服。那些是叶深在走前留下的。不同于内衣,只穿过一两次的外衣裤既不能重新挂回衣橱,却也没有必要马上送洗。因此不仅是床边,门后、椅背上也被她挂得到处都是。她一边数落着自己的邋遢,一边又毫无整理房间的斗志。

至少今晚，想慵懒些度过。

她摸到床头柜上的平板电脑，摁亮屏幕。

可供选择的晚餐外卖种类很多。她突然有了一种想吃炸鸡的冲动，最好再配上奶茶。

在网上点餐、付款以后，叶深点开一集真人秀节目，一边了无兴致地看着，一边任由即将摄入高热量所引发的罪恶感在胃里翻涌。"就这么一次……"她对着屏幕嘟囔。

节目的名字叫《超能力侦探事务所》。影视明星组成的团队在节目里依照事先设计好的案件剧本，正热火朝天地讨论着在上一期已经进展到一半的案情。叶深对这种节目虽说不是多感兴趣，可一旦点开却又会被视频吸引并陷入其中。这证明她也只是符合节目市场定位的普罗大众之一。

"侦探"这个词突然出现在了叶深的脑海里。真人秀或者影视剧里塑造的形象且另当别论，在侦探早已是一门合法职业的地方，真正从事侦探行当的人所涉及的业务范围，从个人信用分析到财产损失保护，从婚姻诈骗到民事调解，从亲子鉴定到祖源探查，几乎无所不包。但是每每说到侦探，叶深脑子里最先浮现的，却仍然是福尔摩斯或者波洛之类，依靠自己的脑力破获悬疑命案的文学形象。印象中她甚至还见到过巫女侦探这种吸引人的角色设定。

不过，这样的人在现实中存在吗？

她听研究室的学生们说起过一些暧昧的传言。不知是哪个学院合作出版社的编辑，在一起命案中，身为当事人，竟然抢在刑警做出调查结果之前把案件给破了。生活正在渐渐变得和小说一样。

而自己现在所做的事，也能称得上是侦探行为吗？

从夏天到现在，叶深第一次从宏观角度思考她所经历、所发现的一切。她并没有发现什么，甚至没有推理出什么结论。自己正在做的，无非是不断地探访与过去相关的人物，试着将曾经发生过的事情再一次拼凑起来罢了。与其说她用的是自己的头脑，不如说她更多依靠的是自己的双腿，还有长期身为研究者和撰稿人所培养出的探索欲望。

她能清楚地意识到整起事件中存在的两条脉络。其一是由程子来父亲的坠塔所引发的，村民持续二十余年对于堕天使——乌鸦的崇拜，进而产生了模拟当年那起事件，也就是神明降下天罚的祭祀仪式；其二是闫永玉曾经对村庄进行过的研究课题，以及学院和村庄之间尚不明朗的关系。两条脉络暂时看起来毫不相干。遗憾的是，她毕竟没有侦探的天赋，不可能像福尔摩斯那样仅凭演绎和推理就能无中生有般地突然找到两条脉络的连接点。

叶深叹了口气，将注意力转回到屏幕上。随着剧情的推进，又出现了新的死者。四仰八叉倒在地上的人，是一个她曾经喜欢过一段时间的女星。

这个时候，电话响了。

幸好到家以后还没有换衣服。她换上出门用的脱鞋，抓起放在鞋柜上的钥匙。

穿着浅蓝色制服的外送员已经在楼下等待了。叶深觉得他有些面熟，却又想不起具体在哪里见过。或许是之前也同样点过由他递送的外卖吧。

"一共是三十六元。"

"好的。谢谢。"

她提着袋子转身往回走向电梯。在路过信箱的时候，叶深停下脚步,掏出口袋里的钥匙。从信箱里滑落出来的,仍旧是幸福人生研修会的广告。卡通乌鸦的表情在叶深看起来有点像是嘲讽。

广告下面,还滑出了一个小小的白色信封。叶深将它取出,翻转到正面。信封很轻,在右上角贴着一张八角钱的邮票。寄件人一栏里,潦草地写着"闫婷"二字。

是闫永玉的女儿。

她如约给自己寄来了自杀的副教授的遗物。信封里的物品,或许和那个被中断的课题息息相关。叶深抑制不住地好奇,同时又激动不已。

会是什么呢?

叶深在电梯前按下了向上的按键。她迫不及待地想回到自己的房间,拆开信封,一窥究竟。

理应立马就打开的门,却迟迟没有动静。她看了一眼显示面板。

电梯停在五楼。

那是自己所居住的楼层。她有些困惑。

在叶深刚才下楼取餐的时候,她完全没有注意到有哪个邻居曾经走过她的身边,搭乘电梯上楼。至少,她没有听到过脚步声。

外卖员离开后,门厅里异常的安静。大理石的地面持续地反射着冷色调的灯光。叶深回头张望,入口的玻璃门外,是同样静寂无声的黑漆漆的夜。

显示面板上,血红色的数字向下逐层跳动。

门厅里只有自己的呼吸声。她甚至能听到自己耳朵里血管流动的声音。

仿佛等了很久，电梯终于到了一楼。门缓缓地打开。

轿厢里并没有人。

叶深走进电梯，转过身来，摁下五楼的按钮。电梯门再度合上的一瞬间，她又有了一种奇怪的错觉。

门外的黑暗里，总觉得有什么……

是刚才的外卖员吗？难道说，他并没有离开？不，他分明骑上了摩托……

叶深来到五楼，把住外廊的扶手向下俯瞰。借由底层门厅的灯光，她看清了这座建筑的入口。没有人，也没有外卖员的摩托车。

这一种自己被监视的感觉，到底是从哪里来的？

走进房间，合上防盗的铁门。然后，她自从一个人搬到这里来住以后，第一次用钥匙将门从屋里牢牢地反锁起来。

锁扣被"咔嗒"一声扣下的一瞬间，门外响起了脚步离开的声音。

叶深感到一阵毛骨悚然。果然……

叶深知道，至少在这房间里，自己是安全的。刚才的脚步声，或许只是哪位邻居恰巧路过而已。不管怎么样，今晚她需要好好睡上一觉。

但是，首先……

叶深把包装在纸盒里的炸鸡随手搁在迷你餐桌上，往前走了几步，抽出书桌前的椅子坐下。她找出美工刀，小心翼翼地在一直攥在手上的信封封口处划上一道直线。

从被拆开的信封里抖落出的，是一页对半折的薄薄的手写信。信的内容很简单。

叶深小姐，您好。随信附上的是我从家父的遗物里找出的一张照片。根据照片反面的字迹，我推断它可能对您会有帮助。祝好。

下面是署名。"闫婷"的字迹和信封上一样。

她把信封撑开。在信封的深处，果然还有一张照片，白色的面朝上。叶深伸手进去取出照片。她发现自己的指尖有些颤抖。

在照片的背面，有一行与信上的手写体截然不同的文字。

　　1993年夏　摄于北岗村

她深吸了一口气，把照片翻到正面。

仿佛有人在她的胸口重重地捶了一拳。

她怔怔地凝视着这张二十多年前的照片，身体却止不住地发抖。

惊讶、恐惧、战栗，甚至愤怒。照片带来的冲击让叶深失去了思考能力。等到终于回过神来的时候，她发现自己的眼中早已噙满了泪花。

她开始拨父亲的电话。

"喂。"

电话接通了。

"爸。"叶深说，"我需要见你。"

## 8

献上花束以后，叶深站在墓碑前双手合十。

眼前白色康乃馨的花瓣上还残留着水珠，闪耀着圣洁的光芒。

"我们明年还会再来看你的，妈妈。"她轻轻地说。镶嵌在碑石上的小小的照片里，母亲对她亲切地微笑，仿佛是在做出回应。

点燃的线香快烧完了。叶深取出随身携带的水瓶，弯腰将它浇灭。

"我们走了。家里一切都很好。你放心吧。"站在一旁的叶陆伸手轻轻拍了拍石板的表面，像是在抚摸亡妻的脸颊。

两人缓缓地沿着墓园的石板路向出口走去。路两边是紧密排列的墓碑，有些墓碑的正面还是光秃秃的，没有刻字，应该是还没有售出。

"墓地的价格变得越来越高了。很快老百姓都要葬不起了。"叶陆边走边感慨。

"会有越来越多新的下葬方式吧，比如海葬。"

"不过，看起来人们没有那么容易接受呢。"

"接受新事物总是需要时间的。"

"要不要现在就把墓碑买好呢？"

"你在瞎说什么啦。"

两个人有一搭没一搭地聊着。这种父女之间的闲聊，已经很久没有进行过了。

因为不是什么节假日，所以墓园里人不多。入口处的大银杏树已经一如既往地变成了金黄色，看起来格外漂亮。因为母亲的忌日是在深秋，所以每年的这个时候，前来欣赏这棵壮丽的金色银杏，也成了足以让叶深期待的乐趣之一。

"今年的黄，好像比去年更浓烈一些。"她自顾自地说。

以往独自前来的时候总能看到乌鸦,这一次却没有见着。到底是好事还是坏事,她也说不上来。

"深儿,其实你没有必要每年都来。"

走到墓园出口的时候,父亲如同过去的每一次一样,装作不经意地提起这个话题。

"毕竟,你对你的妈妈毫无印象。"

叶深没说话。

"对着一个自己完全不认识的人的照片祭扫,感觉很奇怪吧。"

叶深摇摇头。

"完全不会啊。因为我知道,那是我的妈妈嘛。"

"你只要有这份心意就好了。"

父亲没有继续就着这个话题说下去。

墓园的门口,有人在卖花,也有人在卖祭扫用的冥币、锡箔之类的东西。开着电动三轮车的司机们把车停靠在一边,成群地在出口处吆喝拉客。因为墓园在靠海的市郊,所以对于随意设摊或者黑车载客的管制相对松一些。

"啊,前面有糖葫芦卖。"叶深说。

秋天是山楂成熟的季节。她突然有了吃冰糖葫芦的心思,便掏出钱包,厚着脸皮上前买了一串。

被咬开的糖壳又脆又甜,被包裹的鲜红色山楂也酸得刚好。冰糖葫芦的滋味勾起了叶深怀念的情绪。

"快十年没吃过了吧。"

"远远不止呢。二十年吧。"话刚说完,她又觉得二十年可能有些夸张了。

"六岁以后就没有吃过糖葫芦?"叶陆问。

"上初中以后就没有再吃过了。"

回想起来,从初中起,因为爱美,班内的女生都渐渐有了减肥的意识。为了减肥,这些特别在乎自己形象的年轻人,首先是不由分说地控制糖分和热量的摄入。叶深也是其中之一。会因为体重秤上数字的一点波动而崩溃绝望,也会因为邻班男生无意间望向自己的一个眼神而心烦意乱,这就是叶深再普通不过的少女时代。

"你妈在怀孕的时候,也特别喜欢糖葫芦。"父亲突然说。

"哎?是吗?"

也许是为了照顾女儿的感受,叶陆很少当着叶深的面提到她的母亲。

"她说她那阵子特别喜欢山楂的酸味。走在外面的时候,只要她看见有人在卖糖葫芦,就拦都拦不住地想要去买了吃。"

叶深笑了。她虽然记不得自己的母亲,却能够想象出那个画面。

"她是一个性格特别开朗的人。"叶陆边走边说,"生活对她而言似乎从来就不是一件困难事。大家都以为她没有烦恼,但是我知道,你的妈妈只是比谁都要乐观罢了。"

这些事情,叶深都是第一次听说。

"你知道你为什么叫叶深这个名字吗?"

"不知道。"

"这个名字也是你妈妈在怀孕的时候给你起好的。"

"难道是希望我……拥有深谋远虑?"

父亲摇摇头。

"不。她当时说,'说到叶,就想到树,就想到长满树的庭院,也就想到了庭院深深深几许这句话。所以我们的孩子就叫叶深好了'。我当时只能哑然失笑。"

"倒也不失为一个直截了当的理由。"

"是啊。"

两个人继续无言地沿路向前走了一会儿。路的尽头，传来海的气息。

"总觉得，无论如何都没有办法将这样的人和抑郁症联系到一块儿。"叶陆突然说。

叶深没有去看父亲此刻脸上的表情。

"妈妈当时住了很久的院吗？"她小心地问。

"很久。"

直到她去世的那一天，她都待在医院的病床上。

虽然父亲从来没有明说，但是叶深知道，妈妈所患的其实是产后抑郁症。产后抑郁症的症状有紧张、疑虑、内疚以及恐惧，极少数严重的会有绝望、离家出走、伤害孩子甚至自杀的想法和行动。很不幸，自己的母亲属于最后这类极少数的群体。一个比谁都要乐观、坚强的女性，却因为抑郁症而走向凋零，最终选择用握刀刺向自己喉咙这么残忍而痛苦的方式来终结自己的生命。这真是命运的嘲讽。

"爸。"

"怎么了？"

"你会因此讨厌我吗？"

"嗯？"

"妈妈是因为生下了我才……"

叶陆沉默不语。记忆中，父亲在病房里说出那句"你的妈妈已经不会再回来了"时脸上痛苦的表情，又浮现在叶深的眼前。

过了许久他才开口。

"不。我不讨厌你。我只是觉得……十分地亏欠你。尤其是,让你失去了母亲。"

父亲和自己在二十多年间所共同度过的时光,一幕一幕地闪现在叶深脑海里。二十多年前的那一天,在白色的病房里,牵起自己手的父亲,比现在看上去要年轻许多。

从那个时候起,他就已经决心背负起独立养育叶深的重担。

岁月在叶陆的脸上刻下了皱纹。在旁人或者学生的眼里,这些皱纹为他增添了大学教授应有的威严。可是对于叶深,父亲日渐老去的容貌,只会让她想起往昔的岁月,然后感到隐隐的哀伤。

叶深不明白父亲为什么要这么回答自己的问题。她也不理解此刻父亲脸上祈求赎罪般的表情是怎么回事。但是她没有进一步追问。

父亲并没有亏欠自己。妈妈的病并不是他的错,而自杀,也只能说是她自己的选择。和父亲一点关系也没有。硬要追究责任的话,当时在精神病院里的值班护士,可以说是有所失职。

父亲为叶深付出了他所能付出的一切。如果没有父亲,也就没有今天的自己。

"其实,最近我经常梦见妈妈。"她说。

"嗯?"叶陆微微一怔。

"梦到妈妈走的那天。"

"你是说……"

"在精神病院的病房里。你不记得了吗?"

"嗯……"

父亲似乎在努力地回想。

"你来病房里接我,我问你'妈妈在哪里',你说,'妈妈已经不会再回来了'。还有那条长长的白色的走廊。爸,你想起来了吗?"

"啊。那是……"叶陆欲言又止,"原来你还记得那时的事啊。"最后,他叹了一口气。

"爸。"又过了一会儿,叶深说。

已经能够看到前方的海了。再往前一点,走到这条路与沿海公路相交的丁字路口,就是从市区往返墓园的接驳车站。但是,父女两人都不赶时间。

"走到海滩,在左边有一家还不错的咖啡厅。我们去那里休息一下吧。"

一个人来扫墓的时候,到了中午,叶深总会在这家咖啡厅独自坐上一会儿,欣赏一下秋天的海。今天是她第一次带父亲来这里。

"请给我一杯拿铁玛奇朵。"叶深没有看菜单,"爸,你想喝什么?"

"黑咖啡就行。"

"想吃点什么吗?"

叶陆摇摇头。

服务员离开后,叶深眺望着落地窗外的海面。

虽然头顶的天空湛蓝,可东海的海水在阳光下却是银灰色的,一直延伸到远处的天际,变成一条模糊的水平线。近岸处,海水的边缘轻柔地抚摸着倾斜的堤岸。在堤岸的脚下,海水退去的时候,露出的尽是黑色的淤泥。上海没有金黄色的天然沙滩,确实有些可惜。不过,像这样的灰黑色调,却也使人感觉宁静。

咖啡被端上来以后,叶陆开始一勺一勺地往黑咖啡里加糖。

"爸爸,你这样可是会得糖尿病的。到了这个年纪,你需要多注意糖分摄入啊。"

"没事。过年前大学刚组织了体检,一切正常。"他搅拌起杯中的咖啡。

"都说了,不是体检正常就没事了。"

"而且,黑咖啡实在太苦了。"

"嫌苦的话一开始就应该点加奶的咖啡,而不是靠事后加糖来掩盖苦味。就算体检指标全都正常,爸爸你也应该控制一下自己的体形。"

"上了年纪的人都会发胖的。大学的其他教授同事们……"

父亲总是在不必要的地方体现出顽固的一面。

随后,两人又同时陷入沉默。咖啡厅里很安静,没有其他客人,也没有要播放背景音乐的迹象。阳光照到的角落里摆放着一架雪白的钢琴,琴盖紧闭,不知何时才会被人奏响。叶深注视着在钢琴上方的阳光中飞舞的灰尘,有些愣神。耳边传来海浪的声音,而这种有着缓慢节奏的潮水声,也让她渐渐地觉得有些恍惚。

是啊。在那张照片里,年轻时的父亲,曾经是很消瘦的……

"爸爸。"她从挎包里取出了那个信封,缓缓地开口,"前两天,我收到了这个。"

她把照片放在桌子上,倒转过来,推到父亲身前。

叶陆只是快速地瞟了一眼那张照片,随即又抬起头来,面向自己的女儿。他的双眼看起来有些失神。

"你都知道了啊。"他说。

"谈不上是知道。"叶深移开了视线,"只是大体上猜到了而已。"

"你是从哪里拿到这张照片的?"

"这是闫永玉老师的遗物。是他的家人寄给我的。"

叶陆深深地叹了一口气,望着褪了色的照片上,年轻了二十几岁的自己,虽然消瘦,但双目炯炯有神地看着镜头,显得意气风发。在他的身旁,站着一个叶深不认识的有些谢顶的矮个子男人,长相温和,年龄看上去和父亲现在差不多大。他应该就是闫永玉了。两人的身侧,还站着几个青涩的学生模样的年轻人。照片的背景是深色的树林。这二十年间,环抱着北岗村的森林,仿佛没有发生一点变化。

"我对不起你。"

"为什么要这么说?爸,你没有做任何对不起我的事。"叶深看着窗外的大海说。

父亲也是当年考察项目队伍中的一员——从他之前流露出的奇怪态度,其实叶深早就隐隐约约地猜到了这一点。这张照片的出现,只是使这个推测获得证实而已。

唯一令她意外的是,照片上的父亲抱着一个两三岁大的孩子。幼儿含着手指,眼睛看着画面外的地方。这个意外,足以对她造成巨大的冲击。

**二十三年前的那个夏天,叶深也在场。**

她已经没有了任何当时的记忆。被父亲抱着拍下这张合影的时候,她小小的脑袋里,应该还没有任何关于这个世界的概念。

"想必我在很小的时候,一定跟着爸爸去了各种各样的地方吧……虽然我已经完全不记得这些事了。在妈妈过世以后,直到我被送去念寄宿制幼儿园之前的这段时间里,你一定是不得不带上我,和你一起四处出差考察的吧。"

她回过头来，望着父亲。叶陆却避开了她的视线。

"爸爸，你没有做任何对不起我的事情。相反，我需要感谢你，这么多年来……"

在羞愧的同时，叶深也有些哽咽。二十六年里，自己从来没有对父亲说过这些话。

她尽力调整了情绪。

"我只是想知道，当时在那座村子里发生了什么，为什么你之前选择避而不谈？"

父亲抬起头，凝视着叶深的双眼。过了好一会儿，好像是下定了决心，他才终于开口。

"既然你都已经知道了，那就没有办法了。"他重新端起桌上的咖啡杯，抿了一口，"二十三年前，我确实以博士生助教的身份参加过由闫老师带头的、关于北岗村的调研课题项目。"

"那个项目的主题是什么？"

"项目本身只是普通的民俗学考察而已。"

"只是普通的考察吗？"她重复了一遍父亲的话。

叶陆点点头。

"那个时候，闫老师和我只是想找一个内陆地区的封闭村庄，针对当地的民俗、村民的行为或者信仰进行调研走访。村庄与世隔绝的程度越高，对我们来说就越有研究价值，因为这样的案例就更具有典型性。我们在无意中发现的北岗村，恰好就完美地符合这一条件。北岗村坐落于湖南桃源县不引人注意的谷地深处，被浓密的林地包围。虽然桃源县得名于现在早已成为旅游景点的桃花源，但是又有谁能想到，在这片土地上，其实存在着真正的桃源呢。"

"所以在学校档案馆的那本《桃源县志》上做标记的……"

"确实是我。"叶陆爽快地承认了,"不过,如果你去翻找其他县志的话,你会发现在不同省的好几本县志上也同样都有我做过的记号,或者是人文学院的便笺。那个时候,我们还处在筛选村落的初级阶段。"

"这样啊。"

"不过,调研项目却没能顺利进行下去。"

"发生了什么事?"

虽然口头上这么问,叶深心里却已经隐约猜到了接下来父亲要说的话。

**"我们在村中遇到了传教士。"**

说出这句话的时候,叶陆的声音有些颤抖。

"爸,你说的那些传教士,他们是从哪来的?"

"我不知道。我问过他们,他们不回答。这几个人,就好像是突然冒出来似的。"

"他们说话有没有当地的口音?"

叶陆摇摇头:"我已经不记得了。我只知道,他们出现以后,就开始在村子里大肆宣扬一种信奉'天使降临'的奇怪宗教。"

"我……知道。我曾经目睹了教会所举行的祭典,他们把它叫作'神降祭'。"

"我和闫老师一度试图对抗这些莫名其妙的传教士,可是却失败了。传教士充满诱惑力的话语,让村民淳朴的内心纷纷产生了动摇。为了使他们的教义更有说服力,他们还斥资从外村雇了施工队,先将村口原有的木桥拆建成更适合建材运输的石桥,然后用牛车将石块往村落中心运,开始在那里——森林中间的一片空地上,修建教会的图腾柱。"

"啊!是那座塔。"

孙极的推测得到了证实。那座让叶深一度魂牵梦绕的灰色高塔,其实是由二十三年前来到村落的传教士建造的。无论是桥还是塔,它们都是当代的产物,而非历史遗迹。

至于那位面貌古怪、被称为教主的老人,是否就是当时传教士的带头人呢?抑或,他曾经也是村民中的一员,在传教士离开后,扛起了教会代理人的重任?这些目前都不得而知。

"我们的抗争以失败告终。在传教士用他们所编造的教义获取了村民的信任以后,他们开始试图将我们赶出村庄。"咖啡桌对面的叶陆叹了一口气,"一开始,我们当然是对此不屑一顾的。我、闫老师,还有随行的研究生们,都是信奉科学的学者,自然不会买这些七拼八凑的教义的账。但是,村民们不干了。他们拒绝再为我们提供住宿。就这样,我们被迫离开了村庄。"

"这样……"

"你一定已经完全不记得当时的事儿了吧。"

"嗯,完全不记得了。那个时候的我在干吗?"

"每天像猴子一样地在树林里蹦来跳去。"

"完全没有任何当时的记忆了。"叶深莞尔。她歪着头回想了一会儿,又看向那张照片。照片上,父亲怀中的小孩儿正睁圆了小眼睛,不安分地张望着别处,就像是在盘算着随时准备挣脱大人的掌控。这股子调皮劲儿,就是小时候的自己吗?

要是人能够拥有三岁以前的记忆就好了。

叶深将视线从照片上收回。

"但是,我想当时发生的事应该不止这些吧。"

"你想问什么?"

"闫永玉老师在回到上海以后,没过多久就辞职了。据他的女儿说,退休以后在家的那段时间,他依旧每天活在恐惧之中,最后在绝望中离开了人世。你知道他的死因吗,爸爸?"

父亲点点头。

"我知道。他从自己家的阳台上跳了下去。"

叶深吃了一惊。她感到了背后升起的寒气。

没有想到闫永玉的自杀方式,居然是跳楼。

她抬头望向父亲。父亲的神情有些复杂。

"到底发生了什么事?"

"说出来你可能会嘲笑我。"叶陆用手下意识地拨动着咖啡杯里的调羹,缓缓地说,"不过,我们在离开那座村庄的时候,好像被那群传教士诅咒了。"

## 9

"别看闫永玉老师在照片里长相温和,其实他是一个脾气非常火暴的人。在因村民拒绝接待,不得不终止研究课题以后,他曾经带着我去和村里的传教士大吵了一架,说等回去以后要去报警,揭发这些靠着传教的名义招摇撞骗的家伙。"

"这些传教士的目的是什么呢?是为了钱吗?"叶深有些困惑。如果说想要敛财的话,这些传教士选择去一穷二白的北岗村布教,简直就是匪夷所思的行为。这个时候她突然想到了她委托给刘昊的调查任务。大肆宣传、打着心理辅导研修会的名义收受高额学费,传播所谓幸福人生哲学,这才是叶深所知道的邪教诈骗组织常规的敛财套路。

而在北岗村进行传教,又能为这些人带来什么好处呢?

"我也百思不得其解。因为猜不透对方的真实目的,当时我不敢轻易下结论。可是闫老师却不在乎这些。他没有听从我'再观察一阵子'的建议,大大剌剌地直接跑去威胁了那些传教士。"

父亲又开始无意识地拨动调羹。调羹敲击咖啡杯的内壁,发出清脆的叮咚声。

"然后,他们……降下了诅咒。"

从父亲的说话用词,叶深已经知道他对这一件事情的态度了。

"起初,闫老师完全没有把他们的言语当一回事。他当时甚至是哈哈大笑着离开了传教士的住处。我带着你回到上海,立马跟着闫老师,还有参与课题的研究生们着手准备选择其他符合条件的村庄,重新进行研究。"他脸上的表情在告诉叶深,他正在回想痛苦的记忆,"第一个死者出现在两周以后。闫老师的研究生里最年轻的一位,一个爽朗的小男孩,在学校里毫无征兆地突发心脏病去世了。

"又过了两周,在另一个学生的家里发生了火灾。他从三楼跳下,摔成了粉碎性骨折,好在勉强保住了一条命。我还清楚地记得我和闫老师去医院探望那孩子的情景。在充满消毒水味的房间里,那个男孩子躺在床上,手上扎着吊针,鼻孔里也插着鼻管,看着我们,胸部一起一伏地呼吸着,却始终不说话。从医院回来以后,闫老师的情绪开始发生变化。仅仅一个月之后,他就从学校辞职了。"

叶深说不出话来。她没有想到,一切发生得那么快。而她更没有料到的是,这一切,竟真的**发生**了。

"在此之后,闫老师的精神状态每况愈下。在他自杀之前的几天,我去他家看望过他。那个时候,他已经瘦得不成人形。一整个下午,闫老师只是一直坐在棕绷床的床沿,不停地向我重复说着同一句话：'诅咒是真的。'他的女儿特意从大学请了假，回到家里照顾父亲。她告诉我说，父亲一直觉得有人在盯着他看。"

叶深感到背后一凉。最近这几天，自己也有相同的幻觉。这已经不仅是被监视的问题了。从长沙回来的那天起，明明一个人在家，她也时常会觉得屋里存在着第二个人，或者说，存在着第二个意识。她检查过床底、衣柜、阳台，却只是徒劳。连续好几晚，叶深都要靠吃药才能入眠。如果这是一种遭到诅咒以后会显现出的"症状"的话，那岂不是连自己也已经……

她忍住了将其说出口的冲动。

父亲并没有注意到叶深在想些什么。

"几天之后我在办公室里接到了他女儿的电话。"他继续说，"闫老师趁她出门的时候，跳下了六楼，落在沿路的绿化带里，脊椎摔断，当场死亡。没有留下任何遗书。不过，他其实也没有能力写遗书了，因为在自杀以前，他的精神就已经彻底崩溃了。"

叶陆竭力使自己的情绪保持平静。

"我没有把闫老师的死讯通知给学校。我觉得学校没有必要知道我们在北岗村所经历的一切，也更不想在剩下的研究生中造成恐慌。另外，我也隐隐约约担心起自己来。作为一个人文研究者，居然会去为自己所遭受的民间诅咒而提心吊胆，这实在太可笑了。但是，如果完全将其当作荒谬的无稽之谈的话，那又如何解释研究生们和闫老师接连遭受的灾祸呢？难道仅仅是巧合吗？"

叶深无法回答。

"于是，我害怕了。

"不管是什么原因，我不能死。我还有要做的事情，还有要保护的人。"

"爸爸……"

"我不愿意再去回想在北岗村发生的事情。我把曾经的研究文件全部销毁，欺骗学生们说闫老师出国了，没法和他取得联系。只有将整个事件彻底在记忆里封存，专心投入新的教学工作和研究项目里，才能让我一点一点走出诅咒给我带来的恐惧。"

只有叶深才能了解，性格固执的父亲是鼓起了多大的勇气，才说出了这样的自白。

承认自己的恐惧是需要勇气的。叶深还做不到这一点。

杯中剩余的咖啡早就凉了，两个人却都没有要续杯的意思。

"其实，我从一开始就知道你已经去过那座村庄了。"父亲开口说。

"你是怎么发现的？"

"靠手机定位。水利工程系的老师为了寻找失联的你而联系到我。当我输入手机密码，看到卫星地图上所显示的定位以后，我就意识到，你又回到了那个地方。虽然地图上没有任何标示，但是我知道，那里一定就是北岗村。我无法当着你的面提起这件事，只能在心里暗暗地希望，希望你千万不要在那里惹上什么麻烦。毕竟，当年只有三岁的你，也是被诅咒的一员啊。"

叶深明白了。在村落里时不时闪现的似曾相识的既视感以及宿命感，并不是毫无来由的幻觉。对于北岗村，也就是被当地人后来唤作苍鸦村的山村来说，叶深并不是什么初次造访的来客。她只是在故地重游罢了。

"爸爸，"她还有一个问题，"那座塔，后来怎么样了？"

"我不知道。"叶陆摇摇头，"我们被赶出北岗村的时候，那座石塔似乎还没有彻底完工。闫老师带着我去和传教士理论的那天晚上,我们路过林中的那片空地。空地中央,在月光底下,我还看到了竹木编制的脚手架,和旁边堆放着的、从别处运来的石块。除了以示纪念,我完全想不出他们建造这座烟囱似的塔,还能有什么别的目的。"

"那对于之后的坠亡事件,你也一无所知吗?"

"坠亡事件,那是什么?"

"那座塔在建成以后,有一天,塔底出现了摔死的陌生人的尸体。"

"什么?!"父亲的眼里流露出惊恐,"这是什么时候的事?"

"同一年夏天。"

"不……我不了解。在我们离开之后,那座村庄发生的任何事,都……都不再与我有关……"

父亲的惊恐是有理由的。身为命案逃犯的曾云海,和受到传教士诅咒的闫永玉,死因同样是从高处坠亡。虽然他不清楚前一起命案的具体细节,但是这么高的相似度,他不可能察觉不到。

这会是巧合吗?

父亲带着年幼的自己离开北岗村,是在高塔建成之前,也就是命案发生以前。叶深曾期望找到人文学院的研究课题与高塔坠亡命案的连接点,但是希望破灭了。

不过,父亲告知自己的信息,至少让叶深清楚了一件事。

有一个传教士团伙的存在。

他们和人文学院的研究团队几乎是同时来到了北岗村。是他们建造了石桥和高塔,也是他们编纂了天使降临的教义,用"神罚"对高塔下不可思议的坠亡进行了解释。而那本据说是用无人能够书写的文字撰写的"无上教典",则让这些人的面目显得更为神秘。

在完成了传教的任务以后,他们到底是何时离开村庄的?或者说,他们根本没有离开?

更重要的是,他们到底是谁?是教主和手下吗?

他们为什么要这么做?

"深儿。"

父亲用小名呼唤自己。

"求求你……"

叶深心里一紧。有生以来,她头一次听到了父亲的哀求。

眼前的男人,不再是自己熟悉的那个父亲。平日里,身为教授与严父的优雅和威严,此时都被不能更渺小而卑微的姿态所取代。父亲伛偻的身形,正低声下气地诉说着什么,就像是在忏悔一般。他的目光凌乱而涣散。

"不要再去调查这件事情了。求求你……"

叶深意识到,眼前的父亲,只是一个即将迈入晚年的、再普通不过的老人。

"我不想死……"

终于,叶深点了点头。

"爸,你先冷静下来。我答应你。"说这句话的时候,她的声音有些发抖。她的内心此刻正感到刀割般的痛苦。

对不起,爸爸。

她无声地对父亲说。

我做不到像你一样,甘愿继续活在事件带来的阴影里。我不能停下我的脚步。正因为要守护自己最爱的家人,才绝不能选择逃避。在诅咒背后,一定有着它的缘由。天罚也好,坠亡也罢，肯定存在更为合理的解释。必须要向事件发起进攻，这种毫不妥协、刨根问底的探索精神，不正是在我的成长道路上，身为慈父和严师的你所教会我的吗？

叶深握紧了拳头。

更何况，远在北岗村的密林中，还有那个人……

## 10

"哎呀，真是稀客啊。我还以为周六的研究室里不会有人呢。"

惠绘手里握着杯装的咖啡，从室外推门而入。

风铃发出清脆的响声，房间里原先紧绷的空气一下子松弛下来。那种在安静的房间里始终被另一个人注视的感觉，稍稍得到了缓解。

"中午好，学姐。"叶深有气无力地在自己的座位上和她打了个招呼。

"中午好。今天要来办什么事吗？"

"只是想来整理一下之前课题的文件。我得把上半年的报告写好交给周老师。这件事已经拖了好久了。"

周老师是叶深挂靠的导师，也是父亲相识多年的老友。

"也是哦。他下周出差回来吧？"

"嗯。所以我得抓紧。"

叶深手头原本就有正在进行的研究课题，她不可能全身心地扑在北岗村的谜团上。

惠绘把脱下的大衣挂在研究室门口的衣架上。大衣是粉色的，和她的一头蓬松绿发倒是莫名地相称。

"后来和你爸聊过了吗？关于那个二十多年前北岗村的调研课题。"她向叶深轻快地走来。高跟鞋踩在木地板上，发出清脆的声响。

叶深点点头。

"那，事情都搞明白了吗？"

昨天夜里，叶深给远在长沙的张跃进打去了电话，询问他在勘察案发现场时，对"传教士"有没有印象。

"这么说来的话，当时在围观的人群中，好像有几个打扮得和普通村民不太一样的人……"老警察在电话那一头回忆道。

"怎么个不一样法？"叶深提高了音调。

"嗯……那几个人在穿着上，好像比村民光鲜亮丽了一些。毕竟北岗村是一座封闭山村，里面的村民自然不可能穿得起什么高档针织品。但是，光凭这一点也……"

"您听到他们说话了吗？"

"嗯，听到了几句。具体内容虽然不记得了，不过在我依稀的印象中，他们的口音和周围人不太一样。"

"不是湖南口音吗？"

"不，这个我不能肯定。不过至少不是新乡的口音。"

"那，您对他们的长相还有印象吗？"

"很抱歉，已经不记得了。完全没有留意。"

"请您再努力回想一下，比如说，在那些人里面，有没有一个双眼分得很开、长得有点奇怪的男人，年纪应该在五十岁左右？"

"让我想一下。嗯，我不敢说一定有，但是你这么一描述的话，确实……"

"谢谢您，帮了大忙了。"

挂上电话的一瞬间,叶深难掩兴奋的神情。如果张跃进的记忆准确的话,**教主就是二十三年前来到北岗村的传教士的一员**。只要向他逼问的话……

不过,惠绘不了解整个事件的前因后果,叶深也没有向她多做解释的打算。

"算是吧。"叶深回答。

"那就好。"她只是爽快地说。

"对了,学姐。"

"怎么了?"

不过,确实有一件长期令自己感到困扰的事。

"你说,如果老觉得有人在盯着自己看,该怎么办?"

"什么?"惠绘瞪大了眼睛,摆出一副如临大敌的表情,"你又被哪个学弟跟踪了吗?"

"不,倒也没有那么具体……"一时间叶深不知道该怎么解释这件事。昨天和父亲在海边的咖啡馆里谈过话后,这种"一人独处时总能感觉到第二个人存在"的现象非但没有缓解,反而发生得愈加频繁了。昨晚入睡前,叶深不得不将安眠药的剂量从半粒增加到了一整片。

惠绘困惑地歪着头。

"没有那么具体……是什么意思?"

"就比如说,明明是自己一个人在房间里,头脑却总会发出'房间里还有第二个人'的信号。"

"你是指妄想吗?"

叶深回想起那天下楼取外卖的经历。

"也不完全是妄想。有时候或多或少地存在一些可疑的迹象。"

"比如？"

"有一次我从五层坐电梯下楼……"

"然后呢？"

"我只是在底楼门厅取了一个外卖，转身往回走的时候却发现电梯又回到了五楼。"

"可能是你的哪个邻居也同样想下楼吧。"

"不过，当我把电梯按回到一楼以后，我发现里面并没有别人。"

"嗯，"惠绘托着下巴思考了一会儿，"说不定只是那位邻居在五楼等电梯的时候，突然想起有什么东西忘拿了，转身回家去取了而已。这个时候你正好在底楼摁下了按钮，空置的电梯就又回到了一楼。怎么样，都是可以解释得通的啦。"

这种可能性倒也无法反驳。她想起自己在关上房门以后，听到走廊里传来脚步声。依照惠绘的解释，那应该只是回家取了遗忘的物品，再一次走向电梯间的邻居而已。自己很可能只是多虑了。

惠绘拍拍叶深的肩膀。

"不要担心。你这么可爱，不会有人跟踪你那么久却能够忍住不向你表白的。"

"学姐，请不要总开这种无聊的玩笑……"

叶深习惯了惠绘的揶揄。

"话说，如果因为产生妄想而感觉自己总是精神焦虑的话，去看一下心理医生如何呢？"惠绘突然又说。

"还没有到那个程度吧。"

"等到发展成多重人格就晚了。"

"哦……"

"有症状要尽早去做检查,不要觉得害羞。精神卫生中心的口碑非常不错,你可以考虑一下。而且从这儿打车过去,车费很便宜。"

惠绘一边说,一边自顾自地回到座位上坐下了。

叶深没有把她的话当真。

精神卫生中心是上海最早开设的心理和精神疾病治疗的专门医院。因为之前的某个课题,叶深采访过在院里实习的医学院学生。

对了。说起来,印象中那里确实有一条一眼望不到头的长走廊。她现在意识到,说不定那就是当时母亲住院的地方。

叶深摇了摇头。现在不是回忆这些事情的时候。

她转过头望向自己的侧后方。刘昊的工作桌在不远处,桌面上空空如也。

"对了。刘昊这两天来过研究室吗?"她问。

"他?怎么可能。"房间的另一头传来翻箱倒柜的声音,"他才不会回来呢。"

叶深很想知道刘昊那边的进展如何。不知道他有没有弄明白那个研修会到底是什么来头,所谓静远大师又是何方神圣。

不过,还是等他下周来学校的时候再问就好。

她拿起手边的一沓纸。纸上是自己半年前写的关于祠堂研究的草稿,被涂改得乱七八糟。她看着稿件上凌乱的笔迹,不由得叹了一口气。

这个时候,突然有人敲门。

没等叶深说出"请进",对方就推门而入。

"你找谁?"

惠绘从桌子底下探出头来问。

"我找……啊！叶深！"

同一时间，叶深和对方都认出了彼此。

"小吴？是你啊！"叶深有些喜出望外，"好久不见了。"

眼前的姑娘，是自己住宿石磨村时的室友。剪去了长发以后，她看起来比夏天的时候利落了不少。

"太好了。我只是抱着试一试的心情，顺路来研究室看看能不能找到你。毕竟今天是周六。"

"嗯，今天我恰巧来学校办事。你找我有什么事吗？"

她脸上的笑容消失了。"是这样的……前些日子发生了一件事。直到昨天，学校才接到通知。"

"怎么了？"

眼前的少女先是垂着头，沉默着，仿佛是在犹豫要不要从事件的原委开始说起。最后，她还是决定长话短说。

她避开叶深的视线。

"孙极去世了。"她说。

"嗯？"一时之间，叶深有些无法理解她话中的含义，"这是什么意思？你是说……"

"我是说，和我们一起前去湖南考察的那个建筑系的孙极老师，他死了。"

叶深只是呆呆地站在原地不动。

"啊呀呀，这还真是……节哀顺变啊……"

是惠绘的声音。

"你和他熟吗，叶深？话说，他为什么……"

"听说是突如其来的车祸……"

"车祸啊。太不幸了。"

"追悼会的时间已经定好了。"

"头七……"

"一定……"

她们在说什么？叶深完全无法理解两人的对话。完整的句子传到叶深耳中，全部变成了碎得四分五裂的只言片语。

她们说的那个孙极，是一个多月前还在医院的病床上，和颜悦色地替自己加油打气的男人吗？是夏天的时候，那个在烈日下的桥旁，抹着汗等待自己的微胖而亲切的身影吗？

他……死了？

死了吧。

是什么原因？

是车祸吧……

不是的。心里的那个声音又响起来了。

为什么你不愿意承认呢？

为什么事到如今，你还要抱着理性的挡箭牌不撒手呢……

用理性来证明非理性，这只可能是一个谬误。

非理性是无法被证明的。

……它们只是**存在**。

其实，神存在。

天使也存在。

诅咒也存在。

车祸只是死的表现形式，却不是造成死亡的原因。孙极的死因，是天罚，是诅咒。就和曾云海一样，和闫永玉一样，和那两位遭遇横祸的研究生一样。

他作为"恶"，触怒了村里化身乌鸦的神明……

下一个人，就是……

## 11

回过神来的时候，叶深发现自己正站在家里。

不是那户租住的单间，而是自己真正的家。三居室的公寓，因为只有父亲一个人居住，看起来过于宽敞了。

叶深忘记了自己是怎么离开研究室来到这里的。她只记得一路上自己接连给父亲打了好几个电话，却一次都没有被接通。

房间里没有人。父亲常穿的皮鞋不在鞋柜里，外出的大衣也不见踪影。他一定是出门了。

昨天还说接下来没有出差计划的他，此刻又会去哪里呢？

她的心脏在快速地跳动。要是不快点找到父亲的话，就糟糕了——不知怎么的，此时她突然产生了这样的预感。

假设……

假设，诅咒是真的。

那么，在孙极之后，自己和父亲，现在就都处在危险之中。

房间里异常安静。被另一个意识监视着的幻觉依旧消散不去。到底是怎么回事？从长沙回来以后，这种感觉就像是隐隐的心悸一样，长时间地压迫得自己喘不过气。难道说，真有什么人从新乡的那一站上车，跟踪了自己？

又或者说，这一切完全是那个幸福人生研修会捣的鬼？

她走到父亲的卧房门口，向内张望了一下。房间里拉着窗帘，光线有些昏暗，床铺和被褥还保持着早上没有收拾的样子。完全没有什么值得注意的地方。

与卧室毗邻的是书房。那是叶深小时候学习写字的地方，现在成了父亲在家的办公室。深色的写字台还是和过去一样，叶深甚至记得木质桌面上每一处木纹的疤痕。只不过，曾经桌上堆满的教材和辅导书，现在被电脑显示器和键盘取代。依旧没有什么可疑之处。

她回到客厅，在沙发上坐了下来，再次拨打父亲的号码。因为与手机进行过同步设置，原先躺在茶几上的平板电脑的屏幕因此被点亮了。

电话里，拨号音响了无数次，却依旧无人应答。

叶深放下手机，向前伸手，取过眼前的白色平板电脑。这是某一年她送给父亲的生日礼物。

屏幕上显示着来自叶深的最新来电提醒。

因为平时一直放在家里，父亲没有为它设置密码。叶深抱着碰一下运气的心态，打开了日历功能。令她失望的是，今天的日期底下一片空白。父亲并没有在日历上记录行程的习惯，或许他还没能习惯使用电子产品。

她突然又想到，平板电脑有通过GPS定位查找与某个账户绑定的手机的功能。这也就是在自己迷路的时候，父亲能够通过手机找到自己的原因。但是，为了使用这个功能，必须知道父亲的账户信息以及密码。叶深曾告诉过父亲自己的账号密码，却从来没有想过，自己也要了解他的电子设备账户信息。这个时候，她感到了强烈的悔意和随之而来的焦虑。

还有什么办法能够知道他去了哪里？

更重要的是，父亲现在是否安全？

冷静下来想一想。

如果一个人要出门的话，长时间在外所避免不了的，就是消费行为。与过去不同，现在是货币数字化的时代，无论就餐还是住宿，甚至在便利店买一瓶矿泉水，都有很大概率在电子货币的账户里留下支付记录。怀抱着最后一丝希望，叶深打开了平板电脑里的电子货币支付软件。

拜托了,哪怕是某家咖啡厅的付款收据,也请务必让我看到吧。叶深默默祈祷。

在账单的分类下,最近的一次支付发生在昨天深夜,金额是八百元不到。

商品说明的那一栏是"火车票"。

叶深的心里咯噔一下。她赶紧点击另一个购买火车票的程序,选择查看历史订单功能。

父亲购买的,是今天早上从上海虹桥站始发的高铁车票。车票上的目的地,是湖南新乡车站。

震惊之余,她感到了巨大的怒意。

开什么玩笑啊!叶深紧紧地咬住牙关。

无须怀疑,父亲要去的地方就是北岗村。一大早就离开家门的他,此时此刻很可能已经到达了目的地。

父亲为什么要选择在今天瞒着自己去北岗村?昨天在海边的咖啡馆里,他说起诅咒时所流露出的恐惧,难道都是骗人的吗?

或者说,就算再怎么感到害怕,他也有不得不在今天去那里的理由?

等一下。父亲知不知道孙极去世了?如果知道的话,孙极的死和他在今天紧急前往北岗村这件事又有什么关联?

可恶!叶深的头脑一片混乱。

目前只有一件事是清楚的。那就是,昨天父亲并没有把全部事实告诉自己。之所以招呼都不打就一个人悄悄去了北岗村,一定是因为他还有什么事情在瞒着自己的女儿。

叶深感到愤怒。到底有什么事,是**这个人**不愿意向自己坦诚相告的……

她抓起手机,又一次拨打父亲的电话。还是无人接听。

这个浑蛋。

叶深打电话给刘昊。

"是学姐啊。有什么事吗?"

"你现在在家吗?"

"在家。"

刘昊的住处离父亲家很近。

"你能把车开到多快?"

"呃,只要是不超速的话……"

"能不能现在来接我一下,然后送我去虹桥火车站?我在我爸这儿。"

"喂喂,学姐,我不是专职司机……"

"车费我会给你的。等我回来也会请你吃饭。"

"到底发生了什么事?"

"父亲今天一大早去了北岗村。我现在要去追他。"

电话另一头传来低声惊呼。

"什么?叶老师去了……等一下,为什么叶老师会和那个村子有牵连啊?"

"在车上我再和你解释。"

"打不到车吗?"

叶深看了一眼墙上的挂钟。"马上就到下班高峰了,我希望能尽量快一点。"

电话那头传来妥协的叹息。

"好吧。那一会儿在楼下见。"

刘昊身为父亲的研究生,平日里没少登门拜访,因此不需要告诉他地址。

她放下电话,长吁了一口气,努力让自己的情绪稳定下来。

下一班高铁的时间是下午五点,距离现在还有半个小时多一点。如果错过了这班车,她还可以乘坐五点三十分的火车,到达新乡站的时间是在深夜十一点左右。再往后,就只有次日到达的深夜卧铺车了。

一定要赶上。她握紧了拳头。

刘昊驾驶着车向西飞驰在高架路上。在正前方,能够时不时透过楼宇间的空隙,看到朱红色的落日。没有堵车,算是万幸。

在副驾驶座上,叶深告诉刘昊自己这几日的见闻。

"所以,学姐你现在一定要再去一次那个信奉什么乌鸦神教的村庄吗?"

"非去不可。我爸现在一定在那里。"

"那你相信诅咒吗?"他装作漫不经心地问。

"什么?"

"没什么。"刘昊的眼睛只是看着前方。

叶深其实听清楚了他刚才的提问。之所以无法回答,是因为她知道,自己早已陷入巨大的矛盾之中。她自己也想不明白,她的怒气究竟是来源于对诅咒的恐惧还是不屑。反正不管怎么样,她也只能看向前方。夕阳的光芒透过挡风玻璃,把她的脸照得红通通的。

"对了。"沉默过后,她换了一个话题,"研修会的事情你调查得怎么样了?"

"嗯,倒是去上过几节课。"

"静远大师是一个什么样的人？你见到他了吗？"

"长得凶神恶煞的，不是我的菜。"

"没有问你这个。"

"他教授的内容，其实也就是普通的心理学常识而已。不过，在状态好的时候，他也能准确猜中你内心的烦恼，就像电视节目里活佛表演读心术那样。"

"这么夸张吗？"

"嗯。"刘昊点点头，"所以信徒还挺多的。虽然明知道他一定是在背后耍了什么伎俩就是了。"

"那，他提到什么关于天罚或者现世报的内容吗？"叶深将话题引向自己在意的地方。那天的男人反复说着：现世报不是等来的，而是要去争取的。

"目前为止，静远老师只说自己是行动派。"

"是吗？"

"是的。他最近一直在给我们传授的是恋爱中的行动要义。"

"什么？！"刘昊的话让叶深大吃一惊。

"可能是因为课时还没有修够……"

算了。虽然同样采用了黑色的乌鸦作为研修会的标志，但是这个骗钱的组织和北岗村密林里的教会应该没什么联系。教义上的相同之处，可能也只是巧合。毕竟，无论是乌鸦也好，"现世报"或者"天罚"这种概念也罢，都是自古以来民间的封建迷信活动中经常会被提及的要素，绝对谈不上罕见。

"那你继续把课时修满吧。反正学费都已经交了。"叶深只能无奈地说。

"嗯。不过这周停课。静远大师去度假了。"刘昊只是握着方向盘。

"嗯？"

"下周继续。"

"好的。"

什么乱七八糟的。她觉得又好气又好笑。自己完全搞错了方向。

汽车往火车站的方向急行。叶深已经远远地看到了那座灰蒙蒙的巨型交通枢纽。那是自己要去的地方。

自己必须，也只能不顾一切地回到那座村庄。

上一次和自己并肩的人，此时已经不在这个世界上了。叶深想起那个人曾经在病房里对自己说的话：过度深究这件事，不会给你带来任何好处。

同样的话，父亲也在海边对自己说过。

不要调查这件事了……求求你。

他在自己的面前，露出从未有过的卑贱神态，不像样地哀号着——我不想死。

还有一个人。

在旅途最开始，那个人就已经告诉过自己，**不要靠近那座塔。**

那个人的脸和父亲重合了。

在哀号悲鸣的人，变成了程子来。

不行。她斩钉截铁地对自己说。

她要回去。不管那座村子将发生什么事，叶深都做好了心理准备。

就算连自己也会死……

她只是看向前方。无论如何，她一定要回到那座村庄。

*第三部　天使*　─────

# 1

黑暗中，她看到了那座桥。

一瞬间她以为自己的眼前出现了错觉。本应当消失不见的小桥，仍旧静静地横跨在村口的河流之上。湿漉漉的桥面，反射着鱼鳞般的月光。

再走近一些，叶深才发现那不是半年前崩塌的石桥，而是用圆木搭建成的新的简易木桥。桥板的两侧，架设着细木随意拼搭而成的扶手。湍急的河水在桥下日夜不息地流动着，发出汹涌翻腾的声音。水位比夏天的时候高出很多，仿佛随时会把这座简陋的木桥冲垮。

听到水声，叶深不禁打了一个寒战。空气中，湿气弥漫开来，让脚下的草地上结满了冰冷的露水。她喘着气望向前方，小桥另一侧是黑黝黝的森林，看不到尽头的黑暗，更让人觉得寒冷。

她掏出手机看了一眼时间。从新乡站下车，尽管加快了脚步，但等到她沿着林间的公路抵达这里的时候，也已经接近午夜了。除了快速的水流声，她听不见其他的响动。周遭的生灵，在此时似乎都已经陷入了死寂的沉眠。

叶深没有任何独自在野外过夜的经验。由于出发得匆忙，她也完全没有做相关准备。尽管距离真正意义上的冬天还很远，但是秋夜的寒气也不是身着薄外套就能够抵挡的。更何况，森林里的温度比外面平均要低上五摄氏度左右。现在能做的，只有咬牙坚持，继续往前走，直到找到愿意收留自己过夜的农家。

只是，在这个点上，是否还会有人醒着呢……

她定了定神。

等一下，自己不是来旅游的。她之所以不计后果地毅然跳上那列前往湖南的火车，是为了能够尽快找到自己的父亲。此时此刻，他一定就在桥那一头的某个地方。过夜不是问题，只有一个晚上而已。就算找不到亮灯的农户，她也总有办法挨过漫长而寒冷的夜晚。

叶深往桥头的方向走去。她全然不觉得累。

没走几步，她就再一次感知到了结界。从对岸浓密的黑暗里，吹来了绵延的寒风。风携带着隐约的腥臭，就像是一种警告。叶深隐隐地感到胆战心惊。她知道，桥的那一端，那黏稠和深不见底的黑暗里，有乌鸦的领地。而源源不断散发出黑暗的中心，就是林地深处的那座塔。

她深吸了一口气，继续迈出脚步。

"咔嚓。"

耳边传来某种机械响动，像是手枪上膛的声音，却又更加轻微、短促。

突如其来的巨大战栗，将自己的身体定在了原地。

紧接着，在身侧的黑暗中，突然亮起了火光。

一张脸幽幽地浮现在半空中。

"什么人？！"她发出惊恐的低呼，同时微微弯腰，本能地做好了保护自己的准备。

"咦？"

男人的声音显得很诧异。他的手里夹着刚用打火机点燃的香烟。

"你刚才一直没有看到我吗？我一直站在这儿啊。"他瞪大了眼睛。

是一个自己不熟悉的声音。

"没有……你是谁？"

"这是我该问你的问题吧。你又是谁？半夜十二点，一个明显不是当地村民的姑娘独自沿着公路走上好几公里来到村口，怎么想都觉得很不常见嘛。"

这个人没有当地口音。

"我没有义务告诉你我的来历。而且，是我先问的问题，你不觉得你应该先回答吗？"从恐惧中回过神来的叶深，不知不觉有些生气。

"好吧。"男人吐出烟雾，"我是旅行者。"

"旅行者……"叶深有些不可思议地眨了眨眼睛，"请不要开玩笑了。这种大山深处能有什么旅游价值？"

"我也没说我是来旅游的啊。你难道分不清'旅行'和'旅游'在词义上的区别吗？"

"喔……"

"我是来这里救人的。"对方说。

"什么？"

"我是来搭救一个好朋友的。你呢？"

"等一下，你的意思是说，你有一个朋友进入了这个村庄，被村民关在了里面吗？"

"嗯，虽然这样的描述有些抽象，"男子迟疑了一下，"但也可以这么认为吧。"

"是……因为教会吗？"叶深小心翼翼地问。

"什么？原来你也知道啊。"

"你这是什么意思？"

就像是在阐述一个与己无关的事实一样，他淡淡地说："就是那个崇拜乌鸦的教会啊。看来你也是知情人之一吧。"

令叶深感到惊讶的，是他说出这句话时流露出的极端平静的态度。从他的语气里读不出丝毫畏惧。

"太荒谬了不是吗？乌鸦怎么可能会是天使呢！"

仿佛是在自言自语，他喃喃地说出了这句话。

"毕竟，天使是白的啊。"

叶深完全不理解他话中的意味。

"你在说什么？"

男子转过头来。银色的月光照亮了他的脸。

这是一张无法被描述的脸。没有任何特征，普通到甚至让人感觉有些模糊，仿佛一旦把视线移开就再也无法记起他的长相。

"我在说天使。天使不应该是白色的吗？"

叶深点点头。

"天使确实是白的……"

"但乌鸦是黑的啊。"

"乌鸦……是黑的。"

"**黑和白，完全不一样吧？**"他吐了一口烟，然后做出总结。

不对。她摇摇头，让自己冷静下来。眼前的这个男人，到底在说些什么？

"不好意思，请借过一下。我得继续赶路了。"

自己不能耽误时间了。桥头就在眼前。

"你也是来救人的吗？"男人在身后大声地问道。

叶深决定不去理会那人的纠缠。说不定他只是一个居住在邻村，半夜出来遛弯的游手好闲之徒。

"小姐，我想冒昧问一句，你是来找你父亲的吧？"男人又突然问道。

她的脚步停住了。

"我猜对了吗？"

她回过头去看着对方。男人在月光下的身影显得细细长长的。

"你怎么知道？"

"我猜的。"

"什么？"

"你的父亲今晚暂时没有危险。你不用着急。"

"不用着急什么？"

"去救他。"

这个男人，到底知道些什么？

"你到底是谁？"叶深严肃地问道。

"我叫里卡多。"

一时之间，叶深有些怀疑自己是不是听错了。

"里卡多，你是外国人？"

"名字不重要。"男子轻描淡写地说，"名字只是一个代号而已。"

他慢慢向叶深走近，来到桥旁，伸手扶住了木桥扶手的端头。

"这条河流的水位之所以这么高，是因为不久前，这个地方连续下了一整周的倾盆大雨。"他视线看向下方，突然说起了完全无关的话题，"降水最猛烈的那几天，暴发了山洪。暴涨的水流从这里流进了被三座山包围的、像是袋口的谷地，把大部分的林地都给淹了。"

"难道说，村子……被山洪淹没了吗？"叶深被他所说的话吸引住了。该不会，在水坝还没有建起来以前，这座山村就因为自然灾害而遭到了破坏？"等一下，如果村子已经沉入水底的话，那你刚才说我父亲暂时安全是什么意思？难道他不在村子里，而是在别的地方吗？"

"不。"自称里卡多的人用手指弹了下烟灰，燃着的火星碎屑在黑暗中迸发出最后一点微弱的红光，慢悠悠地向下坠落，"你也不要低估山林地区的生态系统调节能力。这样的暴雨每年都会发生。被水盖过的林地高处，在雨停的三四天后就能够重见天日了。"

"这样啊……"

"只不过，在低洼处就不是这样了。山洪会在低洼处蓄积成一个大水池，就像是小型的湖泊一般，一边等待着通过土壤渗透变成地下水，一边在阳光的蒸发作用下慢慢干涸。"他停顿了一下，看向叶深，"而这片谷地最低的地方，就是那座塔。你一定知道的吧，**塔的存在。**"

叶深一惊。明明是在漆黑的夜里，但她仿佛能清晰地看到男子向自己投来的视线，穿透自己的所思所想。

"在修建那座塔的时候，为了方便施工，当时的工人把塔周围空地上的植被和高起的土堆都刨去了一层，加以平整，用以运输和堆放建材。同时，出于要打基础的缘故，地面也被挖了一个不大不小的坑洞。坑洞被填补以后，高塔所在的位置就成了空地的最低点。原本就位于林地低洼处的空地，这样一来就处在更低的水平面上了。"

"所以，那座塔被水淹没了吗？"

"那倒不至于。虽然看上去像一个小湖一样，但是环抱高塔的水深，充其量也就半米多高。卷起裤腿，涉水就能走过去呢。"

这样的话……叶深松了口气。半米多高的水，大概到自己大腿的高度吧。

"我之所以告诉你这件事，是因为我知道你在想什么。"里卡多把烟蒂抛进桥下急速流动的墨色河水里，"现在去那座塔并不能找到你的父亲，而且，在黑咕隆咚的夜里蹚水也很危险。"

"我的父亲在哪里？"

他叹了一口气。"你要相信我，去塔下完全是白费工夫。你的父亲现在很安全。我眼下必须赶去另一个地方，等到明天，我一定能把事件给解决掉。"

"事件……你是指什么事件？"

"二十三年前的坠亡事件啊。你知道的吧？"

依旧是不带任何情感的语气。他的话语，只是在描述一桩与己无关的事件而已。

"难道说，你已经弄明白那是怎么一回事了吗？"叶深问。

"只是有一个猜测而已。"

"你现在要去哪儿？"

"去拜访当年的高塔施工者。"

"啊……"叶深低呼。她之前从来没有想到过要去探究"造塔"这件事。在她的理解中，整个事件是以曾云海的坠塔为开端的。在那个时候，塔早已存在。再往前追根溯源，说不定能将局限的思路打开突破口。

"当年的施工者……他们是谁？"她忍不住继续追问。

"只不过是受传教士雇用的邻村村民罢了,并没有什么特别的。不过,其中的很多人早已搬走了,其他人也散布在附近的各个村子,很难再寻找得到。打听当年施工人员的所在,花费了我不少时间。万幸的是,我终于顺利地和其中一两个人取得了联系。"

"所以,那起看似不可能的坠塔事件,它的核心其实还是在于那座塔本身吗?"叶深焦急地加快了语速,"难道说,在建造那座塔的时候,他们设置了什么不为人知的建筑机关?有没有可能,在塔底有一条通向外界的暗道……"

"如果这座塔有什么机关的话,当年的施工者确实会知情的。"里卡多淡淡地说。他既没有认同,也没有否定叶深的猜测。

迄今为止,叶深只是听人描述过塔内的构造,她还从未有机会打开那扇木门,走入塔内,仔仔细细地亲自检查一下石塔的内侧。如果说塔内有什么机关的话,凭借自己的观察力,她有信心能发现一些蛛丝马迹……

不过,如果没有呢?如果说,眼前的这个男人,他的思路从一开始就是错的呢?

她能够相信这个素昧平生且有着古怪名字的人吗?

叶深看着他,而里卡多只是平静地朝她挥了挥手。

"那我先告辞了。明天我们村子里见。"

她没有来得及回答,男人又像是突然想起什么似的说:"啊,对了。你要找的人在那座小屋里。"

"什么?"

"过桥以后往东走,亮灯的那间。你一定还记得路吧。小心地面泥泞。"

叶深一头雾水。隐隐约约地,对方好像朝自己眨了眨眼睛。

"拜拜。"

里卡多瘦高的背影消失在浓密的黑暗里。

## 2

叶深在黑暗的林地中前行。

她打开了手机的电筒模式。闪光灯持续发出的亮光,只能照亮近处的一小部分地面,以至于她能够看到脚下湿漉漉的泥水的反光。远处,在光线无法到达的地方,从四面八方包裹叶深的,依旧是不可辨识的、压抑的漆黑。偶尔有一束月光从树木的缝隙间照进来,把一小块长满苔藓的地面染成闪闪发光的银白色。这样神秘的光景,在她长大的城市里是无论如何也体验不到的。

身侧的崖下,能听见溪水的流淌声。一周前,溪流水位暴涨的时候,水就是通过这条支流倒灌进谷地的吧。然而,她没办法想象整片地区被河水吞没的画面。

那个人——里卡多,他目睹了山洪的泛滥。也就是说,他至少在一周前就已经来到了这片土地。如果所言属实的话,在这段时间里,他一直在四处寻访,想方设法地寻找在二十三年前受雇的高塔施工人员。但是,倘若如他所说,那座塔本身存在什么秘密的话,花时间仔细地检查一下建筑的墙身和地基不就好了,为什么要大费周章地再去寻找过去建造这座塔的人呢?塔不同于真正的建筑、房屋,只能被算作构筑物。而像这样简单粗糙的构筑物,甚至不可能留下建筑图纸。检查一座塔的里里外外,根本不需要花费多少力气。

但是他又告诉叶深,现在去那座塔进行调查,是毫无意义的行为。是因为他早已在那座塔里发现了什么，心中有数了吗？又或者说，他是不希望自己能够捷足先登，找到他尚未发现的证据？想到这里，她摇摇头。这种可能性虽然存在，但是很小。说到底，两人之间又不是什么比赛谁先查明真相的竞争关系。

叶深转而想到了另外一个可能。当时的塔，没有上下的门洞，也没有盘旋向上的楼梯。在二十三年前的命案发生以后，这座塔经过改建才变成了现在的模样。有没有可能，里卡多之所以这么说，是因为塔起初建造时的秘密，也通过这次改建，早已经被悄悄抹去了痕迹呢？这么一来，唯有探访初始的建造者，才有可能给心中的猜测予以佐证。

尽管有这么多可能性，她仍然无法揣测出这个男人到底有什么意图。他能够自信满满地说出"解决二十三年前的坠亡事件"，可信度又有几分呢？说到底，这个人到底是谁？

虽然在黑夜里无法看清楚对方的脸，但是借助火光短暂的一瞥，叶深可以肯定，先前从没见过这个自称里卡多的男子。

他说自己是来救朋友的。但是除了与这个村子有关的人员之外，又有什么旅游者或者外人会在山洪泛滥的时刻误打误撞地闯入这片林地呢？

等一下。难不成，他所说的朋友，是自己认识的什么人？

会不会是父亲？

这样一来就完全说得通了。他之所以能够肯定地说出自己来这里的目的，并且告诉自己"你的父亲暂时安全"，是因为他已经在村中的某处与父亲见过面了啊。

他只是告诫自己不要去塔下，并没有让自己放弃寻找父亲。更何况，在临走以前，他甚至还……

叶深警觉地停下脚步，迅速熄灭了电筒模式的灯光。

身前的黑暗中传来隐约的脚步声。仔细听，是踩踏在枝叶上的声音。

是村民吗？

脚步声离自己越来越近了。不知道对方有没有意识到自己的存在。

她必须躲起来。

她踮起脚，小心翼翼地往侧方的树丛中走去，然后深吸了一口气，屏息躲到树后。此时此刻，黑暗成了最好的保护色。

不一会儿，手电筒的光束从树枝的缝隙间透了过来。来人好像没有注意到蹲在树干背后的自己，以平缓的步调，径直走过树丛。然后，周遭又渐渐地暗淡下去。

叶深从树丛后绕出来，望向那个人远去的方向。可是，森林里的夜就像是漆黑黏稠的液体一样，早已把那个人手中电筒所发出的最后一点光亮吞噬得一干二净。

她有些后怕。如果刚才自己没有及时听到脚步声的话……

不，现在不是庆幸的时候。

林间小径在脚下出现岔路。不过，虽说是小径，其实也只是因为被人来来回回地走而不怎么长草的泥地。因为先前带领孙极走过相同的路径，所以叶深知道，往右拐的小道通往谷地的西南方，是屋舍相对密集的腹地。再往前走，就可以走入环抱那座高塔的森林。

向东走，亮灯的那间。

那个人——里卡多是这么告诉自己的。

如果说自己的父亲就在那里的话……

她并不知道向左，也就是向东的小径会导向何处。但是不知怎么的，在黑暗里，她却隐约有了一种熟悉的感觉。这种感觉,与其说出自她的大脑,不如说来源于她的身体。而这种身体的记忆,埋藏在她过去的潜意识里,毫无预兆地被渐渐唤醒。

就像里卡多猜测的那样,她确信自己走过这条路。

树木时密时疏。走到开阔的地带以后,可以看到远处群星和月光下的点点农宅。

再往前走上一段路,身侧黑漆漆的树丛像是在温柔地合掌一样,挟带着湿气向叶深聚拢过来。那条小径早已消失不见。原本的泥地表面,被满地的落叶所覆盖。叶深意识到,暴雨过后,时节已经进入了深秋。踩在落叶上前进的同时,脚下传来柔软的触感。积攒在叶片上的雨水和凌晨的湿气,让她的双脚感觉湿润而冰凉。

终于,她看见了那座小屋。

就像是一座被建造者抛弃在林间的废墟。只不过,从小屋那勉强可以称之为窗户的外墙洞口,依旧透出了摇曳的昏黄烛光。

看着这座黑暗中的小屋,她想起来了。

那个早晨,自己在林间的鸟鸣中苏醒的那个早晨。她想起了在那个早上自己走过的路、看见的景象。

此时此刻,星空下的森林,黑暗中的屋舍,与当时在阳光照耀下所呈现的面貌完全不同。在那天,自己离开这座小屋,向着谷地出口走过的路,与现在自己前来的方向截然相反。但是,身体却替自己记住了——

她只是静静地向前走去,推开门。

坐在床上的人听到声音,抬起头,看着自己。

那是一张消瘦得几乎脱去了人形的脸。

身体的记忆愈加强烈了。不知怎么的,感到哀怜的同时,一股强烈的情绪也涌了上来。不仅是对眼前的男人，同时也是对这座不知经历了多少岁月、残败却亲切的小屋，对这片少人问津、充满神秘气息的谷地，叶深百感交集地轻轻说出：

"我回来了。"

程子来瞪大了眼睛。

"喂……"

一时之间，他的语气流露出些许的恼怒。

"你为什么要回来？"

面对程子来的质问，叶深无法做出具体的回答。与夏末逃离北岗村时的狼狈和一无所知不同，现在，她已经大体上了解了过去发生事件的来龙去脉。不仅如此，自己也已经身为迷局的一部分而深陷其中。她之所以来到这里，一方面是为了将行踪不明的父亲带回；另一方面，或许自己正是受到了这片迷雾重重的土地再一次的召唤。从某种意义上，她已经成为这座村庄的一员。

还有，与程子来的短暂相逢、相识。这种羁绊，没有办法被轻易地切断。如果可以的话，她也想将程子来一并拯救……

因为她现在知道了，这个男人，是二十三年前坠塔而亡的逃犯的孩子。

我想来帮助你——然而，她自知没有资格说出这种话。对于他来说，叶深始终只是一个外人。

"只是我想来而已。"叶深有些不安地回答。

"你……"

程子来想扶着床沿站起身子，却没有成功。看着他瘦弱的身体，叶深感到一阵心酸。此刻的他，与半年前初识的时候判若两人。

"没关系,你坐着就好。你听我说,我——"

"快离开这里。"他打断了叶深。

"为什么?"

"我被诅咒了。"

"……"

"我可能快要死了。不要靠近我。快离开这里,离开这座村庄。"他努力撑起自己虚弱的身躯,"留下来的话,你也会有危险的……"

"……"

程子来发出剧烈的咳嗽声,看起来非常痛苦。

"每次都是这样。"叶深突然喃喃地说,"为什么,每一次,你都这样?"

"什么?"

"从第一次见面起,你就一次又一次地把我推离事件的中心。不要接近这座塔、离开这个村庄、不要靠近我……同样的话,我听了太多遍了。"

"那是因为……"

"因为危险是吧。可是为什么?就因为我是擅闯这片土地的外来者、陌生人,而你是当年坠塔的死者的儿子,是事件的当事人,因此你就可以把我远远地推开,一个人留在村子里,留在事件的中心,独自承受全部的痛苦与危险吗?你不觉得这样做很狡猾吗?"

"……"

"我,想要知道真相。我想要保护如今已经变成这样的你。"

"但是,你也会死。"

叶深蹲下身子,看着程子来,然后,突然伸出手,将眼前虚弱的男人抱住。隔着衣服，她能感觉到对方嶙峋的瘦骨。

"你知道吗？二十三年前的夏天，我就在这里。"

程子来的身体猛地悸动。

"施加在我身上的诅咒，比你早了整整二十三年。"她说。"所以，没有什么好害怕的啊。"

在自己的怀里，男人的呼吸渐渐地缓和了下来。

叶深慢慢松开自己的双臂。

在冲动的驱使下，自己做出了多么令人困扰的行为啊。她感到自己的脸正在火辣辣地发烫。

程子来目光游移。过了许久，他才重新开口。

"为什么二十三年前，你也会在这里……"

他喘着气问。

"是因为我的父亲。"叶深回答，"他带着我来到这个村子的目的，是为了做村落的文化调研。"

程子来眯起眼睛，努力地回想。

"但是，他却被当时村中的传教团队施加了诅咒，被迫离开了这里。崇拜乌鸦的宗教，几乎就是同一时期在村民中间兴起的吧。你是否知道，当年的那些传教士是什么人呢？"

叶深提出了触及核心的问题。对方却摇摇头。

"我无法回答。当时我和你的年纪一样大。那时候发生的事，我已经什么都不记得了。"他已经彻底冷静下来了。

"是吗……"她有些失望。

"我甚至没有关于父亲的任何记忆。"

"什么？"

"很久以后，他们才告诉我真相。直到那时我才知道，原来，我就是从那座高塔上摔死的杀人犯——曾云海的儿子。"他低着头,淡淡地说。

"他们是谁?"

"那些在孤儿院工作的人。"

"孤儿院?为什么……"

"从我懂事的时候起,我一直被寄养在县城的孤儿院。"程子来叹了一口气,"在十五岁的那一年,我决定离开那里,独自去外闯荡。在离开前,当时的老院长才终于开口告诉了我,那个被过去的我所遗忘的故事。我是被这里的村民送到那所孤儿院去的。在父母去世以后,他们在现场找到了我。"

"从哪个现场?"

他指了指脚下的地面。

"从这间小屋。这里,是我和父母居住过的房子。**这里就是我的家。**"

叶深环顾四周,只看见破败的四壁和简陋的家具。一种奇妙的感觉油然而生。她隐约感觉到,自己可能早就察觉到了这件事。

这间小屋,一定是老警察张跃进在命案发生的第二天造访过的地方。

"我的父母虽然在这里度过了生命中最后一年的时光,却一直与这片谷地里的北岗村村民没什么往来。或许因为长期与外界隔绝,这里的村民也普遍拥有了封闭的性格。对于一年前从云南流亡到这里的父亲,他们很自然地选择了视而不见。村民对'外人'排斥的习惯延续到了现在。因此,无法和当地人沟通的父亲,在当时只能选择翻过南面的卧龙山,靠在邻村帮农维持生计,养活我和母亲。

"然后就发生了你已经知道的事情。二十三年前的夏天,父亲死了。作为曾经犯下命案的惩罚，他遭到了神明降下的天谴，从没有阶梯的高塔顶端落下，摔死在塔底。你也许一直觉得这是迷信，但我宁愿相信那是真的。他一定是被乌鸦提上了半空。除此以外，我找不到任何合理的解释。

"但是警察的调查结论是，他在当时徒手攀爬上了塔顶，然后自杀身亡……"

叶深以为程子来会发出不屑的冷笑，可是他没有。他只是怔怔地看着桌上跃动的烛焰。

"也许事实就是这样吧。可是，只有选择相信这是天使降下了刑罚，才能给我带来些许救赎和慰藉。我，是杀人犯的儿子，身体里流淌着肮脏的血液，生来就带有无法洗去的原罪。"

叶深很想告诉他这些都是偏见，却忍住了。她不想打断程子来的诉说。

"我……唯一能做的事，就是去相信父亲的死是天谴，进而去相信神明的存在，皈依天使崇拜的宗教。因此，只有加入北岗村的教会，才有可能得到救赎。诚心诚意地在杀死父亲的神明面前忏悔自己所犯下的罪，不断地为教会奉献自己的身体，做出牺牲，这样才能缓和那种让我坐卧难安的罪孽感。"

"这也是你在每一年的祭祀上，都心甘情愿地作为教会的棋子，在众目睽睽之下表演活人祭魔术的原因吧。"

"你已经识破其中的手法了吧？"

叶深点点头。

看穿祭祀背后秘密的人，其实是孙极。但是，他没有意识到，尽管有鸦枫作掩护，这依旧是一种极其危险的魔术手法。在预先倾倒在塔内的树叶中，万一混杂了尖锐的树枝或者其他硬质的杂物，那么对于从塔上跳下的表演者而言，倘若不巧落在这些杂物上,依旧有可能受伤甚至失去生命。或者说,假如程子来拨开树叶向塔下爬的速度稍微慢了一点,没有及时在塔中的鸦枫被点燃之前离开塔底的话,那么他自己的躯体也有可能会被火焰点燃,直到焚烧殆尽。即使火不会那么快烧到塔底,他也会因上部的鸦枫燃烧散发的浓烟而迅速窒息死去。

他是冒着生命危险,配合教会进行逃脱表演的。

"**所以其实每一次祭祀的祭品,都是我。**"

叶深理解了程子来所说的这句话。身为祭品,他以自己的生命为赌注,为自己寻得救赎。对于他来说,这并不是单纯的魔术表演。这是为真正的信仰而做出的牺牲。

"'如果你想赎罪的话,就这么做吧'——这是教主曾经对我说的话。我只是毫不抗拒地听从了他的命令而已。"

"但是,你所假扮的人们——那些对外宣传的祭品,那些长老,在祭典过后又到哪里去了呢?他们总不能在祭祀仪式后,再次大摇大摆地出现在相信他们已经死亡的村民面前吧。"

"他们离开了这座村庄。那些人是最忠诚的长老,是每一年教主所提拔的最受信赖的干部。离开村庄,对他们而言也是一种牺牲吧。"

他们只是离开了而已。

叶深没有想到,答案会如此简单。

那天,在石磨村的田埂旁向自己发出警告的台球店店主,一定也是在某一次祭典中,永远离开了北岗村的教会长老之一吧。

顿时,叶深的心里百感交集。

"你不觉得难受吗?"沉默了一会儿以后,她问。

"什么?"

"在祭祀的时候。"

"为什么？"

"这种活人假装从高塔落下的祭祀形式，来源不就是你父亲的死吗？你所扮演的人，可是你的父亲啊！"

过了一会儿，程子来才淡淡地说：

"我只是感到解脱。

"每一次，从塔顶的门洞被推落，在身体向下自由掉落的那几秒，我都会觉得前所未有地轻松。那可能是我最接近神明的时刻吧。在那个时候我会想，啊，原来当时父亲从塔上被抛下的瞬间是这样的感受啊。只是，我不憎恨父亲，也不觉得他可怜。这个叫曾云海的人对我而言，就像是存在于另一个世界中。我几乎不记得他，所以，我也不认识他。"

叶深突然想起她在长沙的时候，从张跃进的口中所听到的话。

某一天早晨，曾云海曾带着妻儿一起造访邻村的农户。调皮的幼儿在蓝天下的田地间奔跑着，父亲则在远处一遍又一遍地呼喊着子来的名字。这些记忆，在二十三年后，已经从他的脑海中消失了。

事到如今，她也没必要再将这些话转述给程子来了。

"这样啊。"

然而接下来，沉默良久之后，他却说出了出乎叶深意料的话语。

"不……其实，关于我的父亲，我仍旧能记得唯一一个片段。只是，我不愿意去回想。回想这件事，只会让我感觉毛骨悚然。"

"是什么？"

"是父亲在这间屋子里将母亲杀死的场景。我看到了。"

"啊……"

张跃进的猜测看来有一半是真的。虽然那个名叫子来的孩子在那一年夏天存活了下来,但是曾云海在坠塔前,的的确确在这里残忍地杀死了他的妻子、孩子的母亲。

程子来说他对早亡的双亲没有任何印象,但在他状似平静地说出这个事实的时候,叶深仍旧能够依靠直觉感受到,在话语背后,他正拼命地压抑着剧烈的情感。

此时此刻,叶深说不出话来。

"不,或许这么说会造成误会。其实,现在的我,并不能随时在脑中复原当时的具体场景。我所确信的,只有'我曾经亲眼看到父亲杀死了母亲'这个信息。这种确信,是从幼年开始就深埋在我心底的。三岁时的我,一定是目睹了这个场景。只是,随着时间的流逝,我淡忘了当时自己所看到的细节,记忆变成了模模糊糊的影子。"

——就像一盘渐渐褪色的录像带一样。

叶深理解程子来所说的话。底片上的影像在一点一点地模糊,直至消失不见。但是,在它侧面的标签上,却明白无误地书写着录像带的内容概述。标签上的文字是可信的。

"那,你还记得你的母亲吗?"她小心地问。

"关于母亲我知道得更少。"程子来摇头,"在离开孤儿院回到这一带以后,我去邻村拜访了一些见过我母亲的人,他们对母亲也是一无所知。母亲不是命案逃犯,在湖南省没有登记在籍的信息。她可能只是父亲在逃亡的路上,不知在哪个地方相识并结合的普通女子吧。"

叶深觉得非常哀伤。她自己也早已没有了关于母亲的任何记忆。不过，叶深的母亲是因为疾病自杀去世的，而程子来的母亲，则是被他的父亲亲手杀死的。虽然同样拥有悲哀的结局，理由却截然不同得让人心碎。

"你看那儿，在床的边缘。"

叶深循着程子来指的方向看过去。在几乎被另一侧的床沿遮住的泥墙上，她似乎看见了——

"这是……"

几滴深色的细小斑点。

这一定就是张跃进所说的……

"这是父亲杀死母亲的时候飞溅在墙上的血滴。在靠近地面，不怎么看得见的位置，还有着一些同样的血迹。"

第一次在这个房间里过夜的时候，叶深完全没有注意到血迹的存在。这些微小的血滴，确实足以成为凶杀案的证据。而根据张跃进的推测，在灰白色的墙皮下，应该还有被覆盖的血迹。

"没有找到母亲的遗体，可能已经被父亲埋了吧。"

这个猜测，和张跃进的观点依旧吻合。

对了。叶深想起来，老警察还说过，案发以后他在这间屋子里还找到了五千元的现金。程子来可能不知道这件事。

她抬头观察了一下破败的泥墙。确实，在靠近屋檐的地方，有许多可以用来藏东西的墙洞和裂缝。如果说这些钱是被曾云海藏匿在家中的现金的话，那么现今它应当属于眼前的程子来。只是，当年作为证物保管在派出所的那五千元现金，现在早就不知道去向了吧。

这可以算是父母留给儿子的唯一一点遗产吧。

房间里突然暗了下来。蜡烛即将燃尽，微弱的火苗开始剧烈地颤动，吐出一缕哀愁的白烟。叶深取过另一支蜡烛，划亮火柴，小心地将它点燃后放到桌上。与此同时，前一支蜡烛彻底熄灭了。

叶深注视着顶端缓缓升起火苗的蜡烛——和那座塔一模一样。

她突然明白了程子来不得不虔诚地献身于教会的理由。

因为他背负了父亲的双倍罪孽。在云南犯下命案后逃亡到这里的曾云海，又在这间小屋内夺走了至亲的生命。这就是二十三年前事件的真实面貌。

只是，曾云海为什么要这么做？在这个时候，老警察的观点依旧站得住脚：他在自杀离世前，选择先杀死自己的家人，这种"杀死亲人以后自杀"的案例并不少见。作为家庭中唯一的劳力，赚钱养家的曾云海也许会对自己离世以后妻儿无人照顾的未来感到绝望。在绝望中，他或许也将自己所遭受的痛苦代入了妻子的生活体验，因而产生了"带妻儿一起解脱"的心理。在这种心理的驱使之下，他杀死了妻子。或许是因为躲在了某处没有被父亲找到，儿子幸运地躲过一劫。

"在父亲杀死母亲不久之后，他也在塔下一个人死去了。"程子来继续虚弱地诉说着。此时此刻，他似乎已经完全对叶深敞开了心扉，"那天晚上，路过的村民在这间小屋里发现了一个躲在床底下的男孩。那个孩子不会回答任何人的问题，只是失神落魄地一遍又一遍地低声喊着'妈妈死了，妈妈死了'。"

叶深静静地听着。

"有人当即意识到，这个男孩就是曾云海的孩子。在同一天之内，他接连失去了自己的双亲。于是，这个孩子就被心生怜悯的村民带到外村，最终被送进了县城的孤儿院。"

程子来转过头，看着同样坐在床沿的叶深。不知不觉，两人间的距离只剩下了不到三十厘米。他们有些不自然地对视着。

啊,这个当年只有三岁的孩子,现在就在自己面前。

第一次如此凑近看他的脸。烛光在他的脸上投下晃动的阴影,原本立体饱满的五官,只剩下深深下凹的双眼、突出的颧骨和薄薄的嘴唇。

**总觉得,在哪儿见过。**

叶深的心里突然涌起一种异样的感觉。

并不是某一处具体的五官,而是一个模糊而笼统的印象。

她努力地追溯着自己的记忆。

等一下!会是这样吗……

二十三年前那个时候的……

她想起照片上,父亲怀中抱着的孩子。

对呀。那个时候,自己也在现场。

每天像猴子一样地在树林里蹦来跳去……

所以……

**会是这样吗?**

看到叶深脸上一点一点变化的表情,程子来忍不住问:"怎么了?"

叶深没有说话。

"你没事吧?"他握住了她的手,"想起什么来了?"

"喂,你说,"叶深缓缓地张口,"二十三年前,**我们会不会已经见过面了啊**?"

程子来有些惊讶。然而,他没有做出明确的回答。

"是吗?"他只是这么说,脸上泛起一丝疲惫的浅笑。

"或许吧。"叶深也只是笑了笑。可能只是错觉吧……

真是漫长的一天啊。十二个小时以前,自己还在一千公里之外的研究室里与惠绘说着话。一整天的奔波所累积的疲劳,在此刻突然爆发。她打了个哈欠,感到疲惫不堪。已经没有力气去进行多余的思考了。

"你好好休息吧。"程子来说。

"我能……再一次在这间屋子过夜吗?"

"当然可以。"

"我睡地板上就好。"

"不,你睡在床上。"

叶深没有推脱,因为她知道那只是徒劳。对方不可能允许自己睡在任何床以外的地方。

就像那天一样。

她必须提出交换筹码。

"请你睡在我的旁边。"她说,"这是我唯一的请求。"

## 3

叶深被噩梦纠缠,不断地醒来又睡去。在梦里,父亲死了。

她眼睁睁地看着父亲软绵绵的尸体被人从凿开的石塔内搬运出来,自己却动弹不得。

爸爸……

她想张口,声带却怎么也发不出声音。

不。不是发不出声的问题。

这时她才恍然发现,不知怎么的,自己正匍匐在空地的边缘,藏身在树荫下的草丛里。她撕心裂肺地呼喊,因为距离过于遥远,无法传达到正在空地中央高塔旁检视尸体的人耳中。围绕着高塔的人群中,只有教主冷冷地注视着自己。

心脏狂跳。

这样不行。得赶到父亲身边去。

叶深站起身来,开始竭尽全力地奔跑。

身体不听使唤。她越是想要接近父亲,离空地中央的高塔就越远。

成群的乌鸦阻挡住了叶深前进的方向。它们扑扇着翅膀,大声地怪叫着,驱赶着试图靠近高塔的自己。

"爸爸!"

塔消失了。小屋却近在咫尺。

叶深可以看到小屋的窗口。她停下了奔跑的脚步,缓缓地向前走去。从窗口里传出男人粗重的呼吸声。

是程子来吗?

她小心翼翼地伸手扶住窗台的外侧,朝屋里张望。程子来背对着他,看着房间的一隅,肩膀剧烈地起伏着。他下垂的右手中,握着菜刀的刀柄。刀尖上滴着血。

好像是听到了身后的动静,程子来回过头来。然而不知怎么地,缓缓转向叶深的,却变成了叶陆威严而苍老的脸。

"啊……"

"怎么了,深儿?"

他把桌上的糖罐递给自己。

"咖啡太苦了吗?加点糖吧。"

"不用……没事。"她一时搞不清状况,"到底是怎么回事?那座小屋……等一下,爸,我们是刚从妈妈的墓地回来吗?"

"什么?"叶陆皱起了眉头,"什么墓地?"

"今天是祭扫的日子呀。这里难道不是海边吗……"叶深望向咖啡厅的窗外,却没有看到海滩。周围是一眼望不到尽头的黑压压的树海。

"你在说什么呢?你的妈妈没有墓地啊。她被人杀死、掩埋了,警察一直没有找到尸体——你不记得了吗?"

"那,我们为什么在这儿?为什么在这片森林里?"

"我们是来救人的呀。"

叶深猛地抬起头。

"乌鸦怎么可能是天使呢?"

眼前站着谜一样的男子,里卡多。他的年龄看起来和自己差不多,穿着松松垮垮的长袍,露出一副睡眼惺忪的样子。与教会干部所穿的黑袍不同,他的衣服是白色的。

"天使只能是白的啊。"他说,"这个教会,连初衷都完全弄错了吧。"

天使是白的……

她反复琢磨着里卡多所说的这句话。乍听之下,就像是疯子说出的呓语。

"你看。"

在里卡多手指的方向,出现了许多正在缓缓上升的小小的白色光点,正一个接一个通过树叶的空隙向天空飞去。同一时间,天使们的咏唱在她的耳边渐渐鸣响。

在小光点向上飞升的地方,仿佛在歌声的引导下,有什么东西正要从地下破土而出。

"那是什么?"

"是塔呀。"

两旁的树木向后移动。林间出现越变越大的空地。冲破树冠包围的阳光从上方洒将下来,直直地照射到隆起的土包上。接着,像是藤蔓快速生长一般,塔在光芒下纠结缠绕着冲出地面，向着天空爬升，一点一点地成型。塔比叶深印象中的还要高，仿佛一眼望不到头。

光点飘落到塔顶，汇集起来，发出耀眼的光芒。从光芒中出现了模糊的人影。

"天使降临了呢。"

亮光照得自己睁不开眼睛。

叶深感到一阵眩晕，醒了过来。

她扶着脑袋，慢慢地从床上支起身子。有一种想要呕吐的感觉。

阳光直直地从窗口射到床上。刚才在梦中听到的天使咏唱，原来是此起彼伏的鸟鸣幻化而成的。

像是突然想起了什么，叶深回头，望向自己身边，接着又赶紧环视了一下房间。

床上没有人，房间里也只有自己。程子来不见了。

她站起身，披上先前叠好放在床尾的外套，向室外走去。打开门的一瞬间，清冷的空气扑面而来。

在门外，先前黑漆漆的树林被阳光重新染上了色彩。秋天的森林不再显出夏末的深绿，树冠仿佛被点燃了一般，枝杈间相继炸开了浓烈的火红色彩。地上铺的是一望无际的或橘红或黄色的落叶，支撑在两团红色之间的，是覆盖着潮湿的浅绿色苔藓的树干。

好美。她不禁感叹道。

深秋的时候，乌鸦都到哪里去了呢？

叶深环顾四周，没有看到程子来的踪影，不知他去了哪里。留在原地等待只会是徒劳。她深吸一口气，踏出向外的第一步。自己首先要去的地方是教主的会客堂，说不定父亲也会在那里。

在往西跋涉的一路上,她想起了自己所做的梦。

在梦里,她在那个神秘男子——里卡多的陪同下,亲眼看到那座高塔像藤蔓植物一样快速地生长起来。她回忆起自己小时候读过的童话《杰克与魔豆茎》里所讲述的故事。故事中,在泥土里种下的豆子一夜之间长成了一株长长的藤蔓,直攀上天。想到这里,她摇了摇头。或许是里卡多之前说起的关于建造高塔的事,给了自己的潜意识将其转化为梦境的素材。如果说这种"一夜生长"就是高塔的秘密,那也太荒诞了。

叶深从来不相信自己的梦会揭示些什么。梦是主观的、情绪化的、非理性的。梦或许是真实记忆的反映,然而这种反映,却谈不上是分析,更说不上可以成为针对现实问题的解答。

但是,借由这个梦,她却再一次想起了那个古怪的人。

里卡多。

对叶深来说,经过昨夜和程子来的谈话,她已经隐隐地厘清了二十三年前冲击性的事件真相。如果说还有什么是自己所无法解释的话,那就是事件对外的具体表现——她始终不明白,曾云海看似不可思议的坠塔,到底是如何完成的。

教会的传教士在建造完这座图腾柱不久之后,利用在高塔上所发生的这起意外,将其解释成"天使降临所带来的惩罚",进一步巩固了教众的信仰。就连曾经目睹父亲杀死母亲的程子来,也对"父亲遭遇天罚"一说深信不疑。只有曾经负责调查这个案件的警察,对前一种说法持怀疑态度。但是,就连他也无法给出具体的答案,只是做出了"自杀"的模糊猜测。

而那个人——里卡多说过,自己会在今天的某个时刻回到这座村庄。到了那个时候,他就将针对当年的坠塔事件给出明确的解答。

能够信任他吗？叶深不知道。

他不仅熟悉这座村庄的过去，同时清楚地知道很多关于自己的事情。他知道自己在寻找父亲。指示自己程子来所居住的小屋，也说明他知道自己与程子来之间的关系。

叶深拥有身为人文研究者、调查记者的优秀素质：意志、直觉和强大的信息搜集能力。但是同时，她也深知自己能力的边界在哪里。迄今为止自己所做的，不过只是循着已有的线索，依靠不停的走访，挖掘、拼凑、整合出那些已有的信息罢了。尽管跑了许多地方，寻访了许多与当年的事件有关的人员，自己却没有办法在已有资料的基础上再进一步。就像是拼图游戏一样，她能够将找到的所有碎片拼凑成一幅残缺的拼图，却没有办法依靠想象力填补缺失的空白，让整幅拼图呈现最终完整的样貌。

如果里卡多可以做到这一点的话……

她突然感到一阵没来由的不安。

如果里卡多可以做到这一点的话，那么自己就将在不久以后得知全部真相。

不，也许在此之前……在里卡多回到这里来以前，自己就能从教主的口中，问出关于当年传教士的事，和那座塔本身的秘密。想到这里，一阵更强烈的恐惧袭来。然而，为什么会恐惧，她却不知道。

或许只是预感。

塔近在眼前了。前往教主的会客堂，不需要穿过林间空地，只需从空地边缘拐向右边。但是，不知为什么，叶深却突然想专程走到空地，去看一眼被深秋的树木包围的那座塔。

洼地的积水丝毫没有要退去的迹象。

就像里卡多所描述的那样，塔寂静地竖立在湖的中央。湖水倒映着周围深红的树，像光洁的镜面一般，表面没有一丝涟漪，也看不出实际的深度。水面上浮着几片纹丝不动的落叶。

在面向叶深的这一侧，塔底的木门有一半浸没在水中。

叶深虽然知道，水深其实只有一米不到，将将没膝，但是此时此刻，她毫无涉水穿越空地的打算。并不是因为嫌水脏或者不想弄湿身体，而是她不忍心去破坏眼前的这片寂寥。在林间的空地上，时间仿佛都已经停止了。

她只是绕着空地的边缘，小心地行走。

因为被周遭的树木遮挡，高塔时隐时现。叶深绕到空地的另一边，再一次忍不住回望那座耸立于水中的塔。高塔现在正对叶深的一侧，正是祭祀那天自己所见到的角度。

**有哪里不对劲。**

叶深感到了一丝异常。现在自己所看到的塔，与记忆中的样貌有细微的差别。到底是哪里不一样了呢？

残破的楼梯依旧绕着塔身盘旋而上。楼梯的尽头是塔顶的门洞，门洞的另一头是黑漆漆的里侧。祭祀当天，程子来就是从这个门洞被抛下的。

叶深望着塔顶那小小、黑黑的门洞，突然倒吸了一口凉气。

**那扇木门哪去了？**

这个门洞，平日里并不是敞开的。她还记得，只有在举行祭典仪式的时候，才会由教会干部将固定木门的四枚螺栓卸下，取走门扇。然而，此时此刻，原本藏匿在木门背后的黑暗，却静静地向秋日寒冷的空气敞开。

这是怎么回事？这是她所不知道的另一场仪式的一部分吗？还是说，有什么人故意取走了门扇……

她站在原地，犹豫了片刻。

现在是个好机会。

叶深从未见过那座塔的内部。如果她现在能够登上楼梯平台，透过敞开的门洞向下看的话……

里卡多暗示过，想要了解高塔的秘密，需要追溯到它建造之际。虽然叶深不确定站在最顶上能不能看清下部黑暗中的塔底，但是自己至少能够依稀地了解高塔内部的构造。在这些被严丝合缝砌起的混凝土石块背后，或许藏有什么不容易被发现的结构上的秘密。

她现在穿的是就算湿透也没有关系的帆布运动鞋。

牛仔裤的裤腿虽然不容易挽起，但是在水中泡一小会儿也不是什么大问题。

叶深暗暗地下定了决心。

积水从空地的边缘开始，往中心一点一点深了起来。她每向前踏出一步，抬起的足尖便掀起原本平静地沉积在水底的淤泥。浑浊的棕黄色像滴入水里的墨汁一样，在前方的水中散开。仿佛是受到惊扰似的，身后的水面上泛起细小的波纹，不断地向着两侧退去。

走到塔前，水已经没过了膝盖，几乎到了大腿根部。下半身浸泡在冰凉的水里，让她冷得直打哆嗦。她估摸着中心水位的深度，或许有六七十厘米。

金属楼梯最下方的几级台阶也浸泡在水中。

仿佛回到了最开始的那一天。

叶深在心里琢磨着。

她扶住掉漆的扶手，开始沿着陡峭而摇摆的楼梯，慢慢地向上爬升。就像是初遇的那天一样，在登塔过程中，自己的右掌不一会儿就沾上了朱红色的漆痕。好脏。叶深不由得皱起了眉头。

夏末的那一天，天空中下着阴冷的细雨，每一级台阶都沾满了湿滑的雨水；而此时此刻，虽然塔身泡在积水里，但楼梯却是干的。头顶的方是秋日晴朗而空旷的蓝天。

那时的乌鸦，现在不知都去哪儿了。除了自己的脚踩在楼梯上所发出的"硌、硌"的声音，整片空地周围都显得异常安静。或许在这个时刻，没有人愿意到这片积满水的地方来吧。

不知不觉，她快要走到塔顶了。自己是头一次如此接近塔顶，仿佛伸出手就能碰到天空。转身向下俯瞰，原本状似湖面的积水变成了小小的一汪浅水。抬头正视前方，她的视线甚至能够稍稍越过包围空地的一丛丛橘红色的树冠，望向远方隐约显现的天际。

叶深来到了顶端的平台，绕塔盘旋而上的楼梯在这里终结。方形的门洞就在身侧，从门洞里透出她曾经闻到过的腐臭。

终于来到这里了啊。

一阵风吹过，整个楼梯平台都有些晃动。她紧紧地攀住石塔的外壁，心脏快速地跳动着。

这扇门洞，就像是深渊的入口。在门洞的边框外围，四个角的位置，分别留有原本用于固定木门的木质螺栓所留下的孔洞。手指粗的孔洞被打在门洞周围的混凝土砌块上，不仅门扇不见了踪影，连四枚螺栓也不留痕迹地消失了。

眼前的黑暗无声地和她对峙，仿佛要将她吸进去一般。

她深吸了一口气后，屏住呼吸，小心翼翼地向着"黑洞"探出身体，伸长脖子，望向塔内。

等到渐渐适应了眼前的黑暗以后，叶深终于勉勉强强地看清了塔内的结构。

这座高塔确实只是一个空心的圆筒。因为没有屋顶,所以自上而下的天光隐约照亮了高塔粗糙的内壁,让塔内的氛围显得神圣而诡秘。内壁本身平淡无奇,只是砌筑的混凝土砖块被火熏得有些发黑的背面罢了。砖块和砖块之间被填上了灰泥,所以透不进光。

视线沿着朦胧的天光转向下方。

叶深看见了——塔底似乎有一个模模糊糊的人影,正平躺在那里。

## 4

蔚蓝的天空中,不知何时开始出现了两只黑色的乌鸦。

它们一前一后地在塔的上方慢慢盘旋,像是在互相回应般,时不时地发出"嘎""嘎"的叫声。过了一会儿,仿佛飞累了,它们同时收起翅膀,降落在塔顶边缘,侧过头,居高临下地俯视着下方的人们。

在世俗的观念里,乌鸦是招致灾祸的鸟儿。它们的眼睛,似乎可以看到一些人类看不到的东西,是察觉并追逐不祥物的枢纽和工具。民间有一种说法,如果有谁能吃下乌鸦眼,就能识不祥、察鬼蜮。

此时此刻,它们的眼睛又看到了什么呢?

回到塔下的叶深望着塔顶,感到一阵茫然。她的双脚长时间地浸泡在水里,却不想挪动一步。她只是任由绝望攥住了自己的身体。

在远处,空地的边缘,没有积水的地方站着一些村民。其中一些人的身影被树干挡住，看不真切。他们都不说话，只是漠然地看着眼前发生的一切。

更多的教众则和叶深一样，顾不上被水浸没的双腿，来到距离塔门更近的位置。在人群中，叶深看到了祭祀时自己记住的一些面孔，也发现了那个在教主堂前所见到的、抄写无上教典归来的妇女的身影。与空地边缘的教众一样，这些人也只是安静地站着，没有一个人说话。

这些村民已经知道发生了什么事，沉默地注视着站在他们前方的教主。

老人依旧穿着黑袍。黑袍的下半部分漂在水面上，像一朵倒扣在池塘里的黑色百合花。露出水面的上半截身体，则显得有些摇摇欲坠。他的神情和祭典时一样，眼珠古怪地朝向两侧，嶙峋的脸上虽然露出可怕的表情，却看不出丝毫的慌乱。

教主的身旁站着几位看起来像是长老的人。那天晚上曾经在林间追赶叶深，并亲口对自己降下诅咒之言的吉长老也在其中。他转过凶神恶煞的脸，怒目注视着自己。

这些人，他们都怎么了？

恍惚之间，叶深渐渐觉得意识被剥离了自己的身体。

你看——她指着下方，问乌鸦。

这些人，为什么要这样站在水中？他们为什么要沉默不语？他们不觉得冷吗？

到底发生了什么事？

乌鸦没有回答。

啊。我也站在他们之中。

但是，为什么？为什么连我也是他们其中的一员？

而我又怎么了？

乌鸦不会说话，只是转过头，用一侧漆黑的眼珠盯着自己。就像是之前在母亲的墓地被注视时一样。

是吗……连你也不知道吗？

……

那么，乌鸦啊，你可知道，我的父亲在哪里？

仿佛是对叶深的问题有了反应，黑色的怪鸟突然张开了翅膀，扑扇起羽翼。

我的父亲……

身旁的大鸟腾空而起。天使向着天空疾飞而去。

是被你带走了吗？

这样啊。

我……知道了。

耳畔传来教主苍老的声音。

"把门打开吧。"

固定塔底另一扇木门的螺栓被一一拔去。满是裂纹的木门被小心地拆卸下来。

木门被移开的一瞬间，就像是电影慢镜头一样，从四面八方涌来的水，从开启的门洞中泄进了先前封闭的高塔内部。不一会儿，塔内的水位就升至与外界持平了。

叶深在事后意识到，其实高塔的底部原本并不干燥。在黑色的水泥地面上，尚留有暴雨过后的少量积水。这些雨水从敞开的塔顶落到塔底，还没有完全地蒸发。然而，砌筑起高塔的石块和填塞其中的砂浆，在这一段时间里却阻挡住了因为河流水位暴涨而引发的山洪。那些从抬升的河面向空地涌来的积水，并没有多少流进塔内。看起来布满斑驳裂缝的木门，在防水性上似乎也比想象得要好不少。

然而，此时此刻，她只是无意识地涉水跟在身着黑色教袍的人身后，弯腰钻过门洞，走入黑黝黝的塔内。

从高塔的底端仰望顶端是另一番景象。天光变成了头顶上方的一个白色小点，有限的光亮在接近塔底的地方早已变成了强弩之末。

在塔底的正中间，有什么东西浮在水上。

叶深伸手，拾起了碰到自己大腿的某个物件。手掌上传来坚硬而毛糙的触感。

是一片漂浮在水面上的浮木。

这是……

她发现在自己的周围，还有更多类似的碎片。每一片木板的边缘都凹凸不平，就像是由一块完整的木板碎裂而成的。

叶深抬起头，怔怔地看向上方。

身旁的黑暗中传来嘈杂的响动，有人在水底发现了另一件物体。

"喂！先拖到外面去。"

有人说。

"让教主决定怎么处置……"好像也听到了这句话。

啊。这应该是自己在高塔的顶端所看到的**那个**吧……

那个模模糊糊的人影，穿着父亲的大衣。

他为什么要穿着父亲的大衣呢？明明不是父亲。

叶深不理解，也不想去理解。

塔底狭小而黑暗的空间里，身旁的人们艰难地闪转腾挪，摸索、移动着，将那个浸没在水中的东西牵拖到出口……

"喂，别挡路，快让开。"有人在身侧推搡她。而叶深只是呆呆地站在水里，仿佛对正在发生的事毫无觉察。

终于，塔里只剩下她一个人了。面对被烟火熏得漆黑的内壁，她突然有了一种无来由的归属感，竟然不知不觉地在周遭寂静的黑暗中，寻获了些许安逸。

不知怎么的，她开始贪婪地呼吸起塔内的空气。狭小的空间里，烟熏的气味和浓重的腐臭混杂在一起，让她觉得一阵天旋地转、头晕想吐。同时，刺鼻的气体呛得她连连地咳嗽，眼眶也开始火辣辣地疼。然而，她却依旧大口地拼命呼吸着。

叶深借此获得了一种自虐的快感。

——如果不这样好好地惩罚自己的话，她就没有办法心安理得地走出这座塔了啊。

眼泪顺着脸颊流了下来。

"出来吧。"

是教主的声音。他瘦小的身形出现在门洞中。

"已经可以了。"

叶深默默地点了点头，泪水却止不住地继续往下流。

教众把叶陆的尸体搬到了空地边缘的高处。

尸体无力地躺在草地上，躯干不正常地塌陷下去，早已不成人形。叶深意识到，这个曾经被自己唤作父亲的人，现在已经变成了一团包裹着衣物的烂肉。

叶深不忍心多看一眼面前的尸体。

都是因为我……

她站在一旁，泪水像决堤一样，不断地向下滴落。

都是因为我过分地刨根问底。

都是因为我没有听从他的警告。

从曾云海到闫永玉，再到孙极。她原本一直抱着侥幸的心理，只是一厢情愿地将这些无法合理解释的变故当作意外。

但是，此时此刻，就连自己最亲近、最依赖的人，也已经永远地离开了自己，变成了一具不会说话的躯壳。

她没有办法接受这件事。

"你的父亲暂时是安全的。"

她咬牙切齿地想起了这句话。

如果自己不去轻信来路不明的男人信誓旦旦做出的保证的话……

如果自己早一点来找他的话……

他有可能就不会死。

或许此时此刻，他已经和叶深解开了误会，一起说笑着踏上了返程的旅途。

想到这里，她不由得失声痛哭。

所以，为什么，到底是为什么，你为什么要来到这座村庄？

为什么你会死在这里？

然而，面对已经不会说话的逝者，再多的追问也只是徒劳。

没有人发出声响，教主也只是在一旁沉默着。

对了，还有教主。这个老人，他知道这些问题的答案。

叶深用手拭去眼泪，转过头来恶狠狠地瞪着他，却发现对方也一直在注视自己。不知怎么的，他的神情显得十分地落寞与疲惫。

就像一下子又衰老了十岁一样。

眼前的这个老人，就是当时村里传教士中的一员。他一定知道二十三年前所发生的全部事情的真相。

叶深下定决心，径直向教主走去。已经顾不上那么多了。如果可能的话，她甚至会揪住他的领子。

"喂，我父亲为什么要来这座村子？回答我！"

几位长老赶紧拦住气势汹汹的她。

"外人,你有什么资格用这种口吻对教主说话?"

教主摆了摆手,示意没有关系。

"好久不见了,姑娘。"他语气很平和,"你竟然还没有死。"

叶深没说话。

"你想知道你的父亲到这里来的原因吧。他之所以来到这儿,是想得到神的宽恕,请求神明原谅他在二十三年前所犯下的擅闯村庄、亵渎教义的罪孽。二十三年里,一直生活在惊惧中的他,在得知自己的女儿又一次触犯了山村的禁忌,将外来者的罪孽携带进属于神明的圣地以后,感到自己的生命受到了实在的威胁。**他是来这里向我请求皈依入教的。**"

"这不可能。"叶深喃喃地说。

老人带着怜悯的目光望向躺在地上一动不动的尸体。

"不过,看来神明并没有原谅你的父亲啊。"

过了一会儿他又说:

"不,甚至谈不上原谅。你的父亲没有在二十三年前,像另外一位老师那样马上死去,就已经算是神明网开一面了。"

他知道关于闫永玉的事。

"对了。夏天的时候和你一起来这里的另一位先生呢?"

老人看向自己,微微一笑。叶深气得发抖。教主摆明了是在挑衅。

"这不是天罚。父亲是被你们杀死的。"叶深无视教主的提问,咬牙切齿地说,"你们就是凶手!"

"何以见得?"

"浮在水上的木片——那是塔顶那扇木门的碎片。"

"那又怎么样?"

"这说明了,一定是有人把父亲带到了塔顶,将他从门洞推了下去。原本覆盖门洞的木门也被一起扔了下来,摔碎在塔底。"

"我且宽恕你——作为愚昧自大的外人,对于天罚的无知和不屑。就算如此,为什么你就能肯定你的父亲是被人杀害的呢?通往塔顶的楼梯就在眼前。你的父亲很有可能是在我们不知道的情况下,独自登上塔顶,因为害怕神明的惩戒畏罪自杀。"

叶深早就注意到了。甚至在第一眼的时候,她就已经看到了**那个东西**。只不过,先前她尚且沉浸在悲痛和惊恐中,没有时间来仔细思考这个现象背后的意义——

她深吸了一口气,走向草丛中的尸体,弯腰抓起尸体的脑袋,狠下心来,将头翻转到另一侧。

在死去的叶陆的颅骨侧后方,有一个清晰而奇怪的凹陷。

这是被用硬物敲击的痕迹。

"父亲是被人杀死,再被抛下这座塔的。"她一字一顿地说,毫无惧色地直视教主,"被你们之中的某个人。"

教主的脸上闪过一丝动摇,但很快又恢复了原本的神情。

"我必须报警。"叶深说。

老人摇了摇头。

"很遗憾,我们不可能允许你这么做。吉、荀二位长老,麻烦你们把她控制住。"

"少开玩笑了。"她掏出手机,却被人从身后钳住了双手。手机掉落在地。一位教会干部迅速弯腰拾起了手机。

"抱歉,姑娘,你非但不能报警,甚至不能走出这座村庄。"

"浑蛋,快放开我!"

教主不为所动。在他的身后,黑压压站满了围观村民。叶深能够明显感觉到,其中有些人对眼前的景象表现出了惧怕、犹豫和迟疑。但是，终究没有人做出任何行动。他们只是静静地站着。

"放开我！你们这是在犯罪！"

眼前的老人没有再多说话。他转过身去，轻声地交代其他人处理掉尸体。

在被粗暴地推离空地以前，叶深奋力地回头，最后一次看向在铺满红叶的土坡上躺着的，那个自己曾经所熟悉的人。

"爸……"就像是说出最后的告别般，叶深轻声地发出呼喊。

不知怎么的，她突然回想起来，在他的手上，没有红色的漆痕。

## 5

叶深被关进了一个黑暗的房间里。房间的木门从外侧用类似木棍之类的东西给闩上了。

手臂上被拉扯出的伤痕仍旧在火辣辣地疼。她一个人倚着墙角，在房间里哭了一会儿。

屋外不时传来人的走动声，从门缝下透进的阳光偶尔会被移动中的黑影所隔断。等到自己止住眼泪、稍稍冷静下来以后，她还能听到有人在隔着门窃窃私语。等要仔细去侧耳聆听的时候，声音却消失了。

这里一定是某一间归属教会的空置民房。她突然想到，当时的孙极很有可能也是被关在这里的。

想起孙极，又一阵哀伤涌上心头。

她对他的死因没有太多了解，只听说是车祸。事故的背后到底存在什么阴谋,叶深并不清楚,自己也永远猜测不到。

可摆在眼前的事实是,无论是曾云海、闫永玉,还是孙极,现在就连父亲也是,那些闯入村庄并遭到诅咒的外人,无一例外都死了。曾经是教会一员的程子来,因为协助自己逃跑,同样被教主降下诅咒,在这半年里变成了槁木死灰的模样,无时无刻不在为自己的将死感到恐惧。而自己,或许就是下一个被诅咒的牺牲品。

叶深陷入了矛盾而复杂的情绪之中。虽然理性无法允许自己去相信神明与天罚的存在,但她也确实害怕自己会因诅咒而死。或许在自己的潜意识里,她早已模模糊糊地接受了教会的说辞。

但是眼下,父亲却一定是被人杀害的。

这绝不是什么诅咒。他后脑勺上那道被外力施加的伤口说明了一切。

他是被人击晕以后,从塔顶的门洞推落的。

如果非要说是天罚的话,那也只是有极端之徒企图代替神明,来对他进行蓄意的谋杀。

叶深不太懂医学知识,从父亲头顶伤口的位置和深浅,她没有办法判断,这是否是他的直接死因。但是,无论如何,能被推断出的结果都是一样的。父亲是被人从身后敲击了头部,昏厥或者死亡后再被从塔顶抛下的。尸体软烂的形态,正是他的身体遭受过落地冲撞的证明。

围绕高塔的铁质楼梯陡峭而狭窄。除非训练有素的教会干部,任何想要沿着楼梯登上高塔的人,都会不由自主地握紧一旁掉漆的扶手,以防自己失足落下。更何况,假如父亲是在来到村庄后的当天晚上就摔死的话,在伸手不见五指的黑夜里想要爬上高塔，更不可能不去紧握楼梯的扶手。

但是，尸体的手上没有沾到红漆，也就是说，父亲其实并没有伸手去触碰过掉漆的扶手。

这么一来，他或许不是主动登上塔顶的。

叶深想到了唯一的可能。

父亲是在塔下遭到了凶手的袭击，在他陷入昏迷以后，被凶手搬运到了塔顶的平台。

她的脑海中闪过了神降祭的场景。

在那一天，被捆住手脚的程子来，由身着黑袍的吉长老背在身上。吉长老在降落的雨幕中，一步一步地爬升到高塔的顶端。

而父亲在去世前所遭受的，不就是祭典的重演吗……

叶深意识到，虽然父亲称不上魁梧或强壮，但是他的体格却比二十三年前的照片里明显地发福了许多。有足够体力将这样的父亲背上塔顶的，只可能是像吉长老那样、在平日里为了举行祭祀而训练有素的教会干部。剩下的人，无论是风烛残年的跛腿教主，还是村民中的妇女儿童，都没有足够的力气将七八十公斤的父亲背上塔顶。另外，楼梯的每一级踏板并不宽，也不可能容得下两个人以上并排行走。所以，像五六个人同时搬家具上楼那样，由多人同时分担一个人重量的可能性也可以排除。更何况，叶深怀疑这些摇摇欲坠的楼梯踏板，甚至都无法承受三人以上的重量。

她的眼前浮现出吉长老凶神恶煞的面孔。

杀死父亲，或许是教会的命令。但是，真正动手杀人的会是他吗？

她对此毫无头绪。

而且，有一件事让叶深始终感到困惑，就是那扇摔碎在塔底的木门。凶手在移开木门，将父亲通过门洞推落以后，为什么要把那扇木门也一并扔下去？这么做的理由是什么？

当然，人的行动在很多时候是不需要理由的。这件事情虽然有些奇怪，但并非完全不可思议或者无法解释。凶手之所以这么做，也许只是为了泄愤，或者是出于某种不经大脑思考的本能行为。但是，凶手没有在杀人后将门扇复原，重新覆盖门洞，而选择了将它推落塔底，这件事却导致塔顶门洞只能暴露在外。正是因为注意到了这种异样，叶深才有可能发现摔死在塔内的父亲。如果凶手在完成谋杀后将塔顶的木门装回原位的话，那么不仅是自己，甚至是无辜的村民教徒都不可能预料到，在封闭的塔底内正躺着一具尸体。死去的父亲可能会在很久以后才被人发现。

这件事，是在凶手的计划之内，还是他的失误？

叶深突然想到，如果这只是单纯的失误的话，其实还是有补救办法的。

因为，在塔底还有另一扇与塔顶几乎一模一样的木门。

虽然摔落塔底的木门碎片不可能再复原，但是为了不让被推落塔底的尸体马上被发现，凶手完全可以从塔底的门进入塔内，搬走尸体，再将他掩埋在林间的随便什么地方。这样一来，就算有人发现塔顶的异样，也不会注意到塔内尸体的存在。封闭的空间内常年散发的腐臭，也会在一定程度上掩盖尸体留下的气味。

但是，凶手并没有这么做。不仅如此，他①甚至根本没有从

---

① 为求文字通顺，下文凶手均以"他"指代，并非提示性别之意。

底端的门进入过塔的内部。

这是因为，塔底没有水。

这种用螺栓固定在门洞上的木板门，不同于城市里随处可见的带铰链的门扇，无法快速地开合。想要通过门洞，必须把四角的螺栓拔出，把木板整个卸下。在人身处塔内的这段时间里，被拆下的木板门也没有办法从里面重新关上。就像祭典时自己所看见的那样，笨重的木门只能被搁在一边，等到人走出来以后，再重新从外侧用螺栓固定闭合。

简而言之，如果有人从底端的门洞走进过这座塔里的话，那么囤积在空地中央半米多高的山洪积水，不可能不流进塔里。

但是，在刚才教会干部开启门扇的一瞬间，叶深却看见了——从四面八方而来的水，第一次灌进了像水泥管子一样的高塔。尽管塔底的地面上原本确实有少量的积水，但是那些积水只可能是尚未蒸发的雨水；否则，塔内的水位与室外的水位一定从一开始就是持平的。

在案发以后，不，甚至是在高塔周围的空地上蓄起积水以后，就没有人再开启过塔底的这扇门。同样的道理，尸体也不可能是从这扇门被运进塔内的。并不存在尸体在他处被摔死再被放进高塔的可能性。

毫无疑问，父亲是被人从塔顶抛下的，而原本用来闭合门洞的木门也被扔下高塔，落在父亲尸体的身边，四分五裂地碎成了好几块。凶手事后并没有通过底端的门洞进入塔里回收尸体，说明他并不在意尸体可能会被提早发现这件事。

所以，凶手到底为什么要这么做？

思路再一次绕回了最初的问题。凶手为什么一定要摔碎那扇木门？

虽然凶手这么做有可能只是出于毫无理由的一时冲动，但是这仍旧难以说服自己。一个能够趁父亲不备从背后袭击，将他击晕后一步一步地扛到塔顶的凶手，在作案过程中展示出了充分的计策与毅力。她无法相信，这样冷血的凶手，会在抛尸以后，头脑发热地做出如此多此一举的事情来。

一定有什么非如此不可的理由。

叶深隐隐地感觉到，这个问题的答案，将会是破解谜团的突破口。

然而，此刻自己的脑力已经濒临极限。另外，她也突然感到了一种巨大的悲哀。不久前死去的父亲，竟已在不知不觉中，在她的脑海中变成了用于分析事件的棋子。巨大的愧疚感，扼住了自己进一步的思考。

她摇摇头，努力让自己回过神来。

是啊。不管怎么说，凶手只可能是教会的成员。唯一的问题是，到底是谁。

与其对父亲的命案进行细枝末节的推断，还不如直接质问对方来得方便。

教会希望父亲死，这是毫无疑问的。

二十三年前，作为教会最早在这座村庄扎根、传教的亲历者，父亲一定发现了什么秘密。父亲与教会、与当时身在这片谷地之中的曾云海，甚至尚且年幼的程子来之间，或许存在着某种关联。

叶深可以肯定，那天在海边的咖啡馆，父亲看似开诚布公地和自己进行了谈话，但是在这场谈话背后，他仍旧向自己隐瞒了很多事。

教会到底有着什么样的秘密？

无论是曾云海，还是被曾云海杀死的妻子，以及后来的闫永玉、孙极和父亲，他们的死，是否都和教会背后的秘密存在着直接的关系？

虽然叶深此刻正身处村庄聚落的中心，然而她非但没有办法向教主逼问事件的真相，还被关在了黑漆漆的屋子里，身陷囹圄。

浑蛋！她抡起拳头，捶打在墙壁上。她一定要想办法出去。

时代已经变了，地方的派出所绝对不可能再像二十三年前那样，对案件消极应对。只要她能够成功从这里脱身，去新乡报案的话，警察一定有办法把教会组织背后的秘密调查得明明白白。

她站起身子，摸黑走到了大概是房门的位置。手中传来的粗糙触感，简直和高塔的门板一模一样。

叶深试着用力向外推了推房门。因为另一侧插着门闩，木门纹丝不动。

房间里没有透光的窗。她在黑暗中勉强辨认出内墙上有几个方形的凹槽。这些凹槽或许曾是窗户，但从外面堵上了。

她无力地重新在地板上坐下，指尖触到了某个片状物体。

这是……叶子？

叶深感受着指尖传来的触感。叶子有好几瓣边缘带有锯齿的裂片，失去了水分，已经有些脆化了。稍稍一用力，其中一片裂片的尖角就断了下来。

啊，这应该是一片小小的鸦枫。

她意识到，这栋小房子，说不定是一间用来储藏鸦枫的仓库。在祭祀结束之后，这间屋子就空了出来，等待着明年夏末初秋的再一次收成。

她突然觉得有些奇怪。

张跃进曾经告诉自己，他来北岗村的时候，完全没有留意到田地里有这些鸦枫存在。

生长鸦枫的植被不同于一般粗壮的枫树，要相对低矮细瘦一些。这些植被在田地里大量种植，照理说很容易与普通的蔬菜区别开。虽然不排除老警察看漏的可能性，但是如果说他在当时连一株都没有注意到的话，也实在是有些不可思议。

难道说，这些散发异香、点燃后能够使乌鸦陷入癫狂状态的枫树，是在传教士来到这个村子以后，为了蛊惑人心将其作为祭祀表演的道具，而专程从别处引入，栽培到这个地区的？

叶深不由得想到了猫薄荷。或许，这些鸦枫之于这里的乌鸦，就像是猫薄荷对于猫的作用一样。它们的气味能够刺激动物的神经元，影响大脑的情绪活动。

但是，大量地种植、采摘鸦枫，说到底是作为魔术道具来使用的。这些树叶在塔里堆积，为坠塔的祭品起到了缓冲作用。也就是说，是在曾云海的命案发生以后，传教士们才拟订了利用鸦枫来作为表演道具进行祭祀的计划，而所谓神降祭，模拟的就是二十三年前那场无头悬案。

是的。鸦枫一定是被人刻意种植在这片地区的。

为了囤积能够填满整座塔的枫叶，教会或许还要求当地所有的农户全部放弃原本的蔬菜种植，转而统一耕种鸦枫这种来路不明的植物。世代生活在闭塞山村的淳朴村民，就在传教士的蛊惑下，一步一步地走向愚昧和迷信的深渊。传教士实现了对村落的统治，依靠着天使降临、神明惩戒的教义，同化了全部村民。

这种带有强烈目的性的行为，简直犹如恶魔的智慧。

想到这里,叶深气得咬牙切齿。

一定要揭露教会的阴谋。带着这样的想法,她再一次来到门边。

对准木门,她鼓足力气,抬起右腿飞踹上去。

木门发出轰然的响声。同时,自己的脚上也传来钻心的疼痛。

只是,门依旧没有被踹开的迹象。固定在另一侧的门闩,或许是一根粗壮的木梁。

又一次。

再一次。

终于,她感到了绝望。

出不去了。

这个时候,她才意识到教主所说的"不能走出这座村庄"的真正含义。只要没有人来开门,她就将永远地被关在这间黑漆漆的小屋里。

弄不好会死在这里。

她开始用力地拍门。

"喂!有人吗?"

门的另一侧没有任何声音。一开始那些来来回回的脚步声早已消失了。

"谁来开一下门啊!"

仍旧没有回应。

突然,她的鼻子嗅到了一股奇怪的味道。

有什么东西,似乎开始在门外燃烧了起来。焦煳的气味透过门缝飘进了室内。

叶深心里一惊。这下不妙!

"喂！外面有人吗？有谁在外面吗？"她愈加奋力地拍打木门，可依旧无济于事。

燃烧放出的气味没有消散的迹象，反而越发浓烈了。终于，刺鼻的烟雾开始从门缝下钻了进来。

叶深痛苦地咳嗽着。耳边清晰地传来木头和植被剧烈燃烧所发出的噼啪声。

"有人吗？着火了！"

再这么下去，小屋会被浓烟填满的。不清楚火源距离自己有多远，如果火势蔓延到这里的话，屋顶上的木梁、填堵窗洞的木板，都有可能整个燃烧起来。这栋屋子，会在不久以后陷入火海。

留给自己逃生的时间不多了。

她陷入了恐慌。浓烟呛得她喘不过气来。隔着木门，能感受到明显的热量。房间里的空气也开始一点点地升温。起火的地点一定就在室外不远处。

外面到底发生了什么？

叶深徒劳地用身体冲撞牢固的木门。伴随着每一次撞击，木门似乎正在一点一点地向外倾斜。但是，如果以这样的态势，还没等到她将门撞开，熊熊的火焰就会吞没这栋小屋。

双眼被烟熏得刺痛。叶深索性闭起眼睛，咬牙鼓足了最后的力气，猛地向房门撞去。但是，体力耗尽的身体早已跟不上自己的意识。木板门发出了轻微的闷响，便轻松地将她整个人弹了回来。

她摔在了地上，已经无力爬起。

从门缝下透出变幻的火光。火焰燃烧散发出的滚滚黑烟，正从小屋墙体上的每个缝隙争先恐后地涌入室内。

叶深剧烈地咳嗽着。吸入过量的毒气,让她开始感到头晕目眩。她迷迷糊糊地想到,被施加在自己身上的诅咒,最后就要以这种方式实现了吗?

如此一来,自己,就将是这座村子的最后一位"外来恶"的牺牲者。

眼皮变得好沉重。

好不甘心,但是,眼睛已经睁不开了……

渐渐地,她躺在地上,合上了双眼,陷入了摇摇晃晃的幻境。

就在这个时候,奔跑的脚步声由远及近地传来。急促的步点和火焰燃烧的声音混杂在一起,让叶深更觉得恍惚。

好像是不止一个人的脚步声。

紧接着,屋子的门闩被人从外面拔了下来,房门被猛地朝里推开。和高塔上一样,不带铰链的木板门,向着屋内的地板轰然倒下。

"啊呀,找到了!果然在这里!"

好像在哪里听过,却又不怎么熟悉的声音。

"太好了!叶深,你能站起来吗?"

门口的火光中,出现了一个细长的人影。他急匆匆地赶到了自己身边。

"她没事吧?"另外一个人说。

"看起来还行,至少没有失去意识。我这就带她出来。"

一条细长的胳膊从叶深腋下伸进,绕过背部。然后,她被男子用力拉了起来。

"能走路吗?"

叶深勉强点点头。

在他的搀扶下，两人走到室外。一瞬间扑面而来的，是滚烫的热风。眼前的景象让叶深以为自己来到了地狱。

目力所及之处，整个森林都在燃烧。红黄色的火舌，升到了两倍于树冠高度的半空中，像舞动的巨龙一般肆意翻滚，喷射出遮蔽天空的黑烟。

"快走，先逃出这里！"

叶深望向朝他说话的男子。是程子来。他站在自己身前，被烟尘熏黑的脸上流淌着汗水。

"往北过桥吗？"另一个人问。

她扭头望向身侧。这时她才注意到，搀扶着自己的人是里卡多。

"现在刮北风，没等我们走到那座木桥，桥很可能就已经被烧掉了。"

"那怎么办？有别的路吗？"

"我们往南，走那条翻越卧龙山的甬道。"

"来得及吗？"

程子来点点头。

"没问题。这里是起火的中心点。火势一定还没有向南蔓延。"

"好吧。反正看起来也没有其他选择。你赶紧带路。话说叶深小姐，你感觉好一些了吗？能够自己跑步前进吗？"

"我……可以。"叶深咬牙说。里卡多松开了搀扶她的手臂。

"加油。"

里卡多拍了拍她的肩膀。不知怎么的，一股温暖的力量顿时涌来。

叶深点点头，用一只手捂住口鼻，强忍周身的剧痛，开始和两人一起在林中奔跑。

"所以，这……这到底是怎么一回事？"程子来边跑边喘着粗气问身后的里卡多。

"一切都如你所见，村子烧起来了。不过，没想到他们会在最后选择放火烧毁整个村庄。真是一群亡命之徒啊。"

"他们？他们是谁？"

"当然是教会啦。"

"村子里的其他人呢？"

"估计早就逃跑了吧。"

"但是，教会为什么要这么做？"

"之后我会向你们说明的。"崎岖不平的上坡路似乎让里卡多也感到有些吃力，不怎么愿意再多加解释。叶深只是迷迷糊糊地听着两人的对话，身子机械性地向前行进。

"对了，"里卡多似乎突然想起了什么，"如果你的衣服有大一些的口袋的话，能不能帮我保管一下这个。"说着，他暂时停下脚步，撩起裤腿，弯腰从鞋子和脚的空隙中抽出一件物品，抛给了程子来。

是一本折叠起来的小册子。

"这是什么？"

"无上教典啊。"里卡多轻快地说，"我刚才去了趟存放教典的圣堂，把这东西给拐了出来。"

叶深有些不敢相信自己的眼睛。眼前这本破破烂烂的小册子，居然就是只在祭祀当晚才开放浏览、供村民抄写并朝圣的教会圣物——无上教典。

据说，这本教典是由天使写就的。任何人都无法写出上面的文字。

"我知道你在好奇什么。只不过，现在可不是让你慢慢看这本书的时候。"里卡多好像看穿了叶深的想法,"你看,火焰正从身后逼近我们。"

叶深边跑边回头看向正在燃烧的森林。曾经长满红叶的树林,现在已经变成了一片橘红色的火海。

这个时候,她注意到,在远处滚滚燃烧的树冠顶上,不知从何时开始,出现了几只盘旋的乌鸦。

黑色的鸟缓慢地飞着。

天使降临了。

一定要活着逃出去。恍惚中,有一个声音对她说道。

# 6

鼻孔里钻进了一股消毒水的气味。她赶忙睁开了眼睛,瞪着眼前的天花板。窗外晃动的枝叶,让天花板上不断流动着橙红色的光影。

叶深坐起身子。

白色的房间,白色的窗帘,白色的床。阳光从窗口透进来,照射在被子上。

这……又是梦吗?

她揉了揉眼睛,同时感觉到手背上贴着什么异物。她翻过手掌看了一眼,发现是一块输液后用来止血的胶布。

"早安。"

有人在门口敲门。叶深慌忙整理了一下自己披散在肩上的头发。

身穿黑衣的里卡多走了进来。他看起来精神很好。

"啊,早上好。"

"真能睡啊。"

叶深望望四周。

看来自己不是在做梦。

"我这是在哪里?"

"在长沙的医院里啊。"

"在长沙?为什么我会躺在医院里?我的身上有哪儿受伤了吗?"

"没什么大问题,只是因为在火场吸入过量的浓烟晕倒了而已。"

叶深已经不记得那天后来发生的事。自己跑了多远?有没有跨过卧龙山?

"不过,能够在失去意识前一口气跑到通车的邻村,这种毅力还真是让人刮目相看。"

她松了一口气。看来自己没有成为那两人的负担。

说到那两个人……

"对了,程子来呢?"

"他去车站了。"

"他没事吧?"

"完全没事,休息了一晚马上就恢复了。别看他一副病恹恹的样子,生命力倒是异常顽强。他呀,说到底只是心病罢了。"

"话说,你为什么会认识程子来?"

"咦,我没告诉你吗?他就是我提到过的那位朋友啊。"

原来如此。先前叶深只是一厢情愿地认定,他所说的朋友就是指自己的父亲。

一想到村里发生的事,她的心情就阴郁起来。

"村子……还好吗?"

里卡多摇了摇头。

"化成灰了。因为通信不畅，外界没能及时收到火警，连直升机灭火都来不及。"

"这样啊……"

"万幸的是没有村民因为火灾死亡。在我们从火场脱身以前，教会事先发出了警告，他们因此能够及时撤离。那座木桥好像也幸运地没有被烧毁。不过，拜这场火所赐，林地被烧掉了大半。"

叶深的心里一沉。

"难不成，那座塔也……"

"塔？塔还在。那座塔本来就相当于一个焚烧炉啊，更何况，在塔的外围还有那么大一圈积水，不会这么轻易被烧塌的。如果你还牵挂那座塔的话，可以随时回去看它。只不过，在我看来，塔并没有什么特别的意义，从一开始就只是一个工具罢了。"

"工具？你是说，是为了达成什么目的吗？"

"脱离语境解释起来有些困难。等程子来回来以后，我会全都告诉你的。"

"告诉我什么，你对于这座塔真正用途的推测吗？"

"**不是推测，是事实**。二十三年前的真相，教会的起源，高塔的秘密，贵校曾经的研究项目和这座村庄的关系，曾云海的死、闫永玉的死，还有是谁在不久之前出乎意料地杀死了叶陆教授——这些事情，我全都会为你做出说明。"

叶深有些吃惊。

眼前的这个男人，难道说……

里卡多背过身去。门外传来了脚步声。

"啊，正好来了。进来吧，她已经醒了。"

程子来出现在门口。虽然仍显得消瘦,但是他看上去气色已经恢复了不少。

"叶深……"

"早上好。"叶深有些难为情地低下了头,把被褥往自己的胸前又拉了拉。

自己穿着住院部宽大难看的睡衣裤,也没来得及做任何梳妆打扮,总觉得有些羞于见人。

"早……早上好。"

程子来虽然面对着自己,眼睛却躲闪着朝向了其他方向。

"感觉好些了吗?"

她点点头。

"好多了。你呢?"

"我也……很好。"

里卡多有些忍不住了。

"没有意义的对话就不必重复了。他们来了吗?"

他们?叶深一时之间感到有些困惑。还有谁要来吗?

"叶深!"

一个身影从门口跃了进来,飞扑到叶深的身上。绿色的蓬蓬头埋进了她的怀里。

"见到你没事,真是太好了!"

"学姐……"她有些不可思议地看着在自己眼前夸张抽泣的人,"谢谢关心……不过,为什么你会在这里?"

"是同为人文研究者燃烧的灵魂驱使着我来到了这里。"

"却只是远远地在村口见到了熊熊燃烧的森林大火,然后撒腿就跑。"里卡多补充说,"你的故事我都知道了。"

惠绘朝里卡多做了个鬼脸。

在惠绘的身后，还静静地站着一个自己从没见过的女人。女人的年龄有四五十岁，狭长的眉眼涂上了淡妆，看起来非常端庄素雅。

"这位是……"

"叶小姐，我们终于见面了。你还记得我吗？我是闫永玉的女儿。"

"啊，您好。"

叶深还记得信封上寄件人一栏的名字。眼前的女人叫作闫婷。

"其实……昨天是家父的忌日。一想到父亲，不知怎么的，我就一时冲动想来向你打听一下，不知道你之后的调查有没有什么进展。"

"而接起电话的正是准备出发来湖南的我。"惠绘自豪地挺胸，"我就把她一起带到了这里。"

"学姐，你太胡闹了吧。"叶深皱起眉头。

"对不起。"闫婷用双手捂住自己的脸，声音有些哽咽，"明明说了不想和父亲的过去有任何牵连，可是自己却忍不住……"

"您不用那么愧疚，亲情的纽带本来就没有那么容易能切断。像您这样的情感，是每个人心里都拥有的。"叶深安慰道。此刻，同样失去了亲人的自己，也能理解她的感受。

"闫永玉老师是过去事件的直接关系人，作为他的女儿，你确实有权知道当时到底发生了什么。只不过，真相不一定会让你好受。"里卡多说。

"谢谢。我做好了心理准备。"

"最后还有一个人，是我邀请他到这里来的。之前在长沙的时候，受了他很多照顾。没有他提供的信息，我也不可能看穿事件的真相。"

"哪里的话,只是微不足道的小忙而已。更何况,我只是把同一段话重复向不同的人说两遍而已,费不了多少力气。"

张跃进笑眯眯地望着坐在床上的叶深。

"好久不见了,叶深小姐。你果然还是回来了啊。"

"张叔叔,您好!"叶深有些喜出望外。

老警察转身,望向了一旁的程子来。

"啊,这就是当时的那个孩子吗……"

"您,您好。我叫程子来。"他并不认识张跃进,只是困惑而礼貌地打了个招呼。

"子来……子来。"老警察怀念地喃喃默念着,在一旁的空床铺上坐了下来。

里卡多拍拍手。

"好,人都到齐了。聚集在这里的,可以说都是与二十三年前以及这两天在北岗村发生的案件有关的边缘人物。案件牺牲者的家属、放弃调查的警察、误打误撞了解到案情的旅行者,甚至连死者生前指导的博士生也混了进来。感觉就像是一支因为请不到重要嘉宾而临时凑起人数的团队。"

程子来的脸上露出苦笑。

"凭什么瞧不起博士生。"惠绘抗议。

"我没有瞧不起博士生。忘记告诉你了,我也是博士。"

"不会吧。"惠绘的脸上浮现一丝绯红。

"骗你的。"里卡多没有再理睬她,"总之,从现在开始,我要为各位一一解开围绕大家所经历的这些事件的全部谜团。"

# 7

"二十三年前,有一个神秘的传教团队来到了当地人称苍鸦村的北岗村,在林中的一片空地中央盖起了一座用途不明的高塔。当时的高塔没有阶梯,没有出入口,充其量就是一根用水泥砌成的带屋顶的管子。高塔建成不久以后,一天下午,有两位路过的村民突然听到了塔里传来重重的撞击声,以及紧随其后的呻吟。他们赶紧呼叫其他人一起凿开塔壁,在里面发现了曾云海,也就是你父亲的尸体,"他望向程子来,"这也是当时负责北岗村片区的派出所警察张跃进来到现场以后所看见的景象。我说得没错吧?"

老警察沉默地点了点头。

"除了当时塔顶上的窟窿,村民说在曾云海坠地声响起的一瞬间,好像还听到塔顶上空传来鸟类腾空而起、扑扇翅膀的声音。结合种种不可思议的现象,便有了'是代表天使的乌鸦将曾云海从天空抛下'的说法。"

"这么多年来,我一直对此深信不疑。"程子来坦诚地说。

"你之所以相信这个说法,是因为你想不到任何别的解释。要瓦解教会在村庄的统治力量,必须要追根溯源,也就是要为二十三年前的坠塔事件,找到一个除'天罚说'以外的合理解答。"

"可是,真的存在另一种解释吗?"

"当然。关于这桩案件,有几个重要的前提需要我们先来确认一下。首先,人一定是摔死的。这个结论,是基于张警官事后对尸体的检验得出的。"

"没错。虽然我不是法医,但要鉴定再明显不过的死因的话，这点知识我还是具备的。"

"而且，结合目击者所听到的撞击声及呻吟声，我们可以确定，曾云海一定是在那个时间点坠塔并当场死亡的。也就是说，不存在死亡的时间差。"

"死亡的时间差是指什么？"惠绘插嘴问。

"比如，目击者在路过塔下的时候突然听到了撞击声，便认为发出撞击声的时刻就是曾云海坠亡的时刻。但是，实际上曾云海可能早在几个小时甚至几天前就已经横尸在塔底了。他们听到的撞击声，是用别的东西模拟出来的。"

叶深想起了程子来在祭典上所用的魔术手法。令大家都以为祭品坠塔的那一声撞击，是有人在高塔背面用重物敲打塔壁发出的。

"但是，如果要模拟撞击声的话，至少要用大石块之类的道具来敲击塔身。紧随其后的呻吟，也一定是由活人之口发出来的。而且，无论是撞击也好，呻吟也好，目击者都十分确定，这些声音来自塔内。也就是说，如果曾云海早就已经死在塔里的话，那么在那一刻，封闭的塔里一定还有另外一个人，是他模拟了撞击并发出了呻吟。凿穿塔壁以后，人们却根本没有发现塔里有石块或者第二个人存在。"

"或许，那个人用某种方法，在塔身被挖开之前，已经带着石块从塔内及时地逃到了塔外？"

"可能性微乎其微，因为这样做毫无意义。凶手费那么大力气混淆死亡时间，能够为自己带来什么好处？如果凶手是传教士，就算路人没有听到塔内的撞击和呻吟声而当场发现曾云海的尸体，他也总有一天会被人发现横尸塔底。到了那个时候，教会依旧可以将他不可思议的死亡描述成为天使降下刑罚。此外,塔里存在另一个人这件事情,依旧完全无法解释曾云海的死因。张警官说得很清楚了,曾云海全身遭受撞击,百分之百是坠塔而亡的。就算这个人抱着石头一下一下把曾云海敲击致死,尸体的特征也与坠亡完全不一样。更何况,在这一推测的基础上,除了曾云海的死因,我们在这里还需要解释另一个活人是怎么进塔和出塔的问题。你们不觉得,这么一来,问题不减反增了吗?不,这不是解决问题的正确方向。曾云海一定是在那个时候通过某种我们至今还没有想到的方式,摔落塔底的。无论是撞击声,还是呻吟声,甚至天空中翅膀的扇动声,都是真实的。"

叶深悄悄地看了一眼程子来。令她意外的是,里卡多不带感情地对他父亲死亡一事的分析,没有太影响到他的情绪。至少从表面上来看,程子来显得还算镇定。

"所以,问题的范围就缩小了。结合种种线索来看,曾云海一定是从高塔上掉下来摔死的。现在问题就变成了——他是怎么上到塔顶的?"

"我曾经认为,他是徒手或者借助工具,像攀岩那样爬上去的。"张跃进说。

"你觉得你能够做到吗?或者说,你们之中,有谁能做到这件事?"

没有人回答。

"曾云海和我们一样,有百分之九十九点九的概率是再普通不过的人。就算未曾谋面、毫不了解,也不要把如此极端的可能性,不负责任地强加在他的身上。做出这种解答,然后心安理得地结案,只是不加思考的结果。"

老警察羞愧地低下了头。

"你说过，高塔的秘密在于它的建造吧。"叶深说。

"我是这么和你说过没错啦。只不过，我怀疑你选择了一种错误的理解方式。"

"错误的……理解方式？"

"啊！"惠绘突然插嘴，"说到建造，我想起来了。有很多这样的侦探小说哦，里面的房子，都有各种各样的机关和秘道……"她突然倒吸一口凉气，"等一下。我有了一个大胆的想法。"

"是什么？"

"那座塔，是混凝土砖做的吧，虽然我没有亲眼看见过。"

叶深点点头。

"有没有可能在每一个水平的层面上，都有一块没被砌实的混凝土砖？这样一来的话，在需要的时候，这些砌块可以被一一抽出，组成一个围绕塔身螺旋上升的楼梯……"

"我理解你的意思了。"里卡多说，"确实是个很有新意的想法，可是将塔造成那样，一定会塌。"

"而且，砖和砖之间确实被灰缝泥浆填得实实的。要是整座塔有那么多块砖都能移动的话，不仅是村民，连我也早该发现了。"叶深轻轻拍了拍学姐的绿毛，聊表安慰。

"总之，那座塔在建造的时候不存在什么秘道。往秘道或者机关的角度去思考，就是我说的错误的理解方式。"

"还有什么别的可能性呢……"惠绘歪着脑袋在思索。

"要往问题的本源去思考。"

"问题的本源？"

"是的。我换一个提问的角度，或许你们就能理解了——与其问他是如何爬上那座塔，不如这样说：**这样一座从建成之日起就处在封闭状态的高塔，在什么时候才有机会让人登上塔顶？**"

"什么时候才有机会……让人……"

叶深突然感到毛骨悚然。

难道说……

她渐渐想到了那个唯一的可能性。

不会吧？真的是这样吗？

身旁众人的脸色也骤变。那个被隐藏起来的唯一合理的解释，正渐渐地浮出水面。

"你说过，高塔的秘密在于它的建造……"程子来喃喃地重复着里卡多先前所说的话。

"**……的时刻。**"里卡多补充道。

一时之间，叶深不知道该说什么好。她仍旧身处那个隐约的真相所带来的冲击之中，没有缓过神来。

里卡多接着说："你们之所以没有想到这个可能性，是因为所有人都忽视了事件中一个很重要的细节，无论是当年，还是现在。但是，这个细节对我来说尤为关键。因为它直接决定了我所推测出的案件真相的可行性。"他停顿了一下，继续说："从一开始接触事件，我就向自己提出了这么一个问题——**从高塔建成到发生命案，到底过了多久？**"

他的视线轮流扫过叶深、程子来和张跃进。

无论是教主、老警察还是父亲，他们都是这么告诉自己的：曾云海的坠亡，发生在高塔建成以后**不久**。

然而，所谓"不久"，到底是多久？

叶深从来没有深入地查证过这个问题。

"我当时确实没有仔细询问过村民这件事。"张跃进努力地回想，"我猜可能在一到两周之间吧。"

里卡多点点头："我为此专程拜访了当时事件的目击者。答案是十天。不多不少，正好十天。'上帝用七日创造万物，恶魔用十日毁灭世界'，多么有意思的巧合啊！"

没有人知道他的后一句话是在说什么。

他又望向闫婷问道："人如果不进食，最多能撑多久？"

叶深记得没错的话，闫婷曾经向自己介绍过，她是一名医院的护士。

闫婷沉稳地回答："如果是不吃不喝的话，七天以内就会死。如果保持喝水的话，虽然身子会变得很虚弱，但是存活十天以上是绝对没有问题的。"

"张警察，"他又转向张跃进，"你说过在接到报案的前几天，当地是在梅雨季吧？"

张跃进点了点头，缓缓地说："这么说来的话，我当时亲眼见到的尸体，确实是面黄肌瘦，不知怎的，总感觉像是饿了很久的样子……"

屋里一片寂静。很显然，大家都明白了是怎么回事。

"那么，我的推测就从可行性层面得到了证实。虽然最后的答案看上去十分不可思议，但是有的时候，越简单反而就意味着越有可能是真相。**曾云海混在施工人员中，在高塔正在建造的时候，就利用包围高塔的脚手架登上了塔顶。而在高塔竣工、脚手架被拆除以后，他就再也没有下来过。**这就是他能够爬上塔顶的唯一可能的方式。"

## 8

众人只是静静地聆听着。

程子来的双手握紧了拳头，放在膝上，开始不住地颤抖。

"十天里，他一直待在塔顶……"

"是的。很残酷对吧？但这就是事实。"

"但是他……父亲他为什么要这样做？就像你先前说模拟撞击声是毫无意义的行为那样，父亲做出这种近乎自残的疯狂举动，不是更加找不出理由吗？"

"是啊。乍看起来，这起事件的确超乎常理。我们虽然解决了可行性的问题，却无法给案件赋予合理性。为什么要一个人爬到塔顶忍受风吹雨淋呢？我也百思不得其解。这件事背后的动机，绝对不可能出在个人身上。"

"你是说……"

"我是在说当时的传教士。别忘了，村口的石桥和高塔是他们建造的，施工队也是他们从与村庄无关的各地招揽、组织的，工人相互之间谁都不认识。这样一来，在高塔竣工、施工队解散后，大家也只是领取报酬各回各家，根本不会有人注意到少了一个人。我相信，曾云海登上塔顶，也只是传教士计划中的一环。为了不让其他人发现有人单独留在了塔顶，最后一天拆除脚手架的作业安排，原定的计划就是由曾云海一人独自完成。"

"你就是因为这件事去拜访了当时的工人吗？"

"是的。当然，当时的施工人员根本不可能记得曾云海的名字，只是说，他确实记得，原计划里负责脚手架的好像只有一个人。那个人当然是曾云海。他爬到塔顶以后，从塔顶拆除了他能够伸手够到的支撑杆，将它们抛到塔下，然后一个人在塔顶躲了起来。当时的工人回忆说，第二天他们来到塔下，发现原定全部拆除的脚手架只拆除了上面一部分，还以为是工人干了一半偷懒跑路了，便从下面把剩下的部分拆除了。这个时候不仅没有人能想到在塔顶上躲着一个人，更不可能注意到那个人的存在。为了不让村民和工人从塔下望见顶部的状况，传教士还特意组织人在空地的边缘新栽上了一圈树。"

"啊，原来那是为了……"叶深恍然大悟。她激动地和老警察对视了一眼。

"为了缩小空地的面积呀。空地的直径现在不到五十米，也就是说我们可以推测，在种上这一圈树以前，原本的直径是超过五十米的。从超过半径也就是二十五米的距离望向塔顶，是可以看到塔顶上有人的。为此，空地边缘与塔之间的距离必须要缩小。"

那些传教士，他们把每一个可能暴露塔上有人的因素都仔细地考虑到了。但是，能够看破这些线索背后真相的人，从某种意义上来说，是不是更为厉害呢？

叶深注视着眼前的男子。就像那天晚上给自己的感觉一样，依旧是毫无特色的长相，仿佛一回头就会忘记似的。与其说是平凡，不如说是给人一种面目模糊的感觉。

只是，从这个男子的口中，正不断地吐出让人备受冲击的话语。

"现在，我们可以提出下一个问题：他为什么会死？"

"是……自杀吗？"闫婷轻轻地问。张跃进与程子来都在先前提出过相同的见解。

"他当然可以选择自杀。用木构架支撑、茅草覆盖的塔顶，是很容易穿透的。但是，我们仍旧要问：为什么？所有不可思议的行为背后，必然要有合理的动机。他要自杀，为什么要在十天的饮露餐风以后？为什么不能在登上塔顶的第一天就一跃而下？更何况，倘若曾云海真的选择自杀，他心里一定清楚，这种自杀方式会形成不可思议的迷局。这么做对他，或者对任何人有什么好处吗？没有。"

"难道是他杀吗？"

"知道曾云海独自躲在塔顶的人只有传教士。如果是他杀的话，我们必须要解答杀人动机和杀人手法两个问题。传教士有杀死曾云海的动机吗？首先我想到了他在云南犯下的案件。虽然两件事看上去离得很远，可一旦涉及复仇，他杀的可能性就会变得很大。可惜，张跃进通过调查已经帮我们排除了可能——他说了，在云南命案里，所有可能拥有杀人动机的相关人员，在这些年里一步都没有踏出过居住地。这件事是板上钉钉的。也就是说，传教士并不是由对曾云海怀有复仇心的人假扮的。"

叶深确实记得老警察告诉过自己这回事。

"接下来还有一种勉强能够说通的可能——传教士为了实现所谓天罚的预言，杀死了逃犯曾云海，让案发现场呈现一种不可思议的状态。但是，手法又是怎样的？案件发生的时候，曾云海一个人在六层楼高的地方待着，周围直径五十米的范围是一片空地。犯罪是如何实施的？在空地上朝二十多米高的塔顶扔石头吗？且不说被目击者看到的可能性非常大，成功率也几乎为零。所以，相比他杀微乎其微的可能性，我更倾向于认为，这是一起意外。"

"怎么是……意外啊。"

讽刺的是，事件的真相和张跃进写在当年结案报告上的结论，其实是一致的。

"是的。曾云海在塔顶露宿的第十天，因为意外而坠塔。在之前的十天里，他靠喝积攒在屋顶的雨水维持生命——不，可

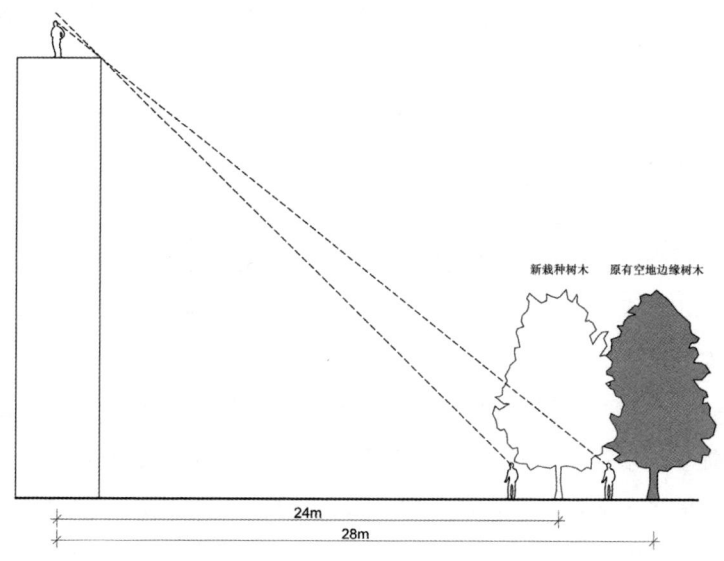

能还不至于那么惨。或许他在一开始确实携带了些许口粮上塔，可以在头几天里维持稳定的进食。但是能够一次带上塔的食物绝对不够十天的分量。食物吃完后，他只能吃一些铺在屋面上的茅草，虽然毫无营养就是了。对了，张警官，你说你在进入塔内的时候闻到了骚臭味，那应该就来自他在这几天里积攒在塔底的尿液，可能还有少量的粪便。总之，到了第十天的时候，曾云海的身体已经变得很虚弱了。接下来是我的推测。在案件发生的当天下午，一直待在屋顶的他，或许是遭到了乌鸦的攻击。在他奋力抵抗乌鸦攻击的时候，一脚踩空，身子穿破了茅草覆盖的塔顶，打断了底下的木梁，落到了塔底。这就是塔顶上会出现一个窟窿的原因。可能正是因为他在十天里吃掉了不少茅草或者木皮，让塔顶原本的结构变得单薄了吧。这种种意外，都是设下这场局的传教士们没有料到的。"

"所以说，目击者听到塔顶传来的翅膀扇动的声音也是……"

"当然不是什么天使，而是造成这起意外的罪魁祸首——乌鸦而已。"

"原来如此。二十三年前的真相，竟然是这样的……"

坐在一旁座椅上的老警察颓然地喃喃自语。

从刚才开始一直面色铁青的程子来，此刻也露出了一丝落寞的微笑。

"喂喂，说什么原来如此，事情还没完呢。"惠绘忍不住催促里卡多往下说，"但是，关于'为什么'的问题，到现在还没有解答不是吗？说到底，曾云海为什么要在那座塔上独自待上十天啊？"

"如你所愿，在解决了'怎么上去''为什么会死'以后，就让我们来讨论一下'为什么要上去'这个问题吧。"

"是教会指使的吧？"叶深说。

"确实是受人指使。只不过，如果想要严谨用词的话，指使曾云海上塔的人并不是教会，而是传教士。"

"这两者有什么区别吗？当时的传教士，代表的不就是后来的教会吗？"

"两者**的确**有细微的区别，不过这个我们以后再说。现在的问题是，传教士为什么要让曾云海冒着生命危险在那座塔顶独自生活那么长时间？找到这个问题的答案，我们就可以说是触到了教会内部最核心的秘密。"

"是啊，为什么呢？"张跃进苦笑着问，"我的脑袋已经完全转不动了。"

里卡多没有立刻回答他提出的问题。

"说到天使,你会想到什么?"

他突然说起了别的事情。

"乌鸦。"叶深轻轻地说。

"这不是我想听到的答案。告诉我,设想一下,在你到这个村庄之前,还在大学里和登山社社长喝茶的那段日子里——"

叶深白了一眼正在偷笑的学姐。

"当你听到天使这个词的时候,你脑中会浮现出怎样的画面?"

虽然她不理解里卡多这么提问的用意,但这并不是一个多么艰涩的问题。

"那个时候啊,应该会立刻想到身穿白色睡袍,背后长翅膀的人吧。"

"你居然把那个叫睡袍……"惠绘投来鄙夷的目光。

对宗教文化不太熟悉的两位年长者——张跃进和闫婷也默认了叶深的回答。毕竟,不光在宗教范围内,天使的形象在流行文化中也是无处不在的。似乎只有程子来,因为长时间生活在与世隔绝的山村而对此毫无概念。他脸上的表情有些困惑。

"是啊。天使是一个专有名词,理应就是这么一个长着翅膀的人的形象。在这个世界上的大多数人,包括你我,只要想到天使,脑子里浮现的都应该是和你所描述的画面一样才对。所以,你有没有想过,为什么偏偏在北岗村,**乌鸦会被说成是天使呢?**"

没有。

从来就没有在意过这个问题。

就连第一次见到里卡多,当他说出"天使是白的,乌鸦是黑的,天使怎么可能是乌鸦呢"这种再明显不过的提示时,叶深还是没有想过这句话的含义。

现在她明白了。

鸟不是人。

黑不是白。

乌鸦和天使,完全是两个不相干的名词。

因为,天使是人啊!

"这座塔的名字叫作**天使降临之塔**。虽然有一些中二,但这的确是被白纸黑字书写在无上教典里的。可是,实际上围绕着这座塔发生了什么事呢?天使降临的显现方式,被教会描述成了由乌鸦将重案逃犯从半空中抛下,从而'降下天罚'。且不说天使和乌鸦作为主语,完全就是两码事,你难道认为'天使降临'和'降下天罚'所表示的,也是同一个意思吗?"

叶深愣住了。

"学会抠字眼是一个好习惯。"里卡多斩钉截铁地说,"'降临',在字面意义上,就是天使来到了这里。没有别的意思,记住了!不代表杀人、不代表惩戒、不代表降下天罚。只是**来到了这里**而已。以某种神圣的姿态到来,这就是'降临'这个词所包含的全部含义。"

他抬起头来。

"这个时候我们再回过头来,结合传教士的原计划来设想一下,如果没有发生意外,曾云海没有跌落塔底的话,接下来会发生什么?"

"他会一直待在塔顶……"程子来说。

"对,他会一直待在塔顶,直到某一天,天使降临。"里卡多说,"这就是这座塔叫这个名字的原因。**曾云海,就是计划中出现在塔顶的天使。**"

## 9

真相被导向了始料未及的地方。在场的每个人都沉浸在巨大的惊愕之中。一时之间，病房里的空气仿佛都凝固了。

最先打破沉默的是程子来。

"在传教士的计划里，是由我的父亲……来扮演天使？"

"是的，就是这么一回事。在原本的计划中，曾云海，也就是你的父亲，如果没有失足坠塔，他可能还会在塔顶上再坚持几天，直到与高塔的竣工时间隔得足够长，等到人们彻底淡忘了'这个人还能利用施工时的脚手架爬上塔顶'的可能性以后，再按照传教士的安排，在某个时间点出现在村民面前，扮演突然降临在塔顶上的天使。到了那个时候，在村民的眼里，这个现象就不可能存在除'神迹'之外的任何解释。你的父亲，会被所有不知情的人当作神。"

"翅膀呢？为了扮演天使，是不是还需要准备一副能够插在背后的……"惠绘突然插嘴。

"不要问这么无聊的问题啦，学姐。"叶深打断她的提问，"对于脑海里对天使原本的形象毫无概念的村民来说，出现在塔顶的人是什么模样根本无所谓。"

"是的，"里卡多点点头，"如果曾云海面黄肌瘦地出现在村民眼前，传教士就会向村民解释说天使的形象就是一个面黄肌瘦的人，甚至可以编出诸如'正是因为替芸芸众生赎罪而受尽苦难，才落得这副潦倒的样子'这样的教义。反正，教义怎么样都是可以根据实际情况胡编乱造的。最好的例子就是，曾云海突然坠塔，无法按照原计划展现'天使降临'的神迹以后，传教士们马上修改教义，用'身为乌鸦的天使杀死了擅闯山村的戴罪之人，降下天罚'来将与原定教义不符的地方敷衍过去，甚至还起到了自圆其说的效果。"

"真的是这样吗？"程子来信奉教义已久，一时之间还有些难以接受。

"因为你文化程度不高，所以看不出什么端倪。"里卡多丝毫不改变自己的语气，轻描淡写地说出了对常人而言是禁忌的用语。而程子来听了也只能苦笑，"在我看来，这些所谓教义就是七拼八凑、胡编乱造的临时作品。"

叶深回想着那些与教义有关的内容。

"天使这个词，取自犹太教或者基督教。预定出现在塔顶的天使，也就是曾云海，背后不安翅膀不说，蓬头垢面的样子也完全谈不上圣洁，可以说根本就不是那么回事。我听说那个自称教主的老头在解释抽签仪式的时候，提到古希腊的陶片放逐法，而多神信仰的雅典在当时又和源于犹太教的天使概念毫不相干，更何况陶片放逐法关乎政治，无关信仰。而让天使在塔顶出现，从而达成神迹的举动，又与古希腊的戏剧表演形式有相似之处。在戏剧的最高潮，扮演神的演员会出现在半圆形剧场对面舞台建筑的屋顶上，以示神明降临。所有的教义、一切的一切，在我看来都没有任何创新，只是把毫不相关的一些已有片段重新拼凑在一起所组成的垃圾而已。如果说那些毫无营养的流行文化可以被称为快餐文化的话，那么统治北岗村的这个信奉天使降临的宗教，就是快餐宗教。"

惠绘扑哧一声笑了出来。

"这是因为……"程子来似乎还想辩解，却说不出话来。

里卡多举起手中握着的东西。叶深看到那件东西，心里不由得微微一颤。

无上教典。

那本被教会和村民奉为圣物的原初教典。

薄纸做的封面已经有些泛黄了。上面没有写任何文字。

"我想,在整个案情里,只有这本无上教典,才是唯一有价值的线索。"他一字一顿地说。

"是因为里面记载了最初的教义吗?"叶深问,"记载了有关真正的'天使降临'的文字?"

"啊,那个啊,不是。虽然在这本教典里确实记载了天使会降临在塔顶的预言,但是除此之外的其他内容,同样也只不过是乱七八糟、毫无价值的心灵鸡汤条文罢了。"

"那你所说的价值,又在哪里呢?"惠绘问。

"在于**记载这些条文的文字**。正因为这本教会原典是由当年的传教士亲手制作的,所以在这些文字中,透露了有关传教士真正身份的线索。"

无上教典,是用一种虽然所有人都能看懂,却无人能模仿、无人能书写的文字写成的……

是由天使所书写的。

到底是一种什么样的字体呢?

"虽然我早就猜到了,但还是打开给你们看看吧。你们一定会失望的,因为谜底简单得令人害怕。"

大家把脑袋凑了上去。

"咦!这有什么特别的吗?这难道不是一本很正常的书吗?"惠绘第一个做出评价,"还以为书里用了什么神奇的字体呢。"

"不过转念一想,这种字体倒也确确实实地符合了村民的描述。"闫婷的脸上挂着疲惫的微笑。

"硬要这么说的话倒也没错……只是对我们而言,这种字体太常见了吧。"

惠绘转过脸来问叶深：

"叶深，你先前猜到了吗？无上教典上的文字——其实就是**印刷体**这件事。"

叶深摇摇头。

"因为生长的环境不同，所以对外人来说再普通不过的印刷品，在与世隔绝、技术落后的山村，都能够被称为不可思议的奇迹。北岗村根本不流通印刷品，更不可能有人见过电子屏幕上显示的文字。对他们来说，文字唯一的传播方式就是手写。而手写字体，是无论如何不可能达到印刷体的效果的。"里卡多说。

"是的。"程子来摸着下巴慢慢地说，"就算知道了真相，无论看多少次无上教典，都还是会觉得不可思议。比如，在同一段话里，如果出现两个同样的字，这两个字可以做到每一笔每一画都一模一样，对照起来，看不出任何差别。这种极其一致的精确性是手写文字永远无法达到的。就算是手写水平再好的匠人，也不可能写出像无上教典上的文字那样整齐划一的优美字体。"

"手写体也有手写体的美。"叶深说，"在我们身处的城市中，人们正为过度使用印刷文字、丢失了手写汉字的技艺而感到苦恼呢。"

"你需要多出去走走看看，我的朋友。"里卡多拍拍程子来的肩膀，"不要一味地把自己禁锢在过去的牢笼中。"

程子来垂头丧气地点了点头。

"可是，无上教典只不过是一件印刷品这件事，又能说明什么问题呢？"惠绘问。

"这样的印刷品在今天,确实已经稀松平常、毫不稀奇,可能只会被人当成广告宣传册,随手扔进路边的垃圾桶。但是,不要忘记,这本小册子是二十三年前的产物。二十世纪九十年代初,家用打印机还没有在中国普及。"里卡多举起了手中泛黄的簿册,"当时有条件印刷这本无上教典的机构,数量是极其有限的。"

叶深已经隐约猜到了问题的答案。

里卡多伸出左手的三根手指,视线轮流扫向在场的每一个人。

"首先,是政府机关。"

他弯下中指。

"然后,是印刷厂、出版社。"

又弯下无名指。

他用右手食指点着仍旧竖起的左手小指。

"最后,是学校,**尤其是大学**。"

他的视线停在叶深的脸上。

"对了,你想知道二十三年前,带着这本无上教典,来到北岗村里布教的传教士,他们都是谁吗?我现在就告诉你答案。他们分别是:闫永玉,叶陆,跟着两位老师进行研究项目的三个研究生,还有现在自称教主的名叫张金根的男人。这些人,就是张警察当时在案发现场所见到的'衣着高级'的传教士。所谓大学研究团队与传教士的对决从来没有发生过,他们根本就是同一组人。正是他们,筹划建造了空地中的高塔,也是他们谋划布局,安排曾云海在竣工之际爬上塔顶。可惜张警察你已经记不得他们的长相了,否则,我们本可以更早地得知真相。"

叶深没有说话。她不知道该说什么。出乎意料地,在这个时候,她从心底里感到平静。

"不会吧……叶老师竟然是……"

反倒是惠绘发出了低声惊叹。在病房的另一端,一直静静地坐在众人身后的闫婷,则痛苦万分地捂住了自己的脸。

"我已经提前告诉过你了,真相一定不会让你感觉好受。"里卡多怜悯地看着不住抽泣的女人。

"我说了,天使降临的教义,充其量只是乱七八糟的拼凑。但是,需要动用历史上的各种典故拼凑出这一套故弄玄虚的说辞出来,也的确需要一定的知识储备。从这一点来看,由人文学院曾经的教师伪装成满腹经纶的传教士,确实是再合适不过了。"

在海边的咖啡厅里,父亲曾经告诉自己,二十三年前,闫老师与他带队的研究团队,与当地的传教士发生了冲突,因而被降下了诅咒。他也说过,在曾云海坠塔之前,自己就已经被传教士赶出了村庄,对命案毫不知情,更与之毫无瓜葛。

还有那让人心碎的哀号。

那丑陋而失态的表情,和那一句句声嘶力竭的"我不想死"。

这一切,原来都是父亲为了自保而说出的谎言。

什么啊,原来都是骗人的!

但是,在隐约中,自己难道不该早就意识到这一点了吗?

不知是谁说过,生活本身就是由一句句的谎言所组成的。

叶深觉得好笑。父亲为了隐藏过去的秘密所做的全部努力,都因为他的死,彻底化为了乌有。

"人文学院那个被销毁的研究项目,到底是什么?"

她用颤抖的语调,奋力提出了自己最关心的问题。

里卡多冷冷地注视着她。

"答案显而易见了吧。你的父亲，还有你的父亲——"他看了一眼闫婷，"他们所做的一切计划、一切努力，都是为了在村民面前创造天使降临的神迹。他们的目的，说白了其实很简单，就是想依靠这场神迹，用最短的时间，在北岗村这个尚未联通外界文化的闭塞山村里，快速地孕育出一种宗教信仰。然后，就像是在一个大型培养皿里进行生物学实验一样，他们观察宗教信仰在村民中蔓延、传播的机制，研究并测试村民第一次接触宗教信仰时的种种反应。我想，这应该就是他们在二十三年前所设立的研究课题的具体内容。所有居住在北岗村的村民，都是这场人文实验的牺牲品。"

## 10

"让我们重新把事件的顺序梳理一下。通过梳理，我们可以发现很多曾经困扰过我们的细节都各自回到了合理的位置。"

可能是长时间的站立让他感觉有点累了，里卡多从窗边拿了一张椅子，坐了下来。

"二十三年前，T大人文学院的两位教师，闫永玉与叶陆，决定瞒着其他人进行一场违背伦理的实验项目。他们想要研究的是宗教在起源时期的传播以及对人的影响机制，而最为直截了当的研究方式，就是由他们自己来创立一门全新的宗教，从而得以身处第一线，来对宗教的传播进行最为直接的观察和分析。于是，他们经过仔细地甄别与挑选，选择了北岗村这么一个与世隔绝、无人知晓的山村作为最适合进行人类实验的场所。

"同时参加这个项目的还有三名年轻的研究生。我猜这三个人对项目的具体目的并不知情，毕竟研究项目的真实意图还是越少人知道越好。他们可能只是单纯地以为自己在跟着导师参加田野考察。装扮成传教士与村民交涉、与施工队洽谈，从头到尾只是由闫永玉和叶陆两个人来完成的。"

"可是，父亲曾经告诉我，那三个研究生似乎在后来也遭遇了不幸……"抱着最后一丝希望，叶深提出了疑问。

"子虚乌有，胡编乱造。三个研究生都各自活得好好的。"

就连这也是谎言。没错了。

里卡多继续往下说："在这两个人的计划中，有一场神迹的表演。具体的形式，就是在某个预言的时刻，天使降临在塔顶。因为塔身没有任何开口，也没有任何可以用于向上攀爬的楼梯，所以当某人在众目睽睽之下出现在塔顶的那一刻，淳朴的村民只可能将其视作奇迹，将按照预言出现在高塔顶端的'天使'当作神来膜拜。这样一来，一种极其简陋的宗教信仰就在北岗村诞生了。

"可是，作为计划的一环，必须要有人来扮演天使的角色。闫永玉和叶陆选择的是曾云海。曾云海是一名逃犯，虽然在与北岗村同处一片三面环山的谷地出没，却与当地的村民没有任何往来，作为即将要出现在众人面前的'陌生的天使'，简直是再合适不过的人选了。我相信，他们说服曾云海的过程也十分轻松简单。曾云海没有固定工作，生活贫苦，连个像样的住处都没有。只要给一定的报酬，他会愿意做任何事。闫永玉和叶陆一定是用金钱收买了他。我的这个推测，也确实得到了验证。"

"是我在墙洞里发现的五千多元现金吧。"张跃进说。

"没错。在那个年代，五千多元现金绝对不是什么小数目。

这些钱，是曾云海去邻村帮农挣不到的。现金的来源，只有可能是传教士，也就是来自上海的两位大学教师——闫永玉和叶陆。他们共同出钱雇用了曾云海，帮助他混入建造高塔的施工队，指示他在竣工以后留在塔顶，并且向他保证，在他坚持一段日子以后，会让他在约定的某一天以天使的形象出现在村民面前，也就是说，从今往后，将他扶持为村民心中的神。对于无家可归的逃犯曾云海来说，在塔顶上经受十多天的日晒雨淋，不仅能够得到五千元现金报酬，还能从此被向来排外的北岗村村民奉若神明——这是多么大的诱惑啊！我想不出任何他不接受的理由。就算他曾经有过动摇和拒绝，这两个人也能够以曾云海'命案逃犯'的身份为把柄进行威胁。我相信，在决定人选以前，闫永玉和叶陆一定有渠道调查清楚曾云海的身家背景。在他们心中，曾云海就是最为理想的天使人选。"

"我有一个问题。既然天使的降临对于孕育宗教的计划那么重要，为什么闫老师或者叶老师自己不愿意扮演天使呢？为了不走漏计划，与其找一个第三者，总不如亲自上阵来得保险嘛。"惠绘问。

"那是因为他们不愿意承担在塔顶极限生存的风险。"叶深代替里卡多回答。她想起了父亲贪生怕死的熊样，"在能够出钱雇用外人完成任务的前提下，我父亲是绝对不可能舍身上阵，亲自在塔顶不进食只喝水地露宿上十几天的。"

学姐发出痛苦的呻吟。

"导师在我心中的形象，已经逐渐走向了崩塌……"

"那么，现在村中的教主，又是当时团队中的什么人呢？我记得，你说他叫张金根……"

"他是当时团队雇用的向导，虽然不是北岗村的居民，却也来自不远的外村，因此对当地比较熟悉。关于曾云海的信息，闫永玉和叶陆很有可能是从他口中听说的。"

闫婷从包里拿出了一小张纸片。

"啊，是您寄给我的那张照片。"

"没错，我寄给你的是原件，而这是我先前制作的复印件。"她将照片递到叶深眼前。黑白照片上，叶陆怀里的小孩正茫然地瞪视着画框以外的地方。叶深数了数，照片里包括自己一共只有六个人。

"教主并不在照片上。"

"张金根是那个负责按下相机快门的人。"里卡多轻描淡写地解释，"向导虽然不属于研究团队的一员，但是因为他要向两人提供信息，所以或多或少也知道了他们的企图，很有可能在当时还参与了计划的制订和修正。在计划外的坠塔事故发生以后，也是由他留在村子里负责善后，利用了一场不可思议的意外，扮演教主的身份，强行将原定的降临神迹解释成天罚，进而打消了村民对教义的质疑，巩固了他们的信仰。没错，张金根，也就是现在被称为教主的老人，正是二十三年前事件的知情人之一。但是，叶陆和教会绝不是敌对关系。教主没有任何在案发二十三年以后来杀害叶陆的理由。"

"等一下，为什么不可能是敌对关系呢？他们确实曾经站在同一阵营，但是过了那么多年以后，两人都可能有将'当年案件除自己以外唯一的知情人'杀掉的动机。"

"是的。但是有没有动机，和会不会付诸行动完全是两回事。对于教主而言，就算他有过杀死叶陆的念头，但这么做也完全不会给自己带来任何好处。现今的时代不同于信息闭塞的以往，来自上海的大学教授横死在湖南的山村，不可能不引起社会的关注。这样一来，他常年运营的教会、靠着宗教权威统治的村庄，都将暴露在光天化日之下。依照教主的头脑，他不可能做出这么愚蠢的行为。同样，叶陆星夜兼程地来到北岗村，也不是为了杀害教主张金根。他需要有人将村落持续稳定地管理下去，直到自己把过去的秘密带进坟墓。因为在村庄里发生命案，引起外界和警察的注意，是两人最不希望看到的结果。在这个时候，只是单纯地为了灭口而将对方杀害，无论对叶陆还是张金根，都是下下之选。另外，我之所以确信这一点，是因为那天晚上，我在教主的屋外偷听到了他和叶陆的对话。"

"是我来到村庄的那天晚上吗？"

里卡多朝叶深点了点头。

"是的。那天晚上稍早些时候，叶陆确实在教主的屋里，与他进行了一场谈话。"

"他们说了什么？"

"我也只是听到了只言片语。根据我的猜测，叶陆应该是对张金根扮演教主、入戏太深表达了不满。他告诉张金根，自己的女儿误打误撞地来过这个村庄，他责怪对方非但没有在第一时间将她赶跑，反而还邀请观看了祭祀、向她解释了教义，并在她从村庄脱逃的时候装模作样地降下了诅咒。回到上海以后，他的女儿不仅在第一时间打听到了坠塔案件的具体细节，也已经调查出，二十三年前存在过被废弃的大学研究项目。村庄的秘密危在旦夕，随时都可能暴露于光天化日之下。"

原来这就是父亲在与自己进行过谈话以后，马不停蹄地赶往北岗村的理由。叶深本以为那场对话的主要目的是让父亲提供情报，可是没想到，实际上提供情报的一方反而是自己。父亲在获悉了叶深的调查进度以后，立刻前往湖南，对教主发出

"教会的秘密随时会被揭开"的警告。

"我猜想，叶陆很有可能向张金根提出了解散教会的要求，因为局势已经脱离了掌控。他或许提出，可以在他从北岗村脱身以后，想办法为他提供安置。当年五十多岁的向导，现在已经是一个风烛残年的老人了。他想要的，也只是安稳地度过余生。这个建议，我想对于他来说应该是最好的选择。所以我告诉过你，你的父亲暂时是安全的。任何存有一丝理智的人，都不可能在这个时候将叶陆杀害。"

说出这番话的时候，他注视着叶深的双眼。突然，他改变了先前冷静平和的语气。

"只是，当时的我没有想到，对叶陆怀有杀人动机的另有人在。叶陆的死，对我来说是**一场出乎意料的谋杀**。在这一点上，我必须要向你道歉。这是我的疏漏。"

"不……你没有必要道歉。"

里卡多并没有义务保护叶陆。

没能守护好亲人的人，是叶深自己。虽然他有阴暗丑陋的过去，但他毕竟是……

叶深痛苦地低下脑袋。惠绘轻轻地把手搭在叶深的肩上。

"你的意思是说，有其他想要杀害叶陆的人？"张跃进问道。

"是的，而且更明显，更直接。我们的思维一直被绕在叶陆和教会纠缠不清的关系里，所以没有意识到另一件事：因为意外而坠塔死亡的曾云海，他那边的情况又是怎么解决的？不要忘记，**曾云海有家人。**"

所有人都倒吸了一口凉气，把目光聚焦在了先前一直沉默不语的程子来身上。

"不……不是我……"

"当年只有三岁的孩子可能对所发生的事件没有任何概念,但是,曾云海的妻子不可能不知道,小屋里这五千元现金的来历,以及丈夫在这消失不见的十天时间里去了哪里。在闫永玉和叶陆向曾云海说明他所要完成的任务时,他的妻子也很有可能身在现场。也就是说,曾云海的妻子也是知道传教士计划的一员。"里卡多没有理睬程子来的辩解,自顾自地说了下去,"让我们设想一下,在丈夫意外死亡以后,妻子会怎么做?"

"和研究者们对峙讨说法吧。"

"结论是肯定的。自己的丈夫成了大学研究计划的牺牲品,身为妻子,自然不可能轻易让这件事情就此结束。她需要向策划这个项目的人讨个说法,不管是刑事责任还是金钱赔偿,悲痛欲绝的她,自然会与研究团队抗争到底。我猜,在谈判中,她一定威胁说要将这件事情曝光。对闫永玉和叶陆来说,他们是有头有脸的大学教师,前途无量的人文研究学者,这桩丑闻一旦曝光,他们的学术生涯不仅会被彻底葬送,而且有可能背上过失致死的罪名,锒铛入狱。所以,谈判破裂以后,在曾云海一家曾经居住的那间小屋里,叶陆杀死了他的妻子,选择将她灭口。顺便说一句,同样身为大学教师、一起策划了这次行动的闫永玉,就此背负了巨大的罪恶感。他回到上海以后,最终因为夺走两条人命所带来的难以承受的精神压力和良心的自责,而选择了自杀。

"你们看,一个更加合理的杀人动机就这么出现了。"里卡多一字一顿地说。

"等一下!"

程子来站了起来,显得非常激动。

"这和我的记忆不符。"他的声音颤抖着,透出巨大的焦躁,

"在我的记忆里,是父亲杀死了母亲……我,我亲眼看到了那一幕……"

"你说得一点儿没错。"

"但是,你又说杀死我母亲的人,其实是叶陆……"

"是的。"

"这怎么可能呢?"他的眼神里透露出狂乱。

"朋友们。"里卡多的语调突然变得有些哀愁。他面向所有人,缓缓地转过身来,"我们终于走到了这一步。请你们做好心理准备。现在我要为你们揭示的,是被杀人事件的表象遮掩起来的,一起深重的家庭悲剧。**程子来,我的朋友,叶陆其实是你的父亲。**"

## 11

"不……不可能。"程子来呢喃着,瘫坐回床上。

里卡多将视线转向叶深。

"你早就知道了吧。"

"不,我不知道。"

两道冰冷的目光,像是锐剑一样,刺透了她真实的想法。

"聪慧如你,是怎么发现这一点的呢?"里卡多无视叶深的否认,"确实,程子来眉眼之间有和叶陆的相似之处。但是,五十多岁、中年发福且脸上开始长皱纹的叶陆和尚处在青壮年的程子来,在脸型上仍旧很难进行绝对的比较。两个人就算是有点像,也只能说是巧合吧。我想,你隐约意识到这件事,一定是在看到这张照片以后。"

他举起了闫婷带来的照片。

"二十三年前的叶陆,刚刚三十岁出头,与现在相比要瘦上很多。不知道你在看到这张照片的时候,有没有注意到,年轻时父亲的脸,看起来更像是曾和自己在北岗村有过一面之缘的程子来呢?"他停顿了一下,"如果到了那个时候,你还没有发现这一点的话,那么,当你再一次来到这座村庄,与骨瘦如柴的程子来再会的时候,我相信你再也找不到任何理由,不把他的脸和父亲的脸联系到一块儿去进行思考。为什么这两个人会长得如此相似?答案只有一个,他们是父子。"

"这是真的吗,小叶?"张跃进小心地向叶深提问。

叶深没有回答。

"这个时候你才意识到,照片上叶陆手里抱着的小孩,其实并不是自己,而是程子来。你之所以以为照片上的孩子是自己,是因为,没有人能够记得自己在两三岁的时候具体长什么模样。只要你的父母指着一个小孩的照片告诉你,这就是你小时候的样子,任何人都会立刻相信。毕竟,就算是同一个人,在三岁和二十六岁的时候,相貌差别也是巨大的。还有更重要的一点是,"他稍作停顿又说,"**三岁的孩子,在剃了短发以后,是看不出性别的。**"

他叹了一口气。

"汉语的名字啊,真是一个很有意思的东西。我们可以从一个人的名字中,推测出父母施加在子女身上的期望。比如闫永玉,名字里可能就含有永续高洁的意思。张金根相对要土一点,说明他的父母希望后代能够世代金贵。而那个被父母唤作'子来'的孩子——"

"原来……如此啊。"老警察喃喃低语道,"为什么我在当时就没有想到这一点呢……"他懊恼地拍着自己的脑袋。

"'子来'这个名字在一般情况下,是源于封建习俗里人们重男轻女的思想。虽然这么说让我很反感——在这个名字里所寄托的来自父母的期望,是'希望在这个孩子之后,能够再生出一个儿子'。所以,被叫作'子来'的孩子,实际上应该是一个女孩。"

众人的目光来回在叶深和程子来之间游动,却没有人说话。

"叶深,你其实是曾云海的女儿。"里卡多面对叶深,平静地说出了最后的结论,"在二十三年前的村庄里,当时只有三岁的你们,因为发生了某件事,互相之间交换了记忆,互相取代了对方的身份活了下来。"

眼前的这个男人,他已经全都知道了。

明明是一个外人,却能够准确地靠着极为有限的线索,抽丝剥茧地分析出只有事件的当事人才有可能察觉的所有真相。

叶深缺少的就是他利用惊人的想象力,填补上缺失的最后一块拼图的能力。

"这件事,就是你们两人同时目睹了叶陆杀死曾云海妻子的行凶过程。这可以说是一个极为巨大、令人感到悲哀的巧合。"里卡多说。

在纠缠叶深的无数个噩梦里,最近她渐渐地发现,其中有一些可能并不是梦。

那些生动而真实的场景,很有可能是自己被尘封起来的记忆。

在梦里……不,在她的记忆中,年幼的自己,正向林中的小屋跑去。在小屋里等待自己的,应该是不久前刚刚认识的,与自己同岁的另一个小男孩。

小男孩说,他是被爸爸带来这里的。他的父亲是来自上海的大学老师。

她只知道这么多。她并不关心小男孩的父亲来这里的目的。

他们正在捉迷藏。

来小屋的路上,在路过林间空地的时候,她看到了奇怪的景象。

有不少人站在不久之前刚刚造完的塔的四周,就像是聚在一起围观什么似的。人们的脸上表情凝重,不时在窃窃私语

有人被从塔里平躺着抬了出来。看长相,像是自己的爸爸。

她心想,爸爸这是在干吗?难道他在睡觉吗?爸爸的身旁,站着一个长相奇怪的男人,双眼恐怖地向外分开。好像只有他,发现了躲藏在远处草地里的自己,并朝自己这里瞥了一眼,让她感到有些害怕。

不管了。不知道爸爸在做什么,但是既然他和别的大人在一起,那就不会有事。

那个自己还不知道名字的男孩,一定就躲藏在自己的家里。自己曾经邀请过他来家里玩,所以他应该对林间的小屋熟门熟路才对。她这么想着,兴冲冲地一溜小跑,来到小屋的门口。

从窗口传来奇怪的声音。像是男人粗野的喘息。

有不认识的人在自己家里。她的心里咯噔一下。

她屏住呼吸,小心翼翼地踮起脚,透过敞开的窗口往里望去。

妈妈倒在血泊中。她的喉咙上有一个大大的洞口,洞口往外汩汩地冒着血泡。

男人健壮的背部上下起伏。他下垂的右手握着沾满鲜血的刀。她立刻认出,这是自己家的菜刀。

好像是听见了窗外的动静,男人缓缓地回头。

她的脑中一片空白。

会死。

她小小的身体中，第一次有一个声音这么对自己说。

快逃。再不逃，就要被杀掉了。

她只是拼命地向前狂奔。握刀的男人，仿佛时刻都在自己的身后。

过了很久，她渐渐忘记了自己为什么要奔跑。她忘记了自己在小屋所见到的场景，忘记了她在高塔底下看到的沉默的村民，和像一团破布一样被抬出的父亲。

她只是不停地跑着，就像一台停不下来的机器。

终于，像是琴弦突然崩断了一样，小小的身体倒在了地上。

"在一天内接连目睹自己的双亲死亡，让童年的你在精神上遭受了巨大的冲击，大脑进而产生了本能的应激反应——忘却。你忘记了当天所发生的一切，也忘记了自己三岁以前有关亲生父母的全部记忆。"

叶深没有说话。

不知出于什么目的，叶陆收养了自己。从那一天起，自己把叶陆当成了父亲。

"叶陆之所以收养你，可能是因为他知道，你目睹了他杀死你母亲的犯罪事实。但是，面对一个失去记忆的三岁女孩，他又无论如何下不了灭口的决心。解决问题的最好方式，就是让这个孩子一直待在自己身边，让她寸步不离地处在自己的监视之下。"里卡多只是淡淡地说，"而你之所以没有更早察觉到失去的记忆，是因为**任何人都不可能记得在自己三岁以前所发生的事**。你以为自己和普通人一样，之所以没有三岁以前的记忆，只是因为单纯地把自己的童年忘记了而已。但是，事实却远非如此。"

她终于平静地点了点头。

"确实是这样。直到今天,我仍旧不敢相信自己曾经在三岁的时候失忆了。只有在反反复复的梦中,我才渐渐拼凑出了关于自己身世的真相。"

二十多年的人生里,从来没有人说过自己被收养的事实。

一方面,那位长久以来一直被叶深认作母亲的女性,她的父母,也就是自己的"外公""外婆",都已经先后在叶深懂事之前就早早亡故。这样一来,父亲也得以将自己和原本就关系疏离的母亲的其他亲戚远远隔开。另一方面,当年所有知情的亲友、同事,父亲想必早已经与他们打好了招呼。这么多年来,没有一个人向叶深提起过、暗示过,甚至说漏过"自己并非亲生"一事。这种来自长辈的体贴,叶深其实是很感激的。

因此,这些被自己遗忘的,也只能由自己在象征潜意识的梦境里寻找。这些关于过去的记忆并没有消失,只是仍旧被深埋在那里,等待着一点一点地觉醒。

她终于明白,自己为什么会有被人监视的感觉。

监视自己的,其实是自己被渐渐唤醒的三岁之前的人格。那个从小生长在山村的小女孩,拥有和自己截然不同的另一段人生。

"而程子来那一边,他也因为目睹父亲行凶,遭受了巨大的精神创伤。在那个时候,他不知道出于什么原因而躲在床底,眼睁睁地看着他的亲生父亲像魔鬼一样,手握菜刀刺穿了一个陌生女人的喉咙。"

程子来躲在床底的原因,可能只有叶深知道。

他只是在和叶深玩捉迷藏而已。也许,早在叶陆和自己的母亲来到小屋并发生冲突以前，他就已经一个人静静地待在床底，压抑住雀跃的心情，屏息等待着玩伴的到来了。

"程子来的母亲，也就是叶陆的夫人，是在生下叶深，也就是程子来没多久以后，因为抑郁症而自杀的。而她选择的自杀方法，同样是握住从病房配餐室偷来的菜刀，刺向自己的咽喉。所以，在叶陆行凶的那一瞬间，年幼的孩童将眼前被刺穿喉咙的女人的形象，和自己真正的母亲重叠到了一起。"

程子来的肩膀上下起伏着。

"怪不得……怪不得在路过的村民发现我的时候，我一直在床底下不断地重复'妈妈死了'……"

"只是，倒在血泊中的那个女人，并不是你的妈妈。你妈妈的墓碑，现在正在上海某处的墓地里。我想叶深一定会告诉你具体的地址。"

父亲——不，叶陆从来不愿意当着自己的面回忆自己的妻子。他甚至不愿意看到自己每年为母亲扫墓。

因为，躺在墓碑下的人，根本就不是她的母亲。

"不过，叶陆难道没有发现这一点吗？他难道没有发现，自己的儿子失踪了吗？"

"我想他事后一定发现了，也进行了寻找。但是那个时候，躲在床底下的男孩早已被路过的村民当作曾云海的孩子送往了外村。以叶陆一人之力，想要在湖南找到一个失踪的孩子，几乎是不可能的事，更何况，这个孩子还失去了记忆，说不出自己的身世。最终，他只能痛苦地接受了儿子走失的事实。

"就这样，两个人的身份被交换了。曾云海的女儿变成了叶陆的女儿，而叶陆的儿子，也被人当成了曾云海的儿子。在你们两人之间，真是存在说不清道不明的缘分啊。"

"等一下。"惠绘的声音有一些颤抖,"这么说来,你想表达的难道是……"

"动机……吗?"叶深抬起头,直视着里卡多的双眼。

"是的。在我们之中,只有一个人有杀死叶陆的充分动机。那个人的动机,是为了替二十三年前被他亲手杀死的父母报仇。这个人就是曾云海的女儿——叶深,也就是你。或者我也可以叫你,曾子来。"

## 12

"不,不可能。"程子来再一次站起身来,低头俯视安然端坐的里卡多,"叶深不可能是杀害叶陆……杀害父亲的凶手。她根本没有力气将事先被敲晕的叶陆扛上塔顶。杀害叶陆的人,一定是教会里的某人。训练有素的教会干部既然能够在祭祀时把当时还算健壮的我背上塔顶,自然也能把失去意识的叶陆带到塔顶平台。"

"我们当然不能排除这种可能性,但是面对'教会干部是凶手'的假设,我们依旧要问自己,为什么?如果是教会干部,他为什么要采取这样的方法来杀害叶陆?"

"为什么不能?"

"当然不能。"里卡多嗤笑道,"这样做就等于是在帮调查人员缩小凶手的范围。既然能够背负体重在八十公斤以上的叶陆登上塔顶的人少之又少,那么凶手选择这种只有自己才能够做到的犯案方式,就仿佛是在向全世界宣告:我就是凶手。不,凶手不会那么愚蠢。如果凶手是教会干部,比如说吉长老,那么他一定会选择不暴露自己特征的杀人手法,尽量地扩大嫌疑人的范围。只有白痴才会在犯罪的时候特意展现自己独有的体育才华。你能理解我所说的话吗？"

程子来默默地点了点头。

"凶手之所以制造出叶陆从半空中被抛下的命案现场，正是为了让自己排除在'有力气将死者背上塔顶'的嫌疑人之外。凶手明明可以预先找个借口引诱叶陆，让他自己走上塔顶，再趁他不备将其推落，但实际上凶手却没有这么做，而是故意在叶陆的后脑留下巨大的敲击伤口，就是为了让人们认为，叶陆是在昏厥以后才被凶手背上塔的。而你们，都如其所愿地中计了，把吉长老当作最有可能犯下凶案的人。在我看来，教会长老恰恰是案件中最清白、最无辜的无关人员。更何况，就像我们之前讨论过的那样，教会根本没有击杀叶陆的合理动机。杀死叶陆，只会使教会的秘密暴露在光天化日之下。"

"所以说，动机是复仇吗……报杀死自己的双亲之仇……"

闫婷在后排轻轻地说。她的眼睛不时偷偷地看向依旧坐在床上被窝里的叶深。

"不，在我们讨论凶手真正的动机之前，先来关注一下杀人手法吧！"出乎意料地，里卡多没有给她肯定的答复，又切换了话题，"如果说杀死叶陆的凶手，其实是没有能力将他搬运上塔顶的人，那么备选的嫌疑人范围就很宽泛了。从女人——叶深、身体虚弱的青年——程子来，到老年人——张金根，也就是教主，还有这里的老警察张跃进，先不管动机为何，他们都有可能是杀害叶陆的嫌疑人。更何况，就算是像我这样，四肢健全、体能正常的普通男青年，都没有办法保证一定能将一个七八十公斤的胖子搬上六楼。简直就是谁都有可能是凶手啊！那么问题来了——一个明明无法将死者搬上六层楼塔顶的凶手，到底是用了什么方法，制造出了死者坠亡的现场呢？"

"难道是用滑轮的原理……"

"且不说从哪里能找来滑轮，你难道认为那种锈迹斑斑、随时都会断裂的楼梯扶手，能支撑得住滑轮的重量吗？"

"人家没有亲眼看过那座塔嘛。"学姐嘟起了嘴，"我怎么知道扶手已经破成那个样子了。"

"只有一种可能。"里卡多竖起一根手指，"尸体既然不是从塔顶的门洞被抛下来的，那就一定是从塔底的另一个门洞被塞进了塔内。这是非常简单的逻辑排除法。"

"但是，塔里的水……"

里卡多制止了程子来的提问。

"我知道你想表达的意思。你是想说，如果塔底的木门打开过的话，那么蓄积在林中空地的山洪水就会涌入塔内，塔内的水面将与外界同高吧？然而事实却是，塔底并没有流入多少水。相比塔外水面的高度，塔底的这一点积水，只能说是九牛一毛。这一点点的积水，可能只是暴雨过后还没来得及完全蒸发的雨水。在这种情况下，尸体是怎么通过塔底的门洞进入塔内的呢？"

他朝向程子来，微微一笑。

"方法当然有啦。只是你们想不到而已。"

"到底是什么样的方法……"

"我说啊，**只要让底部的木门在极短的时间里快速地开合，不就能够控制住流进塔内的水量了？**"

程子来目瞪口呆地看着里卡多。过了半晌，他才说："这怎么可能呢……那扇门，并不像这间病房的房门那样可以以一侧为轴旋转啊。这样的木门，怎么可能做到极快地开合呢？"

"呃……请问，那是扇什么样的木门？"

张跃进好奇地问道。他虽然见过高塔,却没有亲眼见到改建以后加装的木门。

"那只是一块再普通不过的木板而已。木板的四角用四颗木钉固定在水泥砖上,木钉随时可以拔下来,这样一来木板就可以移开。如果要把木板门装回去的话,也得把四根木钉重新插回门洞的四个角里。所以说,它根本不可能在短时间里快速地开合。"

"你们需要更丰富的想象力。"里卡多从椅子上不耐烦地站起身来,接着程子来的话头说了下去,"虽然我的确说了,为了完成这一手法,木门需要极快地开合,但我说过它是被'打开'的吗?"

"什么……不是被打开的?这是什么意思?"

"意思就是,木门不是被打开的。它是被**撞**开的。"

里卡多俯视了一圈众人。每个人的脸上都写满了困惑。

"我们不妨换个角度想一下。如果叶陆从头到尾根本没有上过塔顶,那么他自然也不可能是摔死的。在北岗村,除了石塔以外,就没有任何能够让人攀登并坠落的高点。当然,你可以坚持说叶陆有可能是爬树摔死的,但是这种解答明显过于荒唐,我也懒于将它列入考虑范围。总而言之,现在我们得出了结论:叶陆的死因并非坠亡。既然不是坠亡,那么他所受到的大面积的撞击、尸体所呈现的这种和坠塔相似的死亡特征,又是怎么来的呢?我们知道,那些坠楼的人之所以死亡,是因为身体在一瞬间受到了巨大的竖向冲击力。那么举一反三地思考一下,**如果将同等大小的冲击力由竖向改成横向,那么在尸体身上,是否也会出现与坠亡类似的特征呢?**答案是肯定的。"

他望向叶深。

"听说,是你发现了漂浮在塔内水面上的木门碎片。"

叶深点点头。这个人,到底想说什么?

"这样,我们就有了一个猜测:死者是被一股巨大的横向推力,通过塔底的门洞撞进塔内。同时,我们又有一个重要的前提:在任何情况下,原本覆盖塔底门洞的木门都不可能被人为地'打开',否则外面的水一定会流入塔内,那么,可能性就只有一种了,也就是:死者将要被撞进塔内的时候,那扇木门仍旧覆盖着塔底的门洞,而在死者通过门洞被撞进塔内的一瞬间,那扇木门,也因为这股冲击力应声而碎。**撞击死者的力、和撞击木门的力,是同一股力。**"

"等等。这么说的话,"程子来吃惊地瞪大了眼睛,"叶深所找到的木门碎片,难道……"

"没错。那些四分五裂的残片,原本并不是塔顶的木门,而是被冲击力撞碎的塔底木门。"他的脸上再次浮现出了微笑,"不过,这样一来,你能不能告诉我,原本被固定在那扇塔顶的木门,又到哪儿去了呢?"

只有一种可能。那扇木门……

"被换到了塔底吧。"

那天早晨,在叶深发现塔顶异样的时候,她看到位于塔底的木门仍旧好端端地浸泡在秋日的积水之中。由于两扇木门是在同一时间用同种材料打造的,所以就算是村民也从来不曾留意到它们的差别。何况,根本不会有人去在意乍看之下极为相似的两扇木门上稍有不同的纹路。

"但是,这又说明了什么问题呢?"惠绘歪着脑袋问,"就算是门扇被换了,也无法解释在死者撞碎原本的木门进入塔内的时候,为什么没有积水流进塔内呀。"

"我说了,门扇的快速开合是在一瞬间的事。如果我们把这个步骤分解开来看的话,或许就能明白到底发生了什么。先说开。原本塔底的木门被撞碎,变成碎片飞进塔底。紧接着,被预先敲晕,甚至已经被击杀的叶陆也被同一股推力推入了塔内。考虑到这一点,我们不妨认定,其实撞碎木门的就是叶陆的身体。在这个时候,叶陆的尸体也同时受到了反向力作用的挤压,变成了类似跳楼死亡的模样。再说合。作为原有木门替代品的塔顶木门被取下,紧随被撞入塔内的叶陆之后,快速地重新把门洞给堵上了。而整套动作,其实只是发生在一瞬之间。原本的塔底木门、作为替代的塔顶木门,和夹在中间的尸体,在整个过程中,就像是一个巨大的三明治。它们是在同一股水平推力的作用下,才形成了现在的局面。"

"这……这可能吗?抛开可行性不说,能够将尸体挤压、压扁成坠亡的效果,这股巨大的推力,又是从哪里来的呢?"

"是啊。这样的怪力,绝对不可能是人力。这种推力,只可能来自机械。"

"村里哪有机械啊?"

"有啊,虽然只有一台。"里卡多再一次转头,看向面如土色的叶深,"程子来告诉我,你第一次来北岗村时,是由你的同事——我后来知道他叫孙极,开着车接回去的。而第二次,在一周之后,你带上孙极,重新回到北岗村,并在那片空地上目睹了教会的祭典。你俩不可能从数十里之外的营地徒步前往那片谷地。我相信,你们当时一定是开车前来的。但是,程子来又告诉我,在你被教会囚禁的那天晚上,当他带领你们逃出北岗村的时候,你们又是从南面卧龙山不为人知的通道步行离开的。那么,**我想请问,那辆车哪里去了呢?**"

"那辆吉普车,被我们藏在了石桥后的灌木丛里……"

叶深的声音抑制不住地颤抖。

"等一下。整整三个月没有发动过的汽车,还能再次启动吗?"

"只要汽车的蓄电池还有电量的话,就可以正常启动。当然,车况肯定不可能像之前那样良好。"

叶深记得,在出发前孙极的确说过,汽车的电池刚刚充满电。更何况,吉普车蓄电池的容量的确会比普通家用汽车大上不少。停放三个月,电池就已经彻底耗尽的可能性微乎其微。

另外,更重要的是,像北京吉普这样的越野车,是可以穿越林地的。因为汽车发动机的进气管位置远高于一般的家用汽车,所以它即便是在六七十厘米的水里行驶,短时间内也不会出什么大问题。

如果驾驶这辆车的话,确实能够完成里卡多所说的手法。

"接下来,就涉及一些具体的实施细节了。凶手开车载着事先被敲晕或者已经死亡的叶陆,涉水来到塔下。他先独自登上塔顶,卸下原本固定在塔顶的木门,将四颗木钉扔进塔内,然后扛着木门回到地面。紧接着,再用某种工具——我猜可能是吉普车内放置的扳手或者斧子之类的东西,将塔底的木门预先砸出几个口子。这样做的目的是保证木门能够在汽车的撞击之下顺利地碎成好几瓣。"

吉普车里确实有工具箱。孙极说过,那个工具箱是考察团在野外行进时开路用的道具。

"接下来,他把叶陆的尸体搁在塔底的木门前,再将先前从塔顶搬运下来的另一扇木门贴着尸体,像夹三明治一样放在最外层,再发动汽车,用车头轻轻地顶住门板,从外侧将'三明治'压紧、按实。这个时候,他再通过两片'吐司'之间的空隙,取下固定内侧木门的四枚木钉。这四枚木钉,稍后还要安插在作为替代品的塔顶木门上。因为三明治事先已经被压紧了,所以即便先前顶住外层的车头稍微往后倒退,也不会突然松开倒下。更何况,积水之下柔软的淤泥,也起到了支撑、固定'三明治'的作用。

"这个时候,凶手所要做的,就是倒车行驶一定距离,然后重新发动汽车,向前疾驶过去。'砰!'内层的木门被撞得粉碎。木板的碎片散落在塔底。遭受到撞击的尸体也一下子被弹飞进了塔内。而最外侧的木门,则与原本的门扇交换了身份,在一瞬间将底层的门洞重新填堵起来。凶手下车,小心翼翼地收拾好边缘那些没能飞进塔内的木门碎片,将完好无损的新门扇,用之前取下的木钉重新固定。在整个过程中,确实有少量积水随着木门一起被推入塔底,但是因为量不多,它们被误以为是先前蓄积在塔底未能蒸发的雨水。就这样,一桩伪装成高空坠塔的凶案就大功告成了。"

闫婷提出了疑问。

"不过,凶手在开车撞向'三明治'的时候,是如何保证最外侧的木门不会被连带着一起撞破呢?如果控制不住汽车马力的话……"

"是的,凶手无法保证自己能够做到这一点。所以,根据我的猜想,他在驾驶汽车撞击'三明治'的时候,一定是从最低的速度开始尝试的。在汽车以低速第一次撞击木门的时候,可能连内侧的木门都没能被撞碎。凶手在每一次尝试的时候,都加快了一点速度,直到内侧那扇事先被劈出口子的木门应声而碎、尸体被弹入塔中。到了那个时候,犯罪诡计才算是真正完成了。"

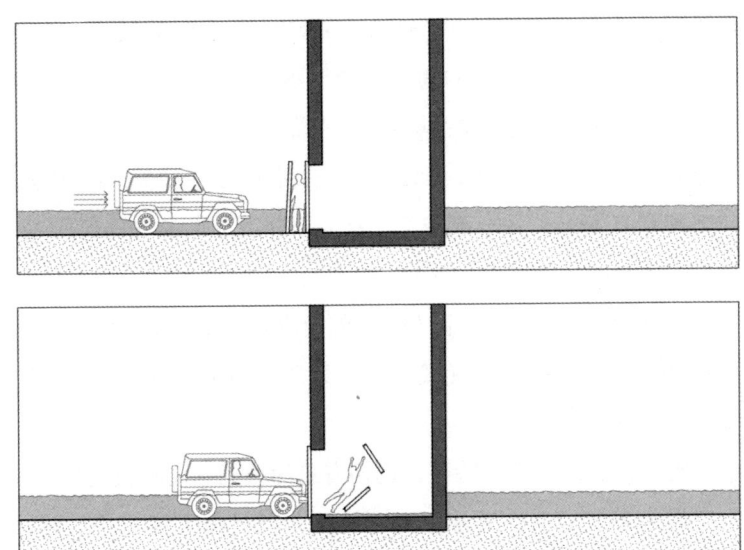

接下来,里卡多没有给众人进一步思考的余地,朗声说出了最重要的结论:

"这么一来,通过揭穿凶手的杀人方法,我们也一并限定出了凶手的身份特征。而且,我惊讶地发现,这个范围非常小。"

他竖起两根手指,有点像在比胜利的手势。

"凶手只可能是满足以下两个条件的人。首先,他一定知道村口附近的灌木丛深处,藏着一辆汽车。凶手之所以不可能开着自己的车来实施犯罪,是因为原本连接外界公路的石桥,在叶深和孙极驾车驶入石岗村的时候就已经塌了,而之后重新由村民建造的木拱桥,是无法供车辆行驶的。所以这个条件,排除了像在座的闫婷、张跃进等对藏匿汽车一事毫不知情的人士。凶手所必须满足的第二个条件也很简单,就是他必须会开车。这么一来,就排除了村里包括程子来在内的所有居民。当年来自外村的向导，也就是教会的教主或许能够同时满足这两个条件，但是以他一瘸一拐的腿，可能连踩油门都做不到，所以也可以排除。而另一个同时满足这两个条件的人就是孙极，但他早已死亡。顺便说一下，他的死真的是因为一起意外的车祸，与案件本身毫无关系，更谈不上是因诅咒而遭遇的悲剧。所以，符合凶手标准的嫌疑人，就是——"

叶深叹了一口气。她已经很久没有说过话了。此时此刻，面对众人望向自己的怀疑眼神，她只是感到了一种解脱，和巨大的虚无感。

她符合凶手的两个特征，也拥有最简单粗暴的复仇动机。

如果可以的话，她希望天使能够向自己降下刑罚。虽然里卡多已经从根本上将教义驳斥为一纸胡言，但她依旧希望自己能够相信天罚的存在。

因为只有这样，自己才有勇气去寻求救赎……

"叶深，是你吗？"程子来抓住了她的双肩，脸上写满了巨大的悲怆，"回答我，是你杀死了自己的父亲吗？"

迄今为止，他还无法接受叶陆其实是他父亲的事实。二十三年前的罪孽，确实是无法在短时间里被抵消、偿还的。

如果自己能够为此做些什么的话……

不如点点头吧。

这样一来，自己就解脱了。

就在叶深下定决心的时候，耳边突然传来里卡多的话语。

"那个，非常对不起。至今为止，我好像一直在误导你们。等一下，什么啊。不对，明明是你们自己误解了我的话吧。我可从来没有说过叶深是凶手啊！**拥有杀害叶陆的动机，同时符合以上两个凶手特征的人，还有一个啊！**"

仿佛是安排好了似的，病房里突然响起一阵铃声。里卡多匆匆忙忙地从身上不知哪个口袋里翻出了自己看上去很老旧的折叠手机。

"啊，是吗？什么？这么快！已经供认了吗？太好了。不，不用谢我，我只是做了一个热心公民该做的事情……对，我的名字的确有点奇怪，不过名字只是一个代号而已。啊，请务必不要公开……对，我很在意我的个人安全。"

他挂断电话，恢复了严肃的表情。

"嗯，凶手在上海被干脆利落地抓获了。"

"你到底干了些什么？刚才给你打电话的，难道是警察吗？"

"是啊。我给警察打电话进行了实名举报。我告诉他们，我是发生在桃源县新乡北岗村的杀人事件的目击者。不仅如此，我还碰巧知道凶手的名字，以及他应该会搭乘高铁出现在上海火车站。所以，我请求他们，一旦铁路警察发现名叫刘昊的高瘦男性乘客，就先将他扣押起来进行盘问。因为他就是北岗村杀人事件的真凶。"

## 13

"刘……"

叶深惊讶得说不出话来。

"什……什……什么啊。不会吧？刘昊？你说他是凶手？他怎么可能和北岗村有关系……"惠绘捂住嘴，一脸难以置信的表情。

除了她俩以外，在场的人没有人知道刘昊是谁。无论是闫婷还是张跃进，都显得有些茫然。

"喂，你说的这个叫刘昊的人，他是谁？"程子来问。

"她是我爸爸的研究生……"

"是过去的研究生。"里卡多更正道，"惠绘小姐，你还没有告诉她吧？"

"啊？难道就出于这个原因？"惠绘面露惊恐。

"什么原因？过去的研究生又是什么意思？"叶深情绪激动地追问。

学姐低下了头。

"我不喜欢在背后说人坏话，所以一直没有告诉你这件事。不过，我以为你早就知道了……"

"发生了什么事？"

"刘昊被学校开除了，理由是论文抄袭。"

"什么？"叶深倒吸一口凉气，"这是什么时候的事？"

"你第一次去湖南考察的那会儿，是叶老师发现并向学校举报的。你回来以后，刘昊还在学校短暂地待过一段时间，那是为了将手头的各个项目论文收尾。"

叶深想起自己从湖南回来以后头一次回到研究室的场景。那个时候，刘昊正在垂头丧气地将一些文件递给父亲签字。如果那些文件事关退学审批的话……

"秋季学期开始以后，他就从研究室搬出去了。不知道你有没有注意到，他在十月以后就几乎没怎么来过学校。"

她完全没有注意到这件事。就算在研究室，看到那张原本属于刘昊的工位变得空空如也的时候，她也丝毫不可能想到，他居然已经被学校开除了。她想起当时自己和惠绘的对话。

——"对了，刘昊这两天来过研究室吗？"

——"他？怎么可能。他才不会回来呢。"

学姐当时的回答就有些奇怪。要是自己早点意识到的话……

"可是,他为什么从来不和我说……"

"这么丢脸的事,他怎么可能和自己心仪的学姐主动说起。更何况,你是他导师的女儿。他有可能认为,你早就知道了这件事。既然你不主动和他谈起这事,他也不可能主动地挑起话头,自取其辱。"

里卡多叹了一口气。

"我之所以把叶陆的命案称作出人意料的谋杀,就是这个原因。谁能想到,真凶的犯案动机和北岗村、和教会的秘密完全无关呢!要不是惠绘小姐昨晚向我提供了相关信息,我也只能深陷案件的重重迷雾中。"

"不过,因为论文抄袭被导师发现,导致自己被学校开除,就选择犯下杀人的重罪,这个孩子的内心是有多么扭曲和阴暗啊……"老警察感慨地说。

"一般人确实不会把事情办得这么夸张。"里卡多又叹息了一声,"只能说很不幸吧,刚才警察在电话里告诉我,犯罪嫌疑人恰巧参加过一个主张有仇必报的邪教诈骗组织。他可能是被洗脑了吧。当然,那个组织因为涉嫌教唆犯罪,很快就会被取缔的。"

竟然是因为那个幸福人生研修会!

从里卡多对案件进行解说到现在,叶深的眼眶里第一次有泪水打转。

是自己在那一天告诉了刘昊关于北岗村的全部信息,以此作为委托他加入研修会进行调查的筹码,所以,他知道了一切。

在研修会静远大师花言巧语的哄骗之下,刘昊渐渐地丧失了常人的理智。

是我害了他。

同时，自己的所作所为，也一并害了那个虽杀死了自己的亲生父母，却也在之后养育了自己整整二十三年的男人。

就因为自己平白无故燃起的好奇心——她以为自己利用了刘昊，却没有想到，自己的小算盘，将叶陆和刘昊都推进了万劫不复的深渊。

里卡多把手搭在叶深的肩上。

"看表情你好像知道些什么，我就不细问了。但是我想告诉你，不要太去在意因果。善意的举动也可能导致坏的结果，但是我们绝对不可以因此责怪那些无恶意的事件推动者。既然不是你的错，那你就要问心无愧地活下去。"

叶深只是无言地点点头。

"不过，那个学生，他是怎么来到这座村庄的呢？"

里卡多转头面向程子来。

"坐火车呀。紧随在叶深所乘坐的班次之后，他乘坐的是当晚前往新乡的最后一班列车。"

叶深乘坐的是下午五点从上海出发开往长沙的高铁，而在半个小时之后，在同一座火车站，还有另一班始发列车。

早就谋划着想要杀死叶陆的刘昊，当即决定利用这个千载难逢的机会。一旦叶陆死在北岗村，他的死一定会和村庄、教会、诅咒扯上关系。没有人会怀疑到与之无关的他头上。在开车将叶深送抵火车站以后，他并没有离开，而是马上购买了下一班高铁的车票。叶深到达北岗村的时间已经接近零点，而他抵达村口木桥的时间，则比叶深更晚半个小时。那个时候，叶深已经与里卡多短暂交谈完，过桥走入了林地深处。

"然后，他在村口用手机打电话，随便找了个理由把叶陆叫了出来。我猜,他很有可能在电话里对叶陆说了比如'关于你的女儿,我有很重要的事情一定要亲自告诉你'之类的话。接到刘昊电话的叶陆一定非常疑惑,为什么自己的学生会出现在北岗村?他是不是知道些什么?按捺不住疑虑的叶陆于是按照与刘昊的约定,在当晚来到村口的桥头。在那里,刘昊从背后敲击了叶陆的脑袋,很有可能当场就杀死了他。"

叶深想起来了。在她向小屋前进的过程中,那个手握电筒,与自己擦肩而过、反向而行的身影,一定就是叶陆。可是,现在说什么都太晚了。

里卡多似乎没有注意到她脸上表情的变化,只是淡淡地继续讲述着自己的推理。

"在杀死叶陆以后,刘昊当然可以选择把他的尸体留在原地,转身一走了之。但是为了进一步让人将叶陆的死亡与所谓天罚联想到一块儿,他决定冒一次险,将尸体搬运至林中的空地,也就是那座高塔下方。徒手在林地上拖拽尸体是一件很费体力的工作。而从叶深你的口中,他知道村口旁的树丛里有一辆越野车。我想他在一开始仅仅是为了方便搬运尸体,才决定利用那辆车。运气很好,他找到了越野车,发现了你在当时不知为什么没有取走的钥匙。接下来他要做的,就是旋转钥匙、发动汽车。"

叶深没有取走钥匙的原因很简单,就像是出门扔垃圾有时候会懒得锁门一样,她把钥匙留在车上,纯粹只是觉得自己一定能够快去快回。在没有人会开车的村里,短时间停放的车辆没有任何失窃的危险。

"把车开到空地以后,刘昊一定是发现了预料之外的情况。借着月色,他看到了那座塔,也看到整座空地都被积水覆盖。

如果自己能够利用这片池水,伪造出叶陆坠塔身亡的假象……一个计划开始在他聪明的头脑中慢慢浮现。他驾驶的是即使在深水里行进也没什么问题的吉普车,后备厢里有可以劈砍木门的工具,当时又是静悄悄的深夜,他无须担心被人发现。就算在实施过程中有任何一环出错,他也只需要改变计划,将叶陆的尸体随手遗弃在塔旁的积水里,安静地离开即可。这样一来,就算叶陆不再给人坠塔而亡的错觉,但是大家的注意力依旧会被塔、被教会吸引,不可能有人怀疑到刘昊的头上。可以说,因为凶手身份的特殊性,这是一起风险极低的犯罪。等到犯罪现场布置完成以后,他再把车开回原本的藏匿处,天一亮就离开村庄,搭乘一大早的火车返回上海。没有人会去检查他的火车票购买记录。于是,就像是从未来到过这片谷地一样,真凶的身影,就从人们的视野里消失了。与村庄、与教会有关的迷雾,遮蔽了命案背后极其简单的动机。"

"可是,恕我冒昧……"闫婷有些吞吞吐吐地提问,"虽然我们已经知道了刘昊是凶手,但是刚才在你将符合犯案条件的嫌疑人排除到只剩两人之后,你又是怎么从两人之外,锁定这个叫刘昊的人的?毕竟,你刚才所说的都只是推测而已。你没有证据证明,叶深就一定不是凶手。"她满怀歉意地望了一眼叶深,说:"对不起,我知道你是清白的。只是,我……"

"没有关系。"叶深理解地点点头,"里卡多先生,我也想知道,对你而言,在刘昊被抓获认罪以前,为什么你就能确定凶手是他而不是我?"

里卡多叹了一口气。

"被你们发现了啊。我刚刚故意忽略了二选一的环节——确实,两个人都同时符合'知道有车'和'会开车'的条件。逻辑链到了这一步,已经没有办法继续推理下去了。无论是排除法还是演绎法都不奏效的情况下,我们只能诉诸情感分析。如果叶深是凶手的话,她的动机就是为二十三年前被叶陆杀死的亲生父母报仇。但是你们设想一下,一边是早已毫无印象、消失在记忆里的双亲,另一边是一直被自己当作父亲、养育了自己整整二十三年的男人。如果是你,你会怎么做?你会毫不犹豫地,用如此残忍和冷酷的手法,为了替根本不存在于记忆中的人报仇,而杀死对自己来说如同真正的父亲一般的人吗?"

众人都沉默了。

"人是有感情的生物。人类的感情里不仅包括憎恶、仇恨、愤怒,更包含许多美好的情感——亲情、友情,还有爱。叶深,我知道,当你面对被掩盖起来的真相时,一定感受到了巨大的痛苦。这种痛苦,源于你对自己所爱之人的怜悯,而不是憎恨。因此,它不可能在极短的时间里转化为杀意。而刘昊,他已经失去了常人的健全心智。邪教组织的错误灌输,让他的内心充满了仇恨。所以,在二选一的时候,我会毫不犹豫地认定,刘昊才是这起杀人事件中真正的凶手。你可以说这样的心理分析毫无严谨度可言,可是,又有谁能说,人类本身就是绝对严谨的生物呢?"

等叶深察觉的时候,她早已在不知不觉中泪流满面了。

惠绘轻轻地搂住叶深的肩头。

"是啊,这才是人啊。"她温柔地说,"学妹,偶尔不那么坚强也没事哦。"

叶深终于控制不住自己的呜咽。

"对了,教主……他怎么样了?他被抓住了吗?"程子来试图转移话题。

"不知道，或许吧。也有可能还在逃。毕竟他和他手下的教会干部们所犯下的，可是等同于杀人的重罪。"

"传播邪教吗？"

里卡多惊讶地皱起眉头。

"远不止如此。这么多年，他一直在从事组织贩毒的违法活动啊。"

"什么？"老警察抑制不住自己的吃惊，"贩毒？"

"不然的话，扮演教主这么多年对他来说有什么好处？不，说到底，你们对这件事难道毫无察觉吗？那些鸦枫的真面目……"

"鸦枫的真面目？你是说，难道，鸦枫其实是……"

"可能先前没有相关的禁毒知识储备吧，这也不怪你们。**那些鸦枫，其实就是人工种植的大麻叶。**"

"你说什么？鸦枫是大麻？！"

里卡多点点头。

"大麻的叶片形状确实和枫叶非常相似，容易被不知情的人误认为是小株枫树。大麻在燃烧以后，会散发出一股混杂柠檬味的异香。不仅是人，有些动物在大量吸入其燃烧释放的气体以后，也会陷入癫狂。"

"怪不得乌鸦会在祭祀的时候漫天飞舞……"

"我没有亲眼看过祭祀，但是我大概可以猜到囤积在高塔内的大麻叶被点燃后，身在现场所能看见的景象。大麻叶不仅被用作魔术逃脱秀的道具，燃烧释放的气体还能让所有教徒的神志变得迷乱，也能进一步强化他们的信仰。真是一举两得的策略。"

"可是，每一年收货的鸦枫……不，大麻，不都在祭祀的时候燃尽了吗？"

里卡多摇了摇手指。

"人啊，在对'量'进行估算的时候，真是很容易产生巨大的错觉。就像是你们误认为那些被一筐一筐背负上塔、投入塔内的大麻叶足以填满整座高塔一样，同样，你们也犯了更大的错误——**你认为漫山遍野种植的大麻，它们的总量就只够填满一座高塔吗？**

"我估计，那些在祭祀中燃烧的大麻，甚至不到村落种植总量的一成。农户采收下来的大麻，是由教会在每年初秋负责征收的。被蒙在鼓里的教众，没有人知道它们具体的去向。事实上，在每年的祭祀过后，剩余的大麻会通过某种渠道销售到村外。"

"某种渠道？"

"我听你说过，每年在祭祀过后，不是会有一个教会的长老，永远地离开村庄吗？"

"那是因为他要假装向神明献祭自己的身体……等一下，难道说……"程子来脸色陡变。

里卡多则邪魅地一笑。

"你明白为什么献祭者要在处于教会核心地位的长老之中选出了吧？因为他们具有更高程度的信仰——这些对外的说辞，简直都是狗屁胡扯。真正的理由是——**他们都是知情人。**

"北岗村长久以来都有着排外的风俗，同时，也几乎不会有人离开这座村庄。为了将大麻叶销往村外，教会必须要想出一个理由，能在每年大麻的收获季节，让一个人带着货物，在众目睽睽之下合情合理地离开。而祭典，就是这个解决问题的答案。在不知情的教众看来，每年的祭典就意味着一位长老的死亡。他们可以心安理得甚至心怀感激地接受教会'少了一个人'的事实，不去怀疑这件事情背后真正的意图。虽然很对不起你多年以来的辛劳，但是我想，这场祭典，完全就是为了方便向外界贩毒而举行的。你也被教会利用了。"

"他们为什么要这么做……"

"世代居住北岗村的村民常年与世隔绝，与外界仅仅保持最低限度的物资交换。但是，教主是外人，**他知道钱的好处**，他知道，用毒品换来的金钱对自己有多么大的诱惑力。他之所以这么做，只是因为他需要钱罢了，即使钱这样东西在北岗村一点用都没有。"

"这也是他们放火把林子烧了的原因吧。"

"是的。教会并不想杀人，他们只是为了将大麻全部烧毁，迫不得已将整座森林烧成灰烬。来自上海的大学教授死在北岗村一事，迟早会为外界所知。到了那个时候，这座山村一定会暴露在所有人的视线里，成为事件的焦点。而这里是大麻种植窝点一事，也很快就会暴露。绝对不能让人发现教会真正的秘密。就算是放火，也要掩盖自己曾经在这里种植毒品的事实——张金根和他的贩毒同伙们一定是这么想的。"

叶深想起了祭祀那天夜里，教主留给自己的那张纸条。在纸条上，教主写下了请她单独去与他谈话的愿望。

如果那个时候自己见到了教主，他会和自己说什么呢？

教主的心里清楚，整个教会的存在都是个骗局。他不可能真的伤害叶深。无论如何，种植大麻并贩毒的秘密绝对不能暴露。虽然在众目睽睽之下，他必须得硬着头皮装神弄鬼地对自己降下诅咒，但是私下里，他一定是希望能够与自己和解吧。

"可是，二十三年前来到这座村庄调查坠塔事件的时候，我并没有注意到这些大麻的存在。"张跃进困惑地说，"身为警察，我好歹也有毒品鉴识的基础知识。如果我当时就察觉到的话……"

"的确,二十三年前,这片谷地里并没有大麻。大麻之所以会被误打误撞地移栽到北岗村,完全是一个巧合。试想一下,大麻在中国的主要产地和违法交易集中在云南一带,而曾云海又是云南某起命案的逃犯。张警官,您曾经说过,曾云海所犯下的命案,是一起金钱纠葛——我在想,有没有可能,这起金钱纠葛事关非法的大麻交易呢?如果说,曾云海在逃到湖南的时候,身上携带着来自云南的大麻种子的话……"

"我……我会再去联系一下当时负责案件的警察……"

"没有那个必要。毕竟我也只是在做不负责任的猜测而已。"里卡多轻松地说,"到底是不是这样,其实已经无所谓了。接下来的搜集取证是警察的工作。对我来说,案子已经结束了。"

他长长地吐出一口气,从怀里掏出一个纸质的烟盒。

"啊,终于可以去外面抽支烟了。"他有些疲惫地说。

叶深擦干眼角的泪花,抬起头来。等她意识到的时候,里卡多已经离开了病房。

窗外透进昏黄的阳光。不知不觉,时间已经到了黄昏。金色的斜阳,渲染出落幕的哀愁。

## 14

第二天,长沙。天气持续晴朗。

叶深已经可以出院了。她说在回去之前,自己想去一个地方。

"我陪你一起去吧。"程子来说。

她没有拒绝。对于自打三岁以后就一直生活在山村深处的程子来而言,能够在大城市里走走,或许也是一件充满新鲜感的事。

因为要参加一个研讨会,惠绘已经搭一大早的火车赶回上海了。同行的还有与她一起来到长沙的闫婷。得知父亲自杀真相的她,不知道在心境上会产生怎样的变化。

叶深沉重地想到,或许对于警察以及侦探而言,一起案件的结案,就是它真正结束的那一刻。但是对于所有与案件产生关联的人以及他们的亲属来说,悲剧永远不会有真正意义上的结束。案件已经改变了他们每个人的人生轨迹。这样的创伤,不会结痂愈合,是没有办法从今后的生活中消除的。

自己所能做的,只有承受下这些痛苦。回到上海以后,还有一大堆事情等着自己去处理。

毕竟,此刻的自己仍然是叶陆名义上的女儿。

"对了,里卡多呢?"她问。

"他已经走了。"

"去哪儿了?"

"不知道。可能是继续去旅行了吧。"

"我很好奇,你和他到底是怎么认识的?为什么你会和他成为朋友?"

"我们只是在野外碰巧遇见了对方。可能是因为在森林里一起散步闲聊了大半天吧,不知不觉就被他当成旅行途中结交的友人了。"

"这么说来,就连你也不知道他到底是什么人吗?"

"不知道。"程子来苦笑着说,"我问过他关于名字的事,他好像只说了这不是他的真名。"

"那他原本的名字叫什么?"

"他说自己早就记不得原本的名字了。至于'里卡多'这个名字,是某人后来赠予他的礼物。"

"哎……礼物吗?"叶深有些难以置信,"好奇怪的家伙。"

"是呀。"

"不过,原来,这样的人在世界上是存在的啊。"

"你指什么样的人?"

"像福尔摩斯一样的侦探啊。"

"福尔摩斯?"

叶深笑了。

"你得好好去补补课了。"她说。

距离她要去的地方不远。马路对面,可以看见高耸的围栏。围栏后是一棵棵探出头的枫树,树顶绽放出浓烈的火红。

"说实话,有一阵子,我总是反反复复地做着同一个梦。在梦里有一条长长的白色走廊,而年幼的我,则坐在走廊一侧的白色病房里。"叶深像是想起什么似的,轻轻地说,"我一直以为,我所梦见的是母亲因抑郁症自杀前,曾经住过的病房。"

"但是,你不应该有这么一段记忆吧。母亲是在我们三岁以前去世的。如果说有人对母亲的死有印象的话,那个人也只可能是当时还是叶陆儿子的我。"

"是的。我现在才意识到,我很有可能误解了这个梦。这个梦,并不是关于母亲的,而是关于我自己的。"

"关于你自己?"

"我们马上就要到了。"叶深指了指前方不远处一栋狭长的白色楼房。

两人登上大门前的三级台阶,走入楼内。避开了正午室外刺目的日光,周遭一下子晦暗下来。

"这里是长沙的人民医院吧。"

"是的。"

"我们为什么要来这里？"

叶深暂时没有回答。

他们搭乘电梯来到九楼，这一层是精神科的住院部。

走出电梯向右拐，眼前是一条白色的走廊。走廊的尽头有一扇窗，窗的那一端，是海一样深蓝的天空。

"这里，就是在我梦中出现的地方。"她轻轻地说，"虽然比在梦里看上去要短了不少，也破旧了许多。"

程子来没有说话，只是跟随叶深一起慢慢地向前走动着。他们小心地避开来往的人流。

二十三年前，叶陆也是这样牵着自己的手，步伐坚定地走在比现在更加空旷的走廊里。

"我曾经以为，这是母亲住过的病房。但是我错了。母亲，实际上也就是你的妈妈，她接受治疗的地方一定在上海，不可能是远在千里之外的长沙。我之所以会对这个地方有印象，只有一个可能。"她回过头来注视着程子来。

他立刻明白了。

"因为……这是你曾经住院的地方吧。"

"没错。这所医院，是二十三年前我被人从北岗村带出来以后的收治场所。那一年，我只有三岁。"

她又回想起了那个梦。

眼前站着自己从未见过的男人。

我们走吧……

他轻声地对自己说。

他是谁？他要带我去哪里？叶深小小的脑袋里，感受到了困惑与不解。

她回过头，看着那张白色的床铺。被单被凌乱地摊开。那是她自己的床。

窗台上，**叶深最喜爱的**风信子轻轻摇摆。

她又转回脑袋，抬头望着眼前的男人。这个人，和蔼地弯下腰来，向自己伸出手。

我们走吧。

从今天开始，我就是你的爸爸……

叶深感到焦虑。

可是，妈妈呢？

自己模模糊糊地记得，曾经看见一个熟悉的身影倒在血泊中……

妈妈，你去了哪里？

妈妈，她还没有回来呀。

听到叶深的话以后，男人的五官顿时痛苦地皱成了一团。为什么他看上去这么难过？他知道妈妈去了哪儿吗？

叶深没有问。不知怎么的，她隐隐约约地感觉到，如果自己继续追问，只会让这个人更加痛苦。

因为，已经没有那个必要了……

男人说。

没有，必要了啊。

叶深在这个时候终于明白了叶陆领养她的理由。并不像里卡多所说，他是为了防备自己随时都会苏醒的记忆。不是这样的。

二十三年里，父亲一直在努力地赎罪。

或许，叶陆能够找到叶深只是一个巧合。或许，他当时竭尽全力寻找的，只是自己在北岗村密林里失踪的儿子。当他听说有一个来自那片地区的孩子，因为失去了记忆而被收治在长沙的医院时，他一定在第一时间不顾一切地赶了过去。

　　但是，出现在他眼前的，是被他杀死的那对夫妻的女儿。然而，他还是做出了选择，向着眼前的小女孩伸出了手。

　　小女孩善解人意地握住男人伸来的手掌，点了点头。

　　"爸爸，不哭。"

　　她轻轻地说。

图书在版编目（CIP）数据

天使降临之塔 / 里卡多著 . —北京： 新星出版社，2021.3
ISBN 978-7-5133-4332-9

Ⅰ．①天… Ⅱ．①里… Ⅲ．①长篇小说－中国－当代 Ⅳ．① I247.5

中国版本图书馆 CIP 数据核字（2021）第 017465 号

午夜文库
谢刚 主持

# 天使降临之塔

里卡多 著

| | |
|---|---|
| 责任编辑： | 王　萌 |
| 责任校对： | 刘　义 |
| 责任印制： | 李珊珊 |
| 装帧设计： | 人马艺术设计 · 储平 |

| | |
|---|---|
| 出版发行： | 新星出版社 |
| 出 版 人： | 马汝军 |
| 社　　址： | 北京市西城区车公庄大街丙3号楼　　100044 |
| 网　　址： | www.newstarpress.com |
| 电　　话： | 010-88310888 |
| 传　　真： | 010-65270449 |
| 法律顾问： | 北京市岳成律师事务所 |

| | |
|---|---|
| 读者服务： | 010-88310800　　service@newstarpress.com |
| 邮购地址： | 北京市西城区车公庄大街丙3号楼　　100044 |

| | |
|---|---|
| 印　　刷： | 北京天恒嘉业印刷有限公司 |
| 开　　本： | 910mm×1230mm　　1/32 |
| 印　　张： | 11.125 |
| 字　　数： | 198千字 |
| 版　　次： | 2021年3月第一版　　2021年3月第一次印刷 |
| 书　　号： | ISBN 978-7-5133-4332-9 |
| 定　　价： | 48.00元 |

版权专有，侵权必究。　如有质量问题，请与印刷厂联系调换。